往事如梦

西域纪行

屐痕处处

剪烛情深

人生散叶

冯其庸 / 著

人民文学出版社

图书在版编目(CIP)数据

人生散叶/冯其庸著.—北京:人民文学出版社,2016
ISBN 978-7-02-012095-6

Ⅰ.①人… Ⅱ.①冯… Ⅲ.①散文集—中国—当代 Ⅳ.①I267

中国版本图书馆 CIP 数据核字(2016)第 245408 号

责任编辑　徐文凯
装帧设计　刘　静
责任印制　王景林

出版发行　人民文学出版社
社　　址　北京市朝内大街 166 号
邮政编码　100705
网　　址　http://www.rw-cn.com

印　　刷　三河市鑫金马印装有限公司
经　　销　全国新华书店等

字　　数　203 千字
开　　本　890 毫米×1290 毫米　1/32
印　　张　10.375　插页 3
印　　数　6001-11000
版　　次　2017 年 4 月北京第 1 版
印　　次　2017 年 9 月第 2 次印刷

书　　号　978-7-02-012095-6
定　　价　48.00 元

如有印装质量问题,请与本社图书销售中心调换。电话:010-65233595

目　录

自序——我写散文	1
往事如梦	1
我的母亲	3
我的读书	18
回乡见闻	
——1962年2月回乡所见	29
重读《回乡见闻》书感	38
梦里的家乡	43
西域纪行	47
西域纪行	49
《瀚海劫尘》序	67
玄奘取经东归入境古道考实	
——帕米尔高原明铁盖山口考察记	74
流沙今语	87
两越塔克拉玛干	91
流沙梦里两昆仑	
——玄奘取经东归长安最后路段考察记	107

屐痕处处　　　　　　　　　　　　　119

麦积烟雨
　　——西行散记之一　　　　　　　121
杜诗寻踪
　　——西行散记之二：赤谷、铁堂峡、盐井、南郭寺、
　　李广墓　　　　　　　　　　　　126
甘南行
　　——西行散记之三：临洮、秦长城杀王坡、拉卜楞寺、大
　　积石山、积石关　　　　　　　　133
炳灵寺、小积石山
　　——西行散记之四　　　　　　　140
河西走廊（上）
　　——西行散记之五：武威、汉方城、铜奔马、罗什塔　147
河西走廊（中）
　　——西行散记之六：张掖、大佛寺、马蹄寺、金塔寺、
　　祁连山　　　　　　　　　　　　152
河西走廊（下）
　　——西行散记之七：嘉峪关、酒泉　160
绿杨城郭忆扬州　　　　　　　　　　169
秋游扬州　　　　　　　　　　　　　175
《海南诗草》序　　　　　　　　　　184
《海南诗草》跋　　　　　　　　　　185
访青藤书屋　　　　　　　　　　　　187
梅村三记　　　　　　　　　　　　　190

古梅奇记　　　　　　　　　　　　　　　　　201
山水会心录
　　——大红袍山水画册后记　　　　　　　204
读书·游山·看画
　　——《历代游记选》序　　　　　　　　208

剪烛情深　　　　　　　　　　　　　　　217

画苑神仙　人间寿星
　　——祝朱屺老百五画展　　　　　　　　219
回忆郭沫若院长　　　　　　　　　　　　　224
旷世奇人张伯驹
　　——丛碧老人诞辰一百一十周年纪念　　232
悼念俞平伯先生　　　　　　　　　　　　　258
哭王蘧常老师　　　　　　　　　　　　　　262
怀念钱仲联先生　　　　　　　　　　　　　263
怀念朱东润老师　　　　　　　　　　　　　274
千秋长怀赵朴翁　　　　　　　　　　　　　281
怀念高二适先生
　　——《高二适先生文集》序　　　　　　287
风雨艰难共此时
　　——怀念郭影秋校长　　　　　　　　　291
悼念季羡林先生　　　　　　　　　　　　　297
我与《侯马盟书》作者张颔先生
　　——读张颔老《侯马盟书》及其书法　　301

陈从周《园林谈丛》序　　　　　　　311
《阮堂诗词选》序　　　　　　　　317

后记　　　　　　　　　　　　　　320

自　序
——我写散文

我的青少年时期,是在抗日战争中度过的。1937年,我小学五年级,十三岁,抗战爆发,学校关闭,我就在家种地。我从八九岁起就跟着大人下地了,所以我这时已差不多是一个全劳力了。

在整个抗战期间,我的三舅父被日本鬼子活活打死了,我与我母亲赶去救他,把他从树上放下来,但早已断气了。我的堂房姑妈为保护她的女儿,被日本鬼子砍成四块,还开膛破肚。我自己躲在一个大草堆里,躲得很深,鬼子用刺刀捅了两下,没有捅着,就走了,我总算躲过了一劫。到1945年日本鬼子投降,我已二十一岁,在无锡孤儿院小学教书,我亲眼看到了中国军队进入无锡城,举行接受日本人投降的受降式。那时我军军容壮盛,真觉得扬我国威。

我从抗战开始一直到日本投降以前,一直是在农村种地放羊,所以江南农村的活我全部能干,我是一个地地道道的农民。八年抗战中,除种地放羊外,我主要是靠自学,也确实读了不少书,连作诗也是这时开始自学的。

1945年秋,我考入迁到无锡的苏州美专,但几个月后美专就迁回苏州沧浪亭了。我因无钱,只好失学。老师、同学都为我惋惜。

1946年春,无锡国专开始招生,我又去考试,一下就被录取了。这次经我大哥的努力,又经亲友的帮忙,我终于正式上了无锡国专本科,1948年12月毕业。1948年上半年,因躲国民党的抓捕,我是在上海分校读的,故教过我的老师更多,如校长唐文治、教务长王蘧常、钱仲联、冯振心、朱东润、童书业、俞钟彦、吴白匋、周贻白、顾佛影、陈小翠、张世禄、顾起潜等等,都是第一流的学者,当时钱穆先生也曾来讲演过。1954年,我调到了北京中国人民大学后,更认识了不少北京的学者,像谢无量、郭沫若、唐兰、游国恩、何其芳、吴恩裕、吴世昌、叶圣陶、张伯驹、俞平伯、王伯祥、赵朴初、张光年、冯牧、林默涵、周扬、王利器、吴晗、翦伯赞等等,都是到北京后认识的。以上这许多校内校外的先生,给予我的指点,是我毕生难忘的。

我在中国人民大学二十年,从1954年到1975年,那时解放初期,整个的社会思想比较"左"。我上的课,一直受到学生的欢迎。教研室开始派人听课,也给了较好的评价。但我发表了文章,却常常受到教研室主任的批评,说我是名利思想,而他自己却不讲课,也不会写文章,就是不喜欢看到别人写文章。所以当时我不大敢写文章,怕惹来麻烦。但我主编的《历代文选》出版(1962年),却得到毛主席在中央会议上的赞扬,因此,吴玉章校长特意召见了我,告诉了我此事,还签名送给我他的文集,这给我很大的鼓励。我写的长篇序言——《中国古代散文的发展》,也得到北京出版社的单独成书发行。

我当时,是非常认真地向老一辈的学者、我的老师和学术界的前辈学习的,我觉得只有虚心学习,才能弥补自己的不足。所以我读书和备课,每天都到深夜两三点,数十年如一日,这样才使我能跟上当时学术界的队伍。

1975年,我五十岁,从中国人民大学被借调到国务院文化组,后来又正式调了过来,这是我人生的重大转折点。那时袁水拍是国务院文化组的副组长,他与我商量,他说应该做点有实际意义的事,我建议校订注释《红楼梦》。因为《红楼梦》自乾隆五十六年和五十七年的程伟元、高鹗排印本以来,从未有过认真的校注本。水拍同志就向国务院写了报告,很快就得到了批准。

从那时起,我就与许多调到组里的朋友如李希凡、吕启祥、胡文彬、蔡义江、朱彤、张锦池、沈天佑、林冠夫、孙逊、应必诚、曾扬华、刘梦溪、陶建基、丁维忠、周雷等一起,专心致志地研究《红楼梦》,写了有关《红楼梦》的多种专著和学术论文,还发现了前人从未发现过的不少新史料,也发表了多篇(部)有突破性的学术论文和专著。

为了校订和研究《红楼梦》,我重视作历史调查,所以我们去南京、扬州、苏州、杭州等地调查多次。为了征求校本的意见,也向全国各地调查,特别是南京、扬州、苏州,我各去了多次。我的多篇记游扬州的散文,就是这样产生的。

我从小就喜欢散文,古典散文和语体文的散文都喜欢,抗战失学后我在家里读了不少书,包括散文书,如朱自清的散文、叶圣陶的散文、冰心的散文等等，我都喜欢读。我还喜读古人的散文和诗词，如《古文观止》《唐诗三百首》《古诗源》《白香词谱》《宋词三百首》，还有小说《三国演义》《水浒传》《西游记》《浮生六记》，我都特别喜欢。还有史震林的《西青散记》《西青笔记》《华阳散稿》等等，特别是张岱的《陶庵梦忆》《西湖梦寻》，更是常常手不释卷，差不多把它们都读熟了。

《红楼梦》校注完成后，我继续做《红楼梦》的研究工作。1986年我开始了中国大西部的研究，二十年内我连续去了新疆十次，三次上4900米的红其拉甫和4700米的明铁盖达坂山口，两次穿越"死亡之海"的塔克拉玛干大沙漠，一次穿越了米兰、罗布泊，到了楼兰；再从楼兰出来，再穿罗布泊，东行到龙城、白龙堆、三陇沙入玉门关到达敦煌。二十年来，新疆我去的地方还有很多，如吐鲁番的交河古城、高昌古城，我都去过不下六七次。和田、库车等地，我也都去过不下六次。我还多次去甘肃的张掖、武威、敦煌等地，还上了祁连山的马蹄寺和金塔寺。我还到了古居延海、黑水城、肩水金关。也去了宁夏的贺兰山，参观了双塔寺等名胜。总之，我在研究《红楼梦》和其他历史问题的时候，遇到了重要的特殊的历史问题，首先就要作实地调查。可以说我的学术研究和散文写作都是调查的结果。

河北涞水县的五庆堂曹氏墓地和怡亲王墓地也是这样调查出来的。因此我除写了不少历史调查文章外，也写了一些游记式的散文。

特别是关于项羽之死，我二十年间，前后去九里山、鸿沟、垓下、定远、东城、乌江等地调查了多次,写出《项羽不死于乌江考》。1964年借"四清"之机,我还调查了陕西西安地区的大批汉唐历史遗迹。两次上华山,一次上终南山,还找到了杜甫当年所居之地。

但调查只是一个方面,调查的结果,首先是要与古文献记载相对证。我的方法是文献记载、实地调查,加上地下的考古发掘,这三者的结合,才能证实一个历史问题,这样你做出的结论就有较大的可靠性了。

我对吴梅村墓的调查、曹子建东阿鱼山墓的调查,还有《浮生六记》作者的妻子陈芸的墓(在扬州)的调查也都是如此。

所以我的不少散文,实际上都是调查的结果。当然,并不是所有散文都要这样写,我不过是说我自己的一些文章的实际情况而已,而且就是我自己也不是每篇散文都是如此写的。这不过是写散文的一种方式而已。

散文可以记事,可以抒情,也可以长,也可以短,可以说散文是最不拘一格的形式。所以,前人说:散文者,散也。这就是说散文没有定式,各有各的写法,这才能显示出文章的多彩多姿来。我自己也有其他各种写法的散文,甚至还有用散文诗的形式写的散文,还有题记式的散文。因为篇幅所限,这里只是杯水之勺而已。

2015年4月18日宽堂九十又三于六梅书屋

往事如梦

我的母亲

天下最伟大的爱是母爱，天下最无私的爱也是母爱。

唐代孟郊的《游子吟》说："慈母手中线，游子身上衣。临行密密缝，意恐迟迟归。谁言寸草心，报得三春晖。"

我就是从我母亲的身上，深深体验、感受这种伟大的、无私的、寸草春晖般的爱的。

我的母亲姓顾。我们家，

母亲

除了父亲以外，谁也不知道她的名字，所以至今我仍不知道她的名字，姨母和舅舅，都叫她大姐，因为她在姐妹兄弟中是老大。村里人都叫她某某妈，这某某就是我们弟兄三人的名字。

母亲非常能干，能做宴席，村上邻里有什么婚丧喜庆活动，都来请她去办宴席，她都乐于帮忙。母亲还善缝纫，我们兄弟三个和姐姐的衣服都是她自己做的，她还会纺织，家里有一架织布机,我小时常看她织布,我也曾学着织过几次,但她不让我学,说这不是男孩学的。母亲特别热心于邻里亲友的事情,乐于尽力,所以村里的人对她特别亲热。

我的家,是一个贫穷的家,全村四五十家人家,我们属于贫困户。但与一般的贫困户还不同,因为我的曾祖父是有功名的——不知是秀才还是举人。我家老屋的大厅柱子上贴满了纸条,是用官方的模子印的,老人说这都是报录,是考中功名的报单。我家老屋的大厅上还有两块匾额,其中一块是"馨德堂",另一块是当时的无锡知县裴大中写的,是"谊笃桑梓"四个字,可见我家这个贫困户与一般的贫困户还不一样。

还有一点不一样,是我常听堂叔在酒后说:别看我现在这样,我堂上的匾是谁家也没有的!这无异于说,我现在虽然不如你们,可我的祖宗却比你们强。这种没落子弟的思想意识,也与一般的贫困户不一样。

从我有记忆起,头一件记得的是我母亲的啜泣声。

我小时,跟母亲一起睡。常常是半夜里被母亲的啜泣声惊醒。一般的小孩都是睡得很死的,我也一样,但母亲的啜泣声却常常把我惊醒。后来才知道,母亲有时竟是终夜啜泣!是什么原因呢?我初时不能理解,后来慢慢地知道了,母亲的啼哭,总是因为第二天断粮了,揭不开锅了,眼看着一家人都要饿肚子了,或者因为明天又有要债的来了,她无法躲避,也无法对付,所以只能独自啜泣了。

这种啜泣的声音并不高,但是母子连心,我虽然幼小,只要一听到母亲的哭声,我的心就像针刺的那样,非常难以禁受,更不用说睡觉了。后来,只要听到类似的声音,就会引起我强烈的心跳或别种痛苦的感觉。所以,从小我就多感多忧,我也很少有开心的时候,我从不记得我有过大笑。因为我的家只有忧愁,没有欢乐。而这忧愁的重量,却多半是由我母亲一人承担着!

我的父亲从来不管家事,他与我的曾祖父已隔了两代,我们家与曾祖父时的门庭早已大不一样了,但他却仍旧以世家子弟自居,抽鸦片,玩乐……

他与我家的一个亲戚华子远极为要好,华也是一位没落的世家子弟,通文墨,能吹箫、笛,能饮善酿,善看茧。每到春、秋季收蚕茧时,茧行请他看茧,他只要用手一抓,就能知道茧里边已经成蛹还是没有成蛹,然后以他的话来定茧的收价。如卖主不信,可以当场剪开来验看,总是百试不爽。他还善算,可以闭着眼睛打算盘,尽管数字极大,也不会错。他还会斗蟋蟀,他掌牵草,引导蟋蟀打斗,可以使败者转胜。所以每到秋天蟋蟀开斗时,人们下赌注总要下在华子远这一方,以保证能赢。

我小时曾到华伯伯家去过,记得他还特别称赞我,说我有慧心,将来能读书。他送给我不少古代的信笺,都是空白的,解放后我还保有一部分,后来我才稍稍懂得这都是极名贵的信笺;他还送给我好多个红泥白地的精美蟋蟀罐,内有描金盏,我一直珍藏着。解放初期还在我的老家,现在当然早已不存在了。华伯伯不幸早逝,我未能多向他请教。据说,他是酒痨死的,他喝的酒都是自己专酿的、隔了若干年的陈酒,所以他每年都酿酒,储存着,按着年代喝。因为他的酒特浓醇,他又是以酒为命,终于得了酒痨。我记忆中一位绝顶聪明风雅的父辈就这样消逝了。

我只听过父亲吹过几次笙和箫,也听他偶尔吹过笛子。有一次,是一个月白风清的良夜,他忽然兴发,吹起笛子来了,一曲《梅花三弄》,穿过我家篱边的竹林,飘向远处,顿觉周围环境、境界特别清幽,月亮也仿佛格外亮了。这时我仿佛觉得父亲还是有两下子的。养蟋蟀是每年秋天看他养的。自华伯伯去世后,再也不见他有这些活动了,但鸦片烟却一直抽着。家里仅有的几亩薄田,都被他抽鸦片卖光了。有一年,我的老祖母领着我到地里去采桑叶,却碰到有人来说,这田已经卖给他了,我们不能再采桑叶了。这件事把我的老祖母几乎当场气倒,回到家里,祖母把父亲痛骂一场,她自己也伤心地哭了!

还有一次,父亲与母亲打架,目的是逼母亲给他钱。我母亲哪有钱,只得去向亲友邻里借贷,让他抽烟。而这一次次的债务,都要由我母亲来偿还。

所以,我母亲的终夜啜泣,一部分原因也是为了父亲。那时,我两个哥哥都在外当学徒工,一个姐姐在家里,上了几年学就无钱上了,后来她又患肺病,很重,又无钱吃药,只能耗着。面对着家里的这种状况,我母亲哪能不忧伤呢?

我九岁上小学,在镇上,离家约两华里,每天背着书包上学,中午还回家吃饭,饭后再去,傍晚回来。每到交学费的时候,也总是我母亲最为难的时候。我那时还不能尽知母亲的苦,所以每到学校催交学费的时候,我也回家催,母亲总是好言安慰我,说过不几天就能交了。但是母亲到哪里去找这两块银圆的学费呢？有一次，我看到母亲为拿不出学费而哭了，我幼小的心灵突然也悲痛起来，竟放声痛哭，母子俩竟哭在一起。但我不是为母亲不给我学费而哭，我是为母亲而哭。我觉得我的母亲太苦了，太没有人疼惜她了！我对母亲说，我就不上学吧，在家里多干点活，还可稍稍减轻家里的负担。我母亲坚决不答应，她说，再过几天就能想到办法了。其实，当时亲友家也都借过钱了，前债未还，不可能再借新债了。后来还是母亲回娘家找我外祖母弄到的钱，交了这次学费。所以，这次交学费的事，是我毕生难忘的事。

那时，家里实在穷，每到青黄不接的时候，家里就断粮。抗战刚开始的时候，两个哥哥都失业回家，那时，哥哥都已成家，所以家里凭空增加了四五个人口，已是十口之家了，生活更艰难了。

抗战爆发的一年，我刚上到小学五年级，学校就停办了，老师也逃散了，我也不再交两元钱的学费了，完全在家种地了。

到了秋天，我家真正的断粮了。记得有一天做早饭时，老祖母坐在灶前哭泣，因为锅里没有米，无法举火。而母亲还在张罗，最后只好用麸皮、青菜一起煮了一锅，还不能每人吃饱。我母亲总是先不吃，等孩子们吃饱了她再吃。这样的日子不是一天两天，而是每到秋来经常如此。

为了渡过困难，我家自己种的几亩水稻地里，有一部分就是种的籼稻。什么叫籼稻呢？就是成熟得早的稻，也叫早稻，我家常常是连早稻都等不及,当它在八九成熟的时候,就把稻穗割下来,脱粒后放在灶上焙干,再脱壳煮成稀粥;或者大部分用南瓜,加几把米一起煮,这样的饭,已经是最好的饭了,根本不用菜,就可以吃得非常满意了。

我有一位邻居叫邓季方,他早先也是较困难的,所以他的姐姐很早就出外打工,后来一直失去音讯。我80年代到台湾去,却得知他在台中已相当富裕,他看到报上的消息知道我到了台湾,特地约我见面。总算见了一次。真是"相对如梦寐"!——这当然是后来的事情。季方家里后来渐渐好转,因为他家人口少,只有季方和他的母亲(一个弟弟在外),所以他们每天都能吃饱,用不着吃南瓜了。每到他看到我家断粮时,就抱着南瓜来救济我们,有时还送一两斗米来,共同支撑着渡过难关,人们说"患难见真情",只有经过危难,饿过肚子的人,才能真正体会到这"人情"之可贵!

我的生活中,春天也是一个难关,真是"年年春荒人人愁"。春天的缺粮比秋天还难过,因为秋天是收获季节,缺粮还可以找到南瓜等替代,况且地里的稻子也快熟了,总是有指望了。而春天却只是开花的季节,不是结果的季节,什么吃的都找不到。我家每到春荒时,只能吃地里种的和野生的"金花菜",一种开黄色小花的菜,它属苜蓿科。还有与它同科的"荷花浪",学名"紫云英"。那是农民种了沤肥用的,常常大片地种植。春天开形如荷花而特小的红色小花,远看如烟似浪,所以习惯叫它"荷花浪"。它的味道与金花菜稍有不同,但它却是遍地都能长的"菜",所以,我家几乎每顿都吃金花菜,有时稍稍加点米一起煮,没有金花菜时就用荷花浪,因此,我一直管金花菜及荷花浪叫"救命菜"。前年,我侄儿从老家给我带来久违的金花菜,我吃着仍是当年的滋味,尽管它已作为一味野菜给人尝鲜了,但在当年靠它活命的人眼里,它仍是我们当年活命的菜,它比一般的野菜更加滋味无穷!

当时,母亲让我做的还有两件事,也是我永远忘不了的:一是上当铺当当。家里实在没有什么可当的了,为了生活,只能勉强凑一些去换钱,当铺里的老人有的是认得我们的,所以母亲感到实在拿不出手,只好让我去了,因为人家不认识我。当铺的柜台高,我人小,站在柜台前还到不了柜台那么高,上面如不认真看的时候,还看不到我。所以只要我踮着脚递上去,上面喝多少钱,你说"可以",就可以拿着钱走了。尽管这样,我每次去当铺时,这份心情是难以形容的。

另一件事是母亲让我去买米。那时,人家买米总是几担(以百斤为"担")一买的,而我家买米,最多也只能买一斗两斗,经常是几升,因为实在没有钱。有一回,好容易得了一点钱,足够买二斗了,母亲让我到街上去买,又怕我身体瘦小背不动,又怕背着二斗米(太少了)在街上走,熟人看见了太难为情,母亲让我买了米,就从胡同里往街后走,她在街后的小道上等我,然后接了我由她背着回家。那时我太小,不能体会母亲的这一份苦心,尤其怕我瘦小背不动的怜子之心,还觉得我已背得动了,何必母亲自己背呢!现在想想,那时我如果再懂事一点,也许能给母亲增加一些希望和欢乐,减少一些痛苦和忧愁,只恨我当时太不懂事了!

记得日本鬼子第一次进村时,我与母亲正在厨房里,从厨房的漏窗通过虚掩着的大门的门缝,可以看到门外的情景。那天,全村死静,一点别的声音都没有,气氛有点不对。我从漏窗中往外张时,刚好看到一个日本鬼子扛着上了刺刀的枪在走,前面是一个领路的翻译,后面好像还有什么人。我大吃一惊,告诉母亲鬼子进村了,现在正由东往西走。母亲急了,忙忙地给我两块面饼、一双鞋子,叫我赶快逃走。她说:你从村后走。我说家里没有人,你和祖母怎么办?她说你快走罢,别的管不得了,再晚就走不掉了。说着把我一下推出后门。我也不敢多想,真是慌不择路,我从后门外的小路直向西北面的荒地里走,一直钻进了一个大甘稞(一种像芦苇似的陆生植物)岗,躲在一个茂密幽深的甘稞丛里。稍稍喘过气来,却发现左边就是一条通行的大路,我的藏处离路太近,但要想换地方已经晚了,远处已有脚步声来了,我只好藏着一动不动,但心里却直惦记着母亲和祖母的安危,也弄不清父亲、哥哥、姐姐怎么不见?脚步声过去后,整个周围是一片死寂。一直躲到傍晚,忽然听到有人叫喊,说鬼子走了,躲着的人出来罢!一连听了几遍,像是村里人的声音。偷偷往外一望,原来其他甘稞丛里也躲着人,都纷纷出来了。我赶忙出来,匆匆往家里跑,仍从后门进去,看到我母亲、祖母平安无事,父亲、哥哥、姐姐也都回来了,心里石头落了下来。我母亲看我回到了家,那一份欢喜的心情更无法形容了!后来知道,我父亲和姐姐他们被隔在村东头,不敢再往家里走,总算这一次大家都平安。

抗战大约进行到第三四年的时候,我家里连续死了三个人,先是我姐姐的去世,她一直患严重的肺病。那一年日本鬼子清乡,到村里来抓女人,久病在床的姐姐,受到极大的惊骇,顿时就昏过去了,后来病势愈来愈重,终于不治。我母亲既无比地伤心,又要尽力筹措殡葬,最大的问题是买不起棺材,好容易买了一口薄皮棺材把姐姐埋葬了,这对我的母亲无异于雪上加霜,既伤痛姐姐,又愁生活,我看她一天天地消瘦,除了心里着急以外,没有一点办法!

这时,幸亏我的大哥能做些小买卖,帮助母亲解决些困难。当时唯一可做的就是到苏北去挑一担花生回来卖,算能赚几个钱,但对我的家来说,也是杯水车薪,解决不了根本问题。不久,二哥又弄了一台缝纫机,能做些活,这样也略略有些收入。

不幸就在此时,我的祖母又去世了。祖母终年八十三岁,她是全村最受尊敬的老人,一辈子从未与人发生过争执,她总是教我们做人要能吃亏,千万不要占人便宜,这好像是她的格言。她小时还见过"长毛",即太平军。祖母的去世,无异于又给母亲加了重压,我不知道她当时怎么张罗过去的,只是觉得自祖母去世后,家境更加堕入困顿了。

哪里想到,第二年的夏天,我的伯母又因精神病发作,乘人不防时半夜里投水死了。我的伯父是很早就去世的,我没有见过。他留下一个女儿,在上海家里。大哥是过嗣给伯父的,所以伯母和她的女儿一直和我们亲如一家,伯母的女儿出嫁后,伯母就完全与我们一起住,有时也到上海女婿家住。这次犯病,就是从上海回来犯的,她硬说她的外甥女被她毒死了,她不小心误把毒药当调料做菜,所以闯了祸。她说与其等着来抓,不如自己死罢。我们给她百般解释,她总是说她说的是事实,我们的解释是骗她。有一天她竟服了大量的安眠药,幸亏我母亲发现得早,请医生来抢救,总算抢救过来了。养了一段时间慢慢恢复了,为了防止意外,母亲就与她同睡。不料有一天夜里,她竟用剪刀企图剪断喉管自杀,剪刀把颈部剪开后,弄得满地是血。母亲听到声音起来点灯看时,发现她还在剪,母亲大惊,连忙夺下了她的剪刀,叫醒我们连夜请医生来抢救,把伤口堵住,总算又一次抢救了过来。不想隔了些时,正是大伏天,下半夜人们正熟睡的时候,她却走出了大门,跳到后门外的河里自杀了。我母亲一觉醒来发现她不见了,连忙叫醒我们,我们便四出寻找,都找不着。那时我已大了,就独自一人跑到后边的河边去看,却发现她在河里半浮着。我吓得心头乱跳,连忙大声呼叫,父亲听到立即赶来,毫不犹豫地跳到河里,把她驮上岸来,但已经气绝了,再也救不过来了。于是我家又遭到一次意外的灾祸。只好把剩下的田地卖了一些,稍稍从优地殡葬了伯母,我上海的姐姐也赶了回来,一起料理了丧事。

从伯母去世后,我们家真正已到了山穷水尽了,我不知母亲如何张罗的,仍旧保持着以瓜菜代饭的生活。父亲眼看家里已贫无立锥了,也就下决心戒了鸦片,事实上不戒也没有任何办法了。

我们的生活,就靠我们弟兄三个拼命种田,苦苦干活,有时也靠大哥二哥做点小买卖以帮助糊口,勉强过着风雨飘摇的日子。中间又碰到一件大事:我的三舅父被日本鬼子活活打死了。

三舅父是个小学教师,自己也种田。那年,日本鬼子扫荡,洗劫了我外祖父的村子——浮舟村。大腊月,把村民都投入河里摸枪,鬼子说游击队的枪都藏在河底下了,但哪里摸得着什么枪,村民们在冰冷的水里耽不住,浮出水面,鬼子就用竹竿把他们顶下去,所以不少村民很快就被淹死冻死在水里了。三舅父是个知识分子,日本鬼子就说老百姓都是与游击队一气的,知识分子都是暗通游击队的,怎么会不知道游击队的行踪?怎么会不知道他们把枪藏在什么地方?于是就把三舅父吊起来毒打,三舅父就是不开口,鬼子就在他嘴里塞了两个煮熟的鸡蛋,又用一把毛竹筷子插进他的嘴里,再继续打,很快三舅父就被噎死打死了。

正在毒打三舅父的时候,就有人送信来了,我母亲急得不得了,不顾危险,拉着我就往舅父家走。浮舟村离我家约十几华里,快走也要一个来小时,到我们赶到时,鬼子已不在了,村民有的出来了,母亲赶着与村民一起把三舅父放下来,拔出了嘴里的筷子,抠出了嘴里的鸡蛋,但人早已死了。正在这时,听说鬼子又来了,母亲连忙拉着我钻到一个大草堆里,叫我尽力往里钻,她在外面把草堆弄好,看不出一点痕迹,就嘱咐说不是她来叫就别答应,说完,她也就走了。不多一会儿,我听到鬼子的皮鞋声来了,我一动都不敢动,听到他们说里头有人罢?有人说没有人。一个鬼子用刺刀直往里捅,我屏住气一动也不敢动,鬼子捅了两下,见没有动静,也就走了。我仍不敢动,怕他们走原路回来,直到傍晚我母亲来叫我时,才从草堆里出来,总算又一次逃过了灾难。母亲知道我躲过了鬼子的刺刀时,也为我捏一把汗。

这整整八年在日本鬼子刺刀下的生活,实在是惊涛骇浪、惊心动魄的生活。这血与火的生活,一时是写不完的,日本鬼子犯下的滔天大罪,虽罄南山之竹,也是写不完的。

抗战胜利后,我就离开了母亲,上了无锡国专。毕业后几个月,无锡就解放了,我也入了伍。不久又被留在无锡第一女中工作,这时我还常常能回家看母亲,我还把母亲接到无锡城里住过一段时间。1954年8月,我被调到北京中国人民大学,这一下,我就与母亲离得远了。初到北京,人生地疏,我很不习惯,往往为了搭校车进城上课,早晨四五点钟就要起床,那时月亮还在天上,秋末冬初的风已经刺骨的冷了,况且我只身一人远离家乡,举目无亲,更加增加我思念母亲、思念亲友的思绪。我有一首《远别》的诗,就是抒发我的这种情绪的,诗云:

> 一别故乡三万里,归心常逐白云飞。
> 酒酣始觉旧朋少,梦冷正怜骨肉微。
> 月上高城添瘦影,风来塞北薄秋衣。
> 茫茫南国秋风起,日暮高堂望子归。

记得1958年,我曾回去过一次,那时母亲还很健康。

1963年正是三年困难时期,我的家乡饿死了人,家里来信,说母亲病了,我连忙请了假,带了些大米、面粉(当时在农村有钱都买不到),特别是知道农村闹蛔虫,我特意买了不少杀蛔虫的药,准备送给村里人用的。到家后,看到母亲骨瘦如柴,我不禁失声痛哭,原来医生说她的病弄不清楚,不敢用药,哪知我到家的前一天,母亲嘴里忽然吐出来几条大蛔虫,因此确知母亲的病也是闹蛔虫,于是把我带回去的"驱蛔灵"先给母亲服下。很快,母亲就一连几天,腹泻出来的都是蛔虫。这一下,病情明白了,就是因为饥荒,吃青菜萝卜,吃一切勉强可吃的东西。况且有一段时期,农村刮共产风,把家家户户自己的锅灶都砸了,全村吃大锅饭,我家也不例外,母亲每天到食堂排长队吃饭,食堂又不卫生,所以不少人肚子里长了蛔虫,有些人就是被蛔虫穿破肠胃而死的。我母亲总算还没有被穿破肠胃,因而得救了。蛔虫杀尽后,又到医院诊治。开了点药,一边吃药,一边吃米汤、稀粥。过了几天,母亲就渐渐好起来了,脸色也转过来了,也能下地走动了。这时我已在家耽了半个月了,母亲知道我快走了,就对我说,我嘱咐你两件事:

一是我为了抚养你们,解放前借了一些高利贷的债,现在政府是不许放高利贷了,可这是现在,不是当初。当初如果没有这些高利贷我是养不活你们的,你们就只有饿死。我是借高利贷把你们养活的,现在长大了就不认账了,这样的事我不能做。你仍要依当时言明的高利贷连本带利给我还清,否则我没有面目见人。何况借钱给我们的都是村上的劳苦人,她们在上海工厂做工,积了点钱,借给了我们,能不还吗?你只要给我把全部债还清了,我就死也瞑目了,这就是你对我的真正的孝!到我死的时候,你不回来也不要紧,我仍旧会很高兴的!

二是你不能看着你嫂子、侄儿、侄女饿死。你们搞运动,说你大哥参加国民党、二哥参加三青团,你们要划清界限。但我一辈子种地,一辈子与他们在一个锅里吃饭,他们又没有参加国民党、三青团,他们也是种地人,他们有什么罪?划清了界限就让他们饿死吗?总之你寄钱养活我,我只能与他们一起吃饭,我不能自己吃饱了让他们饿死!

母亲的话,深深刺进了我的心里。我就是因为每月给母亲寄生活费,母亲一直是与大嫂和侄儿、侄女一起生活,于是每逢政治运动或支部会就要批判我,说我划不清界线,说我包庇"反革命分子"家属。事实上,大哥于50年代初去香港经商,后又到了台湾,大概在60年代初死在台湾,由台湾同乡会为他殡葬。这是我前几年去台湾时由我同村旅台六十多年的乡友告诉我的,而且他离开大陆后一直是经商,没有任何别的活动。但这些情况,50年代到60年代的我们怎么能得知呢?那个时候,我们的政治是越"左"越革命,所以面对着这样的批判,我只有作检讨,但检讨并不能解决真正悬在我心里的问题,这就是我母亲提出来的:难道要让他们饿死吗!

当时我面对着垂暮之年的母亲、毕生在苦难中的母亲,她的这两点嘱咐,我是从心底里谨记的,所以我就对母亲说我一定记住你的嘱咐,遵你的嘱咐办。

到1965年末,我终于把母亲借的全部高利贷还清了,为此,她老人家高兴得特地让大嫂给我来了封信,说她从此心里舒坦了,再也没有什么牵挂了!

我本想请几天假,回去再与她老人家过几天心情舒坦的日子的,谁知还没有等我安排好,一场"史无前例的文化大革命"爆发了,我是最早被打入"刘少奇、陆定一、周扬"这一所谓的"黑线"的,从此我被投入了黑暗和灾难的深渊!

1966年的秋天,一个大雨滂沱的日子,红卫兵正在声嘶力竭地批判我的时候,却飞来了我母亲去世的电报,我几乎为此晕倒,我向红卫兵请假奔丧,他们是铁石心肠,断然拒绝了我的请求,只准我发电报回去,而且还要经审查!

长夜难眠,我不知道我的母亲怎样去世的,又怎样成殓安葬的。那时,"文革"风暴正在席卷天下,一切正常的、正当的人间关系都被破坏了,我却正当此风暴的前端,我一辈子所有的痛苦加起来,也没有这一次的痛苦深,没有这一次的痛苦剧!

悠悠苍天,曷其有极!

2002年6月6日于京东且住草堂

我的读书

我出生在江苏无锡北乡前洲镇后面的一个农民家庭里,家境贫寒,我虚龄九岁上小学。记得第一天上小学是我的堂姐带我去的,堂姐叫冯韵华,在小学里当老师。校长是刘诗堂,大家习惯叫他诗堂先生。诗堂先生办事认真而又和蔼可亲,大家都

早年读书的老屋一

很尊敬他，我至今还能清楚地记得他的面容。

后来，诗堂先生不知为什么走了，也许是年龄太大了吧？可学生还一直想念着他。后来来的一位校长叫俞月秋，一来就推行"新生活运动"，只记得一项内容是靠左走，其他都忘记了。有一次上国文课，这位俞老师出的作文题目是"上张学良、杨虎城将军书"。那时正是"西安事变"，张、杨扣押了蒋介石，迫蒋抗日。内容是让学生写信给张、杨两将军，劝他释放蒋介石。其实那时我们年龄都很小，对于时局根本不懂，一个小学生，能懂什么呢？后来才明白，这个写在黑板上的大题目，实际上是写给上面看的。

还有隐约记得的一件事，是我们正在上"纪念周"的时候，突然传来消息，说日本人炮轰沈阳城，炮轰北大营。那时沈阳在哪里，我根本不知道，但日本鬼子侵略中国这是清楚的，虽然还都是小学生，却群情愤激，以至于我现在还历历在目。

小学里的事，我搜尽枯肠，也只剩这两件事永远忘不了了。当然后一件事情时间比前一件更早一点。

我小学上到五年级，抗日战争就爆发了。有一天我背着书包上学，忽然日本飞机在头上转，撒下来大批传单，捡起一看，上面印着"暴蒋握政权，行将没落"。走到学校里，学校却早已关门了，老师一个也不见了，我只得转身回家。可我书包里还装着一本《三国演义》，是学校图书馆的，也无法还了，这就成了我失学后的一本最佳读物。从此这本书伴随了我好多年，我读了一遍又一遍，因为无书可读，只好反复读这本书，到后来有许多段落的文字,许多人物对答的精彩语言,许多回目,我都能背得出来。一部《三国演义》,培养了我阅读古典小说、古典文学的兴趣。

我失学后就在家种地,那时我虚岁十四岁,眼看着镇上有钱的人家都逃难了,但我们村子——冯巷,是有名的穷巷,没有一家能逃难的,我的亲友,也没有一家能逃难的。农家的孩子从小就与土地和庄稼打交道,我那时已经天天下地干活了。

早年读书的老屋二

我从《三国演义》开始,后来又借到了《水浒传》,看了真带劲儿。我看的是金圣叹的评本,仔仔细细读金圣叹的评,启发我边读边品味。我读的《三国》也是带评的,是毛宗冈的评。可开始我急于看故事情节,往往把评跳过去了,后来才知道看评更能让你领会书中的意思,特别是让你注意欣赏文章的佳处,细微到用字用词,有时也有醒人的批语,这样我读得更入神了。就这样,我除了农活以外便沉浸在读书里,千方百计到处借书看,后来我又借到了《西厢记》,也是金批本。我一读《西厢记》的文辞,真是满口生香,尽管还似懂非懂,但越读越爱读,以至于拿来熟读背诵,有不少精彩的段落和词句,我都能背诵,《西厢记》这部书也一直不离手。后来我又借到了《古诗源》,这本书连封皮都没有了,可能前半部分已经丢失了,我特别爱读里面的《古诗十九首》,虽然仍是半懂不懂,但觉得意味醇厚缠绵,可以味之又味。还有《孔雀东南飞》,即《古诗为焦仲卿妻作》。读后使我十分震动,恰好我二舅父顾仲庆在芜湖工作,他到我家来,我问他芜湖离庐江有多远?他非常奇怪,问我为什么问这个问题。我告诉他我读了《孔雀东南飞》,上面写着是在庐江发生的事。他虽然没有读过这首诗,但觉得我小小年纪就这么喜欢读书,就这么喜欢追根究底,很是难得,因此就特别喜欢我,与我讲了庐江有周瑜墓,有小乔墓等等,更加引起了我的兴趣,可惜我至今也没有到过庐江。

这段时间共约三年,我真读了不少书,连《论语》《孟子》《古文观止》《东莱博议》《聊斋志异》《西游记》《夜雨秋灯录》《浮生六记》等等都读了。有一次,我二哥到苏州去,给我带回来《西青散记》《西青笔记》,还有《陶庵梦

作者失学后所读的部分书

忆》《西湖梦寻》《娜嬛文集》等等,还有叶天寥、沈宜修、叶小鸾的书,这一直是我想读而找不到的书,我开了一个书单给二哥,想不到竟能买回来,当时我如一朝暴富,天天夜以继日地沉浸在这些书里。尤其是张岱的《陶庵梦忆》等书,使我废寝忘食,有不少文章我都能背诵,连《自为墓志铭》这篇长文我也能背。我觉得《西青散记》文有仙气,而《陶庵梦忆》《西湖梦寻》则有逸气。我读《浮生六记》也是全神贯注的,因为我的家离书中所写到的东高山、江阴都很近。尤其是东高山,只有数里之遥。有一次我有便经过那里,还特意去东高山,但事隔二百多年,世事梦幻,到哪里去寻找呢?

我这一段时间,生活很艰苦,家里常断炊,祖母、母亲、大嫂常对着空锅哭泣,没有东西给我们吃。每到秋冬,经常吃南瓜度日。而日本鬼子又不断到乡间来扫荡,清乡,抢掠,杀人。我的亲姐姐素琴,从小就一直领着我、爱护我教导我的,她有心脏病,可家中无钱可医,就是日本鬼子来扫荡时受了惊骇,心脏病发作而去世了。我的堂房姑妈因为日本鬼子强暴她的女儿,她拿起粪勺当头猛击日本鬼子,鬼子以为游击队来了,就逃跑了。她的女儿是一时得救了,她却被重来的大队鬼子开膛破肚,砍成四块,壮烈牺牲了!我的三舅父是小学老师,是当地有名的书法家,日本鬼子把他吊起来毒打,要他说出游击队的行踪,他就是不说,被活活地打死了。不久,我的老祖母得癌症去世了,我的亲伯母又得疯病去世了,我的家真正地破碎了,我天天面对着母亲的哭泣,自己无法安慰她,我们真的生活在水深火热之中。

但是，不管怎么艰难，总得生活下去，我与两个哥哥一起，天天起早落黑在家种地，我还养了四五只羊，就这样苦挨着。我幸亏有这些书，其他脑子里都不去想，一有空就读书，最好的时间就是夜间，我往往点着油灯或蜡烛，天天读到深更半夜，而且早晨还早起早读，这样几年中间，我把借来的和买来的书都读完了，我感到真是开卷有益，读书是能开启人们的心灵的，虽然我对古书仍是半懂不懂，但我觉得比前似乎多懂一点了。不过，我当时的读书是杂乱无章的，只好拿到什么就读什么，既不懂得系统地读书，更没有老师指导，只是暗中摸索而已。所以我非常羡慕别人能读中学、大学。

总算，我十七岁那年，镇上办了中学，我得到家里的支持，就去考了中学，入一年级。国文老师叫丁约斋。他十分器重我，说我书比他们读得多，领悟得快。但丁老师当时究竟教我读了些什么，我真的一点也想不起来了。丁老师有四件事是永远不能让我忘记的：

一是他坚持要去看看我的家，说我是书香门第。天晓得，我父亲仅能写信，究竟识多少字我也不知道。祖父是老早就去世了，我都没有见过，更没有听说他读书，连他的名字至今也不知道。曾祖父冯秬香，倒是读书的，可能中过举，只记得我住的老屋厅堂里的柱子上、屏门上贴满了报录，老人说这是考中后来报喜的，厅上的匾额叫"馨德堂"，是当时的知县老爷裴大中写的。过去还有一篇曾祖父的寿序，刻本，红字印刷，文章是四六骈文，写得极为精彩，朗朗上口，我以前也能背诵，本子也一直在身边，可后来一次次的运动,本子早丢了,连脑子里记得的也早已没有了。丁老师说我是书香门第,此话用来说我的曾祖父,大概还可以,用来说我当时的家,早已是稻香门第甚至是饥寒门第了,哪里还有一丝书香味道?可丁老师还是要去。结果到了我那虽大而破落不堪的家里,真是让他失望。但他从我的旧书架上找到了一部《安般簃诗钞》,一部《古诗笺》,清初刻本,可能还有其他几种书,他就大为高兴,说这种书,一般人家是不可能有的,好像证明了他的"书香门第"的说法。其实这几种书,都是我的一位朋友送给我的,他倒是真正的"书香门第",几间屋子里堆满的都是古籍,零乱地堆砌着,任凭鼠咬虫蚀。他说你喜欢古书,随意拿罢,不拿也就全毁了。我看着真心痛,又无法进去仔细挑,只好在门口拿了几种。想不到这几种书却证明了我这个早已不存在的"书香门第"。

二是丁老师对我说:"读书要早,著书要晚。"这句话深深地影响着我。"读书要早",可是我已经晚了,而且是无师自读,暗中摸索,已经无法弥补了,再也早不了了!"著书要晚",这句话倒是他说得过早了。一个初一的农村孩子,离著书还远着呢。我心想,我能著书吗?也许晚到最晚最晚也未必能著书。但丁老师的意思是早读书,可以多读书,早开启智力;晚著书是让自己的思想更成熟,见解更可靠,不致贻误后人。丁老师的话是非常宝贵的,所以至今我一直铭记在心。

三是我在旧书摊上买到一册《水云楼词》,曼陀罗华阁刊本,刻得很精,著者是蒋春霖,字鹿潭,是咸丰时期的大词人。这本

书好用古体字,如"夢"字刻作"瘮","花"字刻作"芔","散"字刻作"㪚","瘦"字刻作"瘦"等等,我开始不认识这些古字,但反复琢磨,也就慢慢地认识了。可是词是

作者失学后所读的部分书

长短句,押韵的规律不像诗,所以一时无法准确断句,那时我还不知道有万红友《词律》,也不知道有简易的《白香词谱》,只是自己反复推敲,寻求韵脚,然后琢磨着断句,结果有不少算是蒙对了,有一些却搞错了。为了明白究竟,我又去请教丁老师。丁老师一读这本词集,就说好,是大家。那些难认的古字,我一一读给丁老师听,居然都读对了,他大为高兴,说识字是读书的第一步,一定先要学好"小学"。然后把我不会断句的一些句子教我断句,经过这一番教导,《水云楼词》都能依词律正确断句了。后来我又得知有万树《词律》,又是请我二哥去苏州时买到了,木刻书一大套,我好不欢喜,随即将《水云楼词》逐阕与《词律》对照断句识韵,至此,一部《水云楼词》算全部读通。我非常喜欢《水云楼词》,所以差不多整本词我大部分能背诵。这是我喜欢读"词"的开始。至今我还保存着我启蒙时期读过的这本词集,不但如此,经过五十多年的搜求,我现在拥有的《水云楼词》的版本,可

能是最多的,连蒋鹿潭钤自己的"水云楼"章的本子都被我搜集到了。解放前,我连《水云楼词》的原刻板的下落都弄清了,记得有一位姓周的老先生,是蒋氏的亲戚,刻板在他手里,他愿将全部词集的板子卖给我,我一个穷学生,如何有能力买,只好望板兴叹!

因为《水云楼词》的古字,丁老师说"读书要先从识字始",我就一直记着这句名言。所以我更加爱好和注意这类篆写的古字。又过了多年,我才读到《说文解字》这部书,读甲骨文和金文的书,那是更晚了。

四是我上初中一年级时,丁老师就教我们写文章。丁老师每次都嘱咐,写好的文章,自己必须读三遍到五遍,方可交卷,自己没有反复读过的文章,不准交卷。我对这一规定,特别赞成。因为我上初中前,一直自己学写文言文,我是喜欢边写边念的,每完成一篇文章,自己就背得出了。上初中后写的是白话文,但我的习惯不改,也照样反复读,甚至能背。我自己觉得文章多读几遍,有些不必要的字词,自己就会感觉出来,意思好不好,畅通不畅通,也可以通过自己的阅读有所发现。所以至今养成了我写文章的习惯,自己

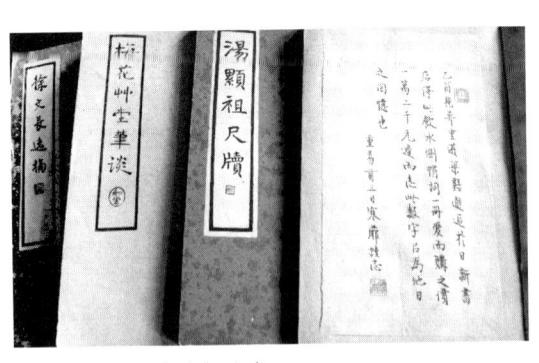

作者失学后所读的部分书

写的文章,总要反复读五遍到十遍,就是给人写信,我也总要重读一遍到两遍,看看有没有落字,有些话说得妥不妥。我自己觉得这是一个很好的习惯,是非常有益的习惯,其实这一点,过去鲁迅就早已说过。可见这确是一条宝贵的经验。

丁先生只教了我们一年就辞去了,后来再也没有能见面。

我初中毕业后,就考入无锡城里的省立无锡工业专科学校,录取的是染织科,功课以数理化为主。这可与我的爱好大大相反,因为我的数理化功课成绩很差,有时还不及格。可我的语文课的成绩总是最好的,作文尤其突出,常受老师表扬。还有我的图画成绩也是最好的,我也常常练习写字和作画。我的国文老师是张潮象老先生,他是无锡有名的词人,别号"雪巅词客",书法也很好。有一次,他在课堂上讲《圆圆传》,讲到吴三桂开山海关迎清兵入关时,竟痛哭流涕,大骂吴三桂叛国投敌。学生听了,非常感动,大家心里明白他是在骂与日本人合作的汪伪汉奸。但大家都为他捏一把汗,因为我们的课堂上,经常有日本人穿便衣坐在后排"听课"的,老先生年龄已很大,根本不知道这些情况。幸好那一天没有日本人来"听课",总算没有出事。当时学校有好多位著名的语文老师,还有一位叫顾钦伯,诗作得好,与张潮象老师也是好友。我是住宿的学生,顾老师也住在学校里,所以我常去请教他,听他讲诗。还有一位讲印染学的范光铸老师,写一手《麓山寺碑》,当时给我写了好多幅字,我一直珍藏着。是他告诉我,《红楼梦》里都是讲作诗的,劝我快读《红楼梦》,这是我第一次听到《红楼梦》的名字,也是第一次读它,但却

27

没有能读完。那是1942年的下半年，我虚岁二十岁。我在无锡工专读了一年，就读不下去了，因为家里实在负担不起，加上我又不喜欢数理化。虽然我非常喜欢张老师、顾老师和范老师，但我无法继续下去，所以1943年的夏天，我又失学回到了家乡种地。不久，就被聘当小学老师，但仍没有脱离种地。所以我老家与我差不多年纪的农民，都是与我一起干过活的，家乡的农活，我也件件能拿得起来，包括挑担、插秧等等。

不过，还有一件事我始终没有脱离，这就是读书。我一直记着丁老师说的话："读书要早，著书要晚"，"读书要从识字开始"，"写好了文章自己要多读几遍。"

我现在快到八十岁了，回过头来想想，丁老师的这几句话，仍旧是对的，我现在无论是读书和写作，总是不敢忘记这几句话。而且总是觉得自己读书太少，自己的古文字学的功夫太差，自己写好的文章更要多读几遍，五遍到十遍才敢放手！

如果能加我一倍年寿的话，我一定从现在开始再从头学起，以前学的，实在太少太浅了！我感到中国的学问实在太深太广了，如果真的让我再从头学起的话，现在我可能知道该如何学习了！

2001年11月16日夜12时于京东且住草堂

回乡见闻
——1962年2月回乡所见

我的家在江苏省无锡县前洲镇冯巷,这里南距太湖约卅里,北距长江卅余里,位于太湖和长江之间,是自然条件十分优越的鱼米之乡。我在幼年和青年时期,一直是在农村生长的,虽前后在农村种过十多年地,对于过去家乡的农业情况我都比较了解,家乡的各种农业劳动,我还都会干,但是我自解放以后,基本上就全部脱离了农村,到北京来也已八年,所以对家乡的情况,我完全不了解了,这次因为我的七十三岁的老母亲病重,我回去探望她,所以又回到了我久别的故乡。

航船中的见闻

我的家在无锡北部,离城卅里,从无锡回来,一定要乘内河航行的小轮船,二月四日下午四时,我在吴桥上船,这天是旧历的大除夕,乘船的人很拥挤,有少数是从外地回乡的,多数则是前洲镇附近的居民因事上城后回家的。我在船中找到了座位后,就注意倾听船中乘客们的议论。这时,坐在我对面的一位老农和一位看上去有六十左右的老太太,开始在谈论了。老农自言自语说:"唉!想不到活到七十多岁还要准备饿死。"这时在他身旁的老太太就接口说:"不会的,你的福气好,你的孩子在外面赚钱。"以下便是他们的对话:

老太太:"棺材总准备好了罢?"

老农:"这件东西倒是早已准备好了。"

老太太:"倒是现在的口粮问题,一个月吃十三斤半,命都要炼掉了。"

老太太:"听说塘西那里很好(按:据说塘西在杭州那边,但我不熟悉,也不知是否是这两个字),粮食尽吃,怪不道人家把女儿送到塘西去换米。听说××家要卖家具,不知有没有人要?"

老农:"不知有没有台子(即桌子),如果有,我倒想弄一张,给小的儿子准备准备,宁可卖掉别的东西。"

老农:"我的儿子有一双长筒胶鞋,那东西真好,现在买不到了。如有人要,想拿去换点米再说。"

老太太:"某某家一件新的卫生衫换了×斤米……"

老太太:"可怜×××,想不到扒了(意即"苦干了")几十年,会死在这个时候,弄得棺材都没有,丢下了一大群儿女。"

老农:"×××真扒,起早起,磨黄昏,从没有停过,所以人是空的(意即人生是空的)。"

老农:"哪晓得现在比东洋人还狠(东洋人即日本帝国主义的侵略军,我们家乡沦陷时叫日本军"东洋人"),东洋人只要完

(交)多少粮,哪听说现在要完(交)这些粮的,全部拿去了老百姓还有什么吃的。"

这时旁边有人插嘴说:"全部拿去了还不够,都把指标订得那么高,鸟还在天上飞呢(意即完全是不落实的渺茫的)。"

这时,船中的一位中年男子向我招呼说:"你不是其庸吗?多年不见了。"(我已记不起这人的名字,只得含糊答应。)他自我介绍说:"我叫培均,是在蒋家弄边上开生面店的。"(这时我想起了他过去的样子。)他说:"这次回家,你可能要不认得家乡了,乡间实在苦透了。"

以上,是我在船中所见所闻的实录,当时说得还要多些,但有些已经记不住了,这两位老农据了解是前洲镇东头拓塘滨人,据我观察,这两个人的生活恐怕还不是最苦的,他们的衣服穿得还算整齐(补得不很多),脸色虽然也憔悴,但说话时精神还好,不过多一些叹息声而已。重要的是他们在谈论时,周围群众的情绪都是与他们一致的,同时船中别的乘客也在议论,我只是记述坐在我对面的两个人的谈话。

六 十 条

我为了要了解造成这种局面的根本原因,到家后,在与村中的农民接触时,就向他们询问六十条的贯彻情况,我问过好多人,如村西第一家的季芳(这家原来是较富裕的,抗战时,我在家乡种地,家中没有粮食,他们经济比较好,有余粮,养好几头猪),

我家东邻的寿康,以及离我家五六里路的我的小舅父顾晓初等,他们的回答都是一样的。季芳说:"七十条也没有用,都在干部手里。"寿康说:"六十条贯彻是贯彻了,就是没有认真照着做(贯彻的意思实际上是说已经讲过了),开会时大家也不认真听,到会的人也不多。"季芳说:"我反正不去开会,这些会开了毫无用处,还去开什么会呢?"我问到退赔的情况,他们说:"整风整社开始时,好像很认真,只管来登记,但是,只有登记,没有赔偿,就是稍有赔偿,也是微乎其微,主要是记账的办法,或者说明年赔,或者说由小队赔,到现在是早已无影无踪了。"我家的前面一间屋子,即大门进去的第一间屋,是被小队占为仓库的。据我嫂嫂说,从未付过租金或其他代价(占用已有一年多),仅在我回去以前几天,因为家中无柴烧,向小队再三说了,才算拿了三担稻草,我说为什么不提意见,他们说,提来提去总是如此,再提反而不好。反正翻来覆去总是这些人当干部。我说六十条规定得很具体,为什么不照六十条提意见,他们说六十条不在我们手里,我们也记不清是哪些。他们说,总之,共产党毛主席是好的,政府也是好的,就是干部不好,没有人了解我们农村情况。他们说你只要想想,为什么干部养的猪会长大,农民养的猪会死,因为农民得不到粮食,只有干部能弄得到猪食。

他们说现在农村中有三种人好过,第一是干部,第二是有钱的人(指在城里经商),第三是会偷的,所以现在农村中偷风很盛。他们说,你到街上去看看,脸上肥的就是干部,瘦的就是农民,大致十不离九。

访问所见

我们一个村子一共四十五家农民,我家住在村中心,村是面南背北,东西横贯的,我曾抽空在全村走了一转,同时访问了六家。自村东第一家数起,到我家为止,与我母亲同辈的老年人都死去了,仅存我母亲一人。(其中我叫得出名字的一共有八人。)这些老人的死,有些是自然规律,有一些也是由于长期的生活困苦所致。据邻居们告诉我(乡间的医生也告诉我)乡下很多老人,都是"无疾而终"。什么叫"无疾而终"呢?他们说就是"油干灯草尽"。乡间常有这种现象,晚上还与别人在谈话,天明不见起来了,一看已经死在床上,他们把这叫作"无疾而终"。

我访问前村四家时,冯本泉、冯有泉两家是兄弟,本泉的儿子都在上海橡胶厂工作,他们都是我小学的同学,他们家经济是全村最好的,所以进去时,他母亲在家,没有谈到什么问题,有泉家略差些,但也还可以,也没有说什么问题,但情绪显然比本泉家要差些。

走到"大嫂嫂"(村中人都这样叫她,人们连她叫什么名字都不知道)家,她的眼睛已经半瞎,伛偻着身子坐在太阳光下,听说我去看她,她感叹地说:"三男(我的小名),你回来了,你幸亏出去了,在家里过不下去的,例如这个粮食不够吃,饿也要饿死的。"她就说了这几句话,看她的面容真是枯槁透了。我还到后边冯兆泉家,冯兆泉(约六十岁)正躺在大门口阳光下的一张旧躺椅里,身上盖着一片旧麻袋,满脸的胡子,瘦得已毫无生气了。我说兆泉叔,我来看你了,他说你倒还来看看我,我已不行了,倒是饿不起。他的下身围着一条破麻袋,说时气愤得很,他说我这种情况还毫无照顾。我告诉他只要生产不断提高了,会好转的,我说下次回来我再来看你,他说下次回来你看不到我了。

我在访问这些家时,完全没有想去做调查研究,因为我们村子很小,这些人家,都是过去很熟的,难得回家,理应问候他们一番,但不意却看到这些触目惊心的景象,特别是许多人无例外地那种十分消极颓丧的情绪,使我感到问题十分严重。

医 院 见 闻

我到家是阴历的大除夕晚上,到半夜里,我母亲又突然病发,到明天上午,愈加沉重,请医生来诊断后,决定要送公社医院,午饭后即抬到医院里,因此我又在医院里听到一些情况,我母亲的病是肠子痉挛扭曲在一起,发剧痛,我坐在医院里半天,医生告诉我在大约三小时内,诊断了一个同样是肠胃剧痛的人。究其原因,是因为农民平时吃得很差,过年时吃了一些饭或其他东西,因此肠胃受不了,发生剧痛。后来据我小舅父顾晓初讲,在浮舟村上,就有一个农民因为一下吃得太多而胀死的。

在医院里,还看到许多患蛔虫病的人,农民管他叫蛔钻苦胆。据医生说,现在乡间是十人九蛔虫,因此杀蛔虫药都买不到。我母亲在医院住了两天,回到家里,忽然嘴里吐出来两条筷子长的蛔虫,因此使我想起她的肠子痛恐怕也是蛔虫,即赶到无锡在亲戚家弄到了一瓶派哗嗪。服后,一下大便出来了二十九条蛔虫,而我母亲的病情也就顿时稳定。

"要还苏联的债"

粮食为什么会这样紧,生活为什么会这样困苦,这是大家所关心的问题,但是我没有听到正确的答案,最流行的答案是"因为要还苏联的债",这是我亲耳听到大队长说的,农民中间也有这种说法。

第二种说法是说,因为没有肥料,所以产量始终达不到包产的指标,包产指标是520斤,但实际产量是320斤,所以年年赔产。

第三种说法是集体种田是终归弄不好的。这种说法我只听见一个人说,没有听过别人同样说过。

在许多种解释中,没有一个人提出坚决贯彻六十条的要求,可见这些农民对六十条还不了解。

脱 衣 换 米

我在航船中听到有脱衣换米,甚至把女儿送出去换米的现象,但不了解实际情况如何,但到了村上也就清楚了。下面我记述我的左邻冯寿康换米的经过。他说,粮食不够吃,实在饿得难受了,总不能饿死在家,所以只有想法弄点米来吃了。他用一条单被、一件衬绒旗袍(这是他已死的妻子的)到奔牛去换了十三斤米。换米真是苦,从家里跑十里路到洛社车站乘车到奔牛下车,下车后要在站上等天亮,然后到奔牛乡下农村中一家家去问,要不要换,等换到后赶到车站,如果赶不上车就只好再在车站等过夜,回到洛社后,夜里还不敢走,怕被别人抢去(按:据说这种事常发生)。又要在车站上等着天亮了才敢走,弄得不好,还要被奔牛人拦住没收,因为奔牛公社不准外地人去换米,派了人在沿路拦截。现在他说换来的十三斤米又吃完了,又只能想法去换了。

以上是冯寿康自述的换米经过,至于将女儿送到塘西去换米,我虽听过好多人说,但未遇到亲自送女换米的人。

关键问题

上面这些都是我几天中的见闻,这都是农村的现象,这些现象只能说明一方面的问题,其积极方面的情况,也许公社已有措施,因为我来去匆匆,没有了解,所以也无法反映。但根据这些还未消除的现象来看,我觉得问题是很严重的,应该刻不容缓地去进行认真的深入的调查,以了解实际情况。我感到最根本的问题,是六十条没有彻底贯彻,某些干部的作风还未有得到彻底纠正,包产指标与实际产量之间的距离还很悬殊,因此农民的生产情绪不高,特别是对这个地区的农民进行深入的社会主义教育还很不够。我这份材料,仅仅只能供党做参考,其全面的实际情况,无论如何,还需经过深入的调查研究后才能得出。同时因为文字的表达,总有一定的限制,事实上农村的情况还有很多,如买黑市米(二元三角一斤),因为粮食问题夫妻分炊等。在社会治安上也有许多不安定现象,如偷、抢,甚至还发生命案等。这些都没有能反映出来。我希望领导上能重视这个问题,派专人去进行调查研究,这个公社的自然条件十分好,约有一二十万亩良田(确切的数字我问过几个人,都不知道),工作搞得好,不仅可以丰衣足食,而且完全可以有余粮供应社会需要。

1962年2月24日

重读《回乡见闻》书感

《回乡见闻》,是我1962年2月24日向中国人民大学党委会写的一份报告,因为我在回乡之前,学校开党员大会,组织上通知,党员回家或外出(因正值放寒假),回来一定要向组织汇报见到的当地的真实情况,尤其是农村。因为这时正是三年困难时期。

我是因母亲病重才回去的,我于2月3日离开北京,2月4日到无锡。随即坐船回无锡县前洲镇冯巷农村老家。这篇文章就是真实地记录了我当时所见到的农村的情况,真是见到了我从未见到过的一片凄惨景象,饿死人的景象。

我的报告交到党委会后,就得到了人大党委会的表扬,说报告写得很好,说我敢于说真话。后来人大党委又把这篇报告报到了北京市委,北京市委也同样表扬了我,之后这件事就过去了。我当时交的是一份底稿,并没有再誊写一份。因为我写文章习惯是只写一稿,我的底稿交上去了,我手里也就没有这篇文章了(那时还都是手写,没有打字机)。没有想到1966年"文化大革命"中,造反派们却想到了这篇文章,他们去把这篇文章找了出来,同时宣布我这篇文章是"反党反社会主义的大毒草",要我接受批判,向党和群众认罪。

　　当时我手里虽然没有这篇文章,但文章是我写的,我脑子里根本没有"反党反社会主义"的思想,我文章里哪里会有这样的思想。所以我坚决不认罪,不作检查。我就向军宣队提出要求,我说要我检讨、认罪,总得让我看到文章吧,事隔多年,我早已忘记了,不看文章,我怎么能检查呢?军宣队就把文章找来交给了我,我重新读了这篇文章,心里就更加有底了,分明是他们强加给我的"罪名"。这文章里反映当时的真实情况,农村饿死人的情况是事实,但丝毫也没有"反党反社会主义",他们编造也编造不出来。所以我就向造反派们提出要求:一、这篇文章既是反映我家乡情况的,就应该到我家乡去核实,看我是否是说的真话,还是编造谣言攻击社会主义;二、我愿意跟着你们一起到我家乡去,将文章念给我家乡的老百姓听,由他们去发动广大群众来批判我,我愿意面对群众。这两点要求我也向军宣队提了出来。结果造反派们没有一个肯跟我一起到我老家去的,军宣队读了这篇文章,也不同意造反派们对这篇文章的定性,也认为这篇文章并没有那些问题,终于一场气势汹汹的对我的批斗,就算不了了之。我则因为这场对我未遂的批斗,反而得到了这篇我早已忘却了的文章。现在虽然已经事隔四十七年,我重读这篇文章还是有启示的。最重要的启示,是我在文章里说:

　　　　这个公社(指我的家乡)自然条件十分好,约有一二十万亩良田(确切的数字我问过几个人,都不知道),工作搞得好,不仅可以丰衣足食,而且完全可以有余粮供应社会需要。

我四十七年前的这段预言,已经完全被事实证明了,不仅是证明了,而且我的家乡已经经历了几番的经济飞跃了。今年3月,我回家去了一趟,我实在已经不认识我的家乡了。

我的家乡,从上世纪60年代后期起到70年代,为了挖除"穷"根,就大力治水,根除水患,当时上面提出的口号是"农业学大寨",但我的家乡是低洼地,年年闹的是水害,是农田被淹没,而不是大寨一样的山区。所以当地的干部就从实际出发,进行治水,经过连续十多年的艰苦奋斗,终于水患得到了彻底根除,所有的土地,都变成旱涝保收的良田,从此家乡就永远告别了饥饿,也就开始站起来了。在治水过程中,又带动了小工业,镇上办起了小工厂,走上了农副业、工业综合发展的道路。而且路愈走愈宽,到1983年,我的家乡前洲镇成为全国首批亿元乡之一。1986年起,经济总量连续数年位居全国乡镇榜首。1991年获中国最佳乡镇殊荣,近几年来又先后被评为全国环境优美乡镇、国家卫生镇和江苏省新农村建设示范镇。

我的老家是乡镇工业的发祥地之一。现有民营企业1000余家,工商个体户2000多个。2008年,前洲镇国内生产总值40.2亿元,是1978年的400倍;全社会销售收入130.6亿元,是1978年的435倍;上缴国家税收4.6亿元,是1978年的180倍;人均收入12680元,是1978年的90倍。李先念、李鹏、李瑞环、乔石等党和国家领导人曾先后亲临前洲镇视察,高度肯定了家乡的经济发展和社会事业建设。

现在,家乡物阜民丰,昔日旧貌已荡然无存。我回到老家,再也找不到我童年到青年时期的一点痕迹,找不到我当年放羊的荒坟堆,找不到我屋后常常钓鱼的小河,还有那两座连接在一起呈"⊥"形的"一步两顶桥",尤其是那条我每天上学要走的弯弯曲曲的小路,和路右边形如葫芦的小河"葫芦头沟",这一切都已变成整齐的房舍和欣欣向荣的田畴了,留在我心头的记忆,早已找不到半丝痕迹了。我这个故乡人反倒变成了外乡人了。唯一还能找到的是离我的老家约有一里半路的孟将庙里的那棵参天古树——古银杏树,还依然耸立着,算是让我找到了一个坐标。我可以依此来辨认我当年放羊割草的荒坟堆的位置,可以认出我原来居住的老屋的位置。它可以渐渐地把我带入回忆的梦乡。

我问我的家人,他们说我的家乡包括整个无锡市,近数十年来,官吏没有贪污的事,没有刑事案件也没有民事纠纷,更从来没有老百姓上访的事,相反遇到公益的事,都争着出力出钱。他们说,连我的老镇——前洲镇的房子都拆除重建了两次,所以我再也找不到旧时的一点记忆的痕迹了。

想着想着,我似乎看到了一个真正的和谐社会,看到了一个实在的"有中国特色的社会主义"的新农村。

我的家乡,只是整个中国的一小块地方,但是我却看到了我亲爱的祖国的前景,我希望全中国的老百姓都能过这样的生活。

尽管还有许多困难,还需要更大的艰苦奋斗,但是我坚信"有中国特色的社会主义"是实在的,有强大的旺盛的生命力的。它已经放射出迷人的光彩了,它的前景将是更加美妙的、现实的。

2009年9月2日于京华瓜饭楼

梦里的家乡

我离开家乡已经整整六十年了,二十岁前我一直在前洲镇冯巷农村种地,这是一个四十多户人家的小村,前后都是农田,我是在农田和竹树丛中长大的。

我上学必须翻过一个大坟岗,叫松坟岗,名字叫松坟岗却没有一棵松树,连一棵小树都没有,只是一大片荒草离离、高低不平的坟地。走完坟地,右边就是一条小河,叫葫芦头沟,河不长,约半华里,形如葫芦。再往前,就可进前洲镇街道,到达学校了。以上是我从家里上学校——小学和初中——每天必须来回走过两遍的地方。

我家门前是一片菜圃,满园是碧绿的油菜,还有两株桃树和一株石榴,每到春末,桃花盛开,之后,就是火红的石榴花,每到这个季节,真是春色满园,榴花照眼,令人难忘。

在菜圃的东面,是我家的老屋,屋边有一片空地,年年种南瓜,每到秋末,总是金黄色的南瓜长满屋角墙边,那段时间,我家特穷困,全村也是穷困户多,但我家穷到经常饿肚子,而这墙边的南瓜,就是我们一家人一个秋天的粮食,加上邻居不断以南瓜相赠,所以每至秋冬之际,我家都是以南瓜为粮食,这就是我的书斋名"瓜饭楼"的由来。

我的小村,离著名的惠山也只有十五公里,所以一开门,我就能见到青青的山色,横亘在眼前。而且阴晴变化,烟云出没,真是"山色有无中"。特别是朝岚夕晖,常变常新。当时我们习以为常,未觉得新奇,现在想想这是何等佳妙的清景啊!陶渊明说:"采菊东篱下,悠然见南山。"实际上我们一直是在这样美妙的自然环境里,只是没有应有的文学修养来品赏这种特别佳景而已。

我的家,离著名的太湖,也只有十几公里,我记得我读高一的时候,有一个春天,我与几位同学到太湖去,过了梅园,再向西走,到了华藏寺。寺在湖边,这里地僻景幽,基本上无游人。我却特别喜欢这个静景,我站在寺门外太湖边上,远看天边的太湖,浩淼无际,从眼前一直远去与天相接,真是水天不分。加上朦胧的水汽,更增加一层虚无缥缈的感觉。这时忽然从天上飘来几片帆影,我正奇怪这远处的帆船怎么会从天边飘来的呢,再定睛细看,方看出是从远处天边水天相接处飘过来的,船是在水上,不是在天上。因为在雾里,所以分不清楚天和水了。真如杜甫说的:"春水船如天上坐。"这诗句的佳妙处,到这时我才真切地体会到。

还有一次,是"文革"后期,我与至友名医巫君玉一起到太湖公社杨甲处去,他的办公室就在五蠡湖的边上。杨甲说,晚上我们喝酒吃螃蟹。到天黑后,他提着马灯,我们一人拿着一个小凳子,几步路就走到了五蠡湖边。湖水浩淼,我们在湖边坐下,把马灯放在旁边。不一会儿,湖里的螃蟹看着灯光,就一个个地爬来了。杨甲把大的抓起来放在篓子里,小的扔到湖里去,不到半小时,就抓了三十多个大螃蟹,晚上我们持螯饮酒,真是其乐无穷。

第二天,杨甲又弄了一个机帆船游五蠡湖。机器一发动,"嘭嘭嘭"的声音震动特大。湖鱼受此惊骇,竟飞起来,有的还飞过了我们的头顶,有不少条大鱼,都飞落到船舱里,本来我们只想游五蠡湖,没有想抓鱼,得此意外奇遇,中午我们又美美地吃了一顿鲜鱼。尤其是飞鱼过顶,不断落到船舱里来的奇景,真是毕生难遇,也毕生难忘。

可惜杨甲和君玉不久都先后去世了。但他们的事迹、他们的人品,就是海枯石烂,我也不会忘却一点点的。

我离家已经整整六十年了,这六十年来,尤其是后三十年,家乡发生了难以想象的变化,原来是一个穷困的小村镇,前几年经济产值却跃居全国同等村镇之首,实现了全部养老保险。家乡的面貌彻底变了,以往的旧痕迹一点也没有了,什么"松坟岗""葫芦头沟"都一概找不到了。居民都住在高楼大厦里,一半以上的家庭都有汽车,再也没有旧时的饥寒之虞了。前年我回去一次,竟像一个外乡人一样,找不到一点旧时穷困的痕迹,唯一找到的是离我家不到一华里的孟将庙里的两棵千年银杏树,还婆娑如昔,但原有破旧的庙宇房屋也已荡然无存了!

所以我所记忆的我的故乡,只存在于我的记忆里了,有时我做梦梦见家乡,也还是旧时的面貌。因此我以往写的怀念家乡的文章,也只能当作是梦里的家乡了!

2014年4月17日于瓜饭楼

西域纪行

西 域 纪 行

我一直没有到过新疆,但是对新疆却向往已久,因为它就是古代的西域的主要部分和古代丝绸之路的重要地段。

我与司马迁一样,有好奇好古之癖,我也像司马迁一样喜欢游历,在十年动乱期间,把所谓的"游山玩水"也当作坏事来批判,但是我却趁在干校之机,每年探亲时,总是单身独行,借此游历了许多地方。我把这种游历,看作是读书,是读一部文化、历史、山川、地理、政治、经济……综合在一起的大书,而且我越读兴趣越浓,所以,一提到新疆或者西域,在我的脑子里,大沙漠里的楼兰、米兰古城,古龟兹的石窟艺术,吐鲁番盆地里的高昌古城、交河古城,带有神话色彩的火焰山,以及诗人岑参笔下的西域风光,也就纷至沓来,令人遐想了。

西域在我的脑子里,始终是一个带有神话和传奇色彩的地方,我确实已经向往了很久。

今年(1986)夏天,我承新疆大学的邀请,于9月11日到新大讲学,至10月6日回北京,虽然为时很短,且主要的时间都是在讲学,但我也利用讲学之余和假日,尽可能地游历了新疆的一部分地方,正是见所未见,闻所未闻,总的印象我觉得新疆太好了,关于新疆的学问太大了,我坚信伟大的祖国一定会富强,广阔的西北地区一定要开发,关于研究我国西部地区的学问——我叫它作"西域学",也一定会大发展。

趁着我对新疆的印象很新鲜的时候,我急忙记下这次到西域游历的见闻。

初到乌鲁木齐

乌鲁木齐市,在我的印象里,是一座正在现代化的城市,从机场到市中心的那条友谊路,宽敞而整洁,汽车分上下道,两边的人行道也是上下道,道旁树木已将合抱,枝柯交结,形成一条绿色的林荫大道,无论行走或坐车,走在路上,感到心胸舒畅,天地广阔,我去的时候,已是九月中旬,所以两边的树叶,已开始由绿转黄或红,更增添了一番秋色。

尤其是矗立在市中心的红山,像昂首长啸的龙头,石色赤红,在太阳光照射下,简直是条赤龙。乌鲁木齐河就在龙头下流过,附近就是人民公园,园内有为纪念清乾隆时的大文人纪晓岚而建的"阅微草堂"。纪晓岚曾于乾隆三十三年(1768)被革流放到乌鲁木齐,当时居处在乌鲁木齐老城所在地西九家湾。纪晓岚在新疆虽然只有短短的两年,但对新疆的影响很大,他自己对新疆也有很深的感情,他在《乌鲁木齐杂诗》中写道:

万里携家出塞行。男婚女嫁总边城。

多年无复还乡梦，官府犹题旧里名。

他的另一首描写天山打猎的诗写道：

白草粘天野兽肥。弯弓爱尔马如飞。

何当快饮黄羊血，一上天山雪打围。

我曾进公园去游览，园门是牌楼式的古典建筑，进门隔湖对面就是纪念性的"阅微草堂"，这个湖也叫"鉴湖"，为什么与绍兴的"鉴湖"同名，我就不知道了。园内老树婆娑，景色清幽，尤其是湖边的树叶，丹黄相间，再加上绿色，颇有斑斓之感。园中有小摊卖烤羊肉串，导游者教育学院的某君要我试试，果然鲜嫩异常，绝非北京街头的烤羊肉串所能比拟。

我因为事忙，根本没有时间去参观市容，只是每次车过市内的大街，看到正在新建的建筑，完全是现代化的，看了乌鲁木齐市的马路和建筑，再看看上海那种拥挤不堪的情景，简直是不可相比了。

我离开乌市的前一日，朋友们请吃饭，宾馆的对面就是人民大会堂，自治州机关事务管理局的局长侯海云兄和旅游局主管天池的董学商兄坚请我看看他们的人民大会堂。我心想北京的人民大会堂我已看得多了，更何况我在纽约、旧金山和莫斯科、列宁格勒等地都曾看过一些世界闻名的大建筑，区区自治州的大会堂又会怎么样呢？——这就是我当时的真实思想活动,但由于他们的热情邀请,我又觉得不去不好,所以才勉强去了,但是当我一进大会堂,立即被眼前的情景迷住了,我只觉得非常歉疚,非常惭愧,我刚才的思想多么可笑啊！眼前的这座大建筑,真可以说是千门万户,金碧辉煌,或者说晶莹澄澈,一片琉璃世界。可惜我不懂建筑学,讲不出那么多名堂,只是觉得设计是那么匠心独运,结构是那么天然浑成,建筑是那么细腻精致,它的总面积当然比北京的人民大会堂要小,但它的精致程度却远胜人民大会堂,新疆是多民族地区,大会堂各个民族厅则又是各具特色,无不精工妥帖。可惜由于时间的限制(因为我要赶回去整理行装),不能充分地仔细欣赏。当我走出大厅时,觉得仿佛是从一座艺术的迷宫里出来一样,我深深佩服设计师的才华和匠师们精工的建筑艺术。

我住在新疆大学的招待所,招待所给我留下了极其美好的印象,我住在里头,简直就像在家里一样没有任何一点做客的感觉,新疆的瓜果实在太好而又太便宜了,西瓜只有八分钱一公斤,因此每天我们总要吃好几个瓜,而服务员总是及时地帮我们收拾得干干净净。

我卧室的窗户正对着南面的天山主峰——博格达峰,天山顶上终年积雪,抬头就可以看见山顶上的皑皑白雪。陶渊明说"采菊东篱下,悠然见南山",我在这里不需采菊,也可以天天"悠然见南山"。但要见博格达峰,却需要碰巧,最有机会看到的是清早太阳将升的时候和傍晚日落的时候。尤其是傍晚,那博格达峰披着满身的银装,真是一位青女或者素娥,亭亭玉立,独出云表,她没有巫山神女峰那么缥缈,但却如庄子描写的藐姑射仙,真是肌肤若冰雪,绰约若处子,其美不可方物。

我在乌市短短的三周,除了在新大讲课外,还到新疆师大、新疆教育学院、新疆职工大学和昌吉师院几个学校去讲了学,我感到边城的师生,是那么热心于学习和教学事业,每次我讲课的时候,他们总是全神贯注,我深深地被他们的好学精神所感动,有一回,一位与我差不多年纪的老同志,带着两个儿子,在新大听我的课出来,赶上了我,特地告诉我,他是放弃了这个月的奖金来听课的,他第一次听过后,就将两个儿子找来,以后每次我讲课都来听。我在新疆师大讲课时,听讲者热烈的神情真使我感动。我讲这些情形,一点也没有别的意思,我只是希望内地的老师们,能抽空多到新疆去讲讲课,其实,这绝不是单方面的单纯的讲课,我们自己也可以学到不少新的知识,这一点才是我写这篇"纪行"的目的,这我当然要在下面慢慢地细说。

我有幸刚下飞机后,就与一位维吾尔族的女排教练卡玛尔同车到新大,因为是中午,新疆的时间比北京晚两小时,所以当地的人还未吃饭,卡玛尔就把我带到她的亲戚家里,这家当然也是维吾尔族。我是头一次到民族朋友家做客,而且思想毫无准备,我进屋刚坐定,他们就搬出茶果来,那位女主人看了我的名片,马上就说:"《红楼梦》!"她用颇为流畅的北京话问我:"您就是研究《红楼梦》的冯先生?"我说:"是。"我问她:"你读过《红楼梦》吗?"她说:"读过一点,我是教小学的。"问答之间,他们已摆上了午饭,给我一大碗南瓜、白菜、羊肉、土豆一起烧的菜,又拿上来一大盘馕。当时,我根本分不清哪是菜,哪是饭。连"馕"这个名字也是后来才知道的。我心想,在民族朋友家做客,据说不能客气不吃,不吃就易误会。所以当一大碗四色合作的食品送来时,我也不管它是菜还是饭,拿起来就吃开来了,谁知一吃南瓜,却特别好吃,细腻而又甜糯,我忽然想起我的书斋取名叫"瓜饭楼",因我小时候抗日时期,家里穷得没有饭吃,就常常用南瓜当饭,因此我也吃过不少南瓜,深谙南瓜的品种,那种细腻可口的南瓜也吃过不少,但全国解放后的三十多年来,我再也没有机会吃到它了,想不到到了几万里外的西域,却吃到了地道的"南瓜",我是多么高兴啊,我一下子就把整碗连南瓜带土豆一起吃个精光,他们对我的"表现"颇为满意,又让我吃馕,我也依样拿了一小块蘸着茶水吃,觉得颇为可口。我这个不速之客的这一顿民族饭,吃得真是够有兴味的,正当我们吃完的时候,新大中文系的领导夏庭冠、张广弟教授就来接我了,我们谢了主人,起身告别,走了不多远,我们的老朋友郝延龄教授也来了,他们高高兴兴地把我送到了招待所。

我特别感到新疆的天似乎比别处高,天空也特别蓝。我的感觉不是没有道理的,因为新疆气候干燥,空气里没有水分和杂质,所以每当夜晚尤其是午夜,仰望天空,只见星汉灿烂,长天一碧,如果不是在庭院里而是走出市区到旷野里,那就更加气象辽阔,碧海青天,月明万里,又是另外一番景色了。

我在新疆共二十六天,其中去天池和吉木萨尔一天,去吐鲁番两天,去库车七天,实际留在乌鲁木齐的时间只有十六天,而且主要的时间是讲课,所以对乌鲁木齐市了解得还很少,但是乌鲁木齐却给我留下了美好的印象,乌鲁木齐教育界的朋友更使我深深怀念,他们在祖国的最西边,辛勤地从事培养人才的工作,他们的辛勤劳动与新疆未来的发展是有直接的关系的,他们的工作是神圣的,我衷心愿意有较长的时间到新疆去从事教育工作和文史研究的考察工作,我期待着我的愿望能有机会得到实现。

天 池 秋 色

我到乌鲁木齐的第十一天,也即是9月21日(星期日),新大的朋友和新疆军区的朋友安排我去天池游览,由于事先有郝延龄兄的建议,决定这一天从天池下来后,再向东到吉木萨尔去考察唐代的北庭都护府故城。

我对游览,特别是带有访古性质的游览,从来是最感兴趣的,自从在两三天前做了这个安排后,我就紧张地翻阅资料,并把照相机、胶卷重新检点,做了充分的准备。事先确定星期天清早六时即来车接我们,乌鲁木齐的早晨六点,还是人们熟睡的时候,距离天亮还有两个多小时,但是我和菉涓早在五点半就一切就绪,待命出发了。六时正,郝延龄兄和李忠跃君来招呼我们到校门口上车,军区的车早已等在门外了。这天是刚过中秋两天,我们抬头看天上,只见好月当头,清辉万里,银河耿耿,分外明亮,而满天的星星,也并不因为月色的照耀而有所隐没,我感到仍然是"一天星斗焕文章",正是迢迢良夜,耿耿星河,看着这一番夜色,也已够迷人的了。

上车以后,似乎心就定了下来,因为昨晚睡得太晚,今晨又起得太早,所以一定下心来,睡魔就乘虚而入,不知不觉,我就在车上睡着了。一觉醒来,发现车子停着,我还以为车还未出城呢,哪知已到了阜康,即将转入去天池的山道了。这时天还未亮,直到车子向南驶了将近半小时,才看到大戈壁上一轮红日喷薄而出,其壮丽的场面,我觉得也别具特色,与我在华山、泰山、黄山所看者都不同,在山上看日出,有云彩掩映衬托,画面显得煊丽而富于变化;在大漠上看日出,既无云彩,也无水汽,而且四野空阔,一望无际,茫茫有如大海,一无遮拦,只见一颗巨大无比,其红亮有如熔铁,光芒四射,使人不可逼视的巨轮,从地平线上渐渐升起,转瞬间就跃出地面,渐渐上升了。要说单是看日出的话,那是要算大漠里看日出最为清楚、最为逼真了。当太阳刚离地平线的时候,车子已开始进入山道,而初升的太阳也就被山峦挡住了。

天山,是横亘于新疆中部的一座大山,也是亚洲最大的山系之一,它古有北山、雪山、白山、阴山等名称,整个新疆就因为天山在中部地区东西横贯,因而就分为南疆和北疆。天山本身,又是由三列大致平行的山峦所组成,天池所在的天山,是属于东天山的博格达山,博格达山最高处三峰并立,终年积雪,其主峰博格达峰,高达5445米,满身冰甲,高耸入云,天池就在博格达峰下半山腰,海拔1980米,被称为"天山明珠"。

我们的汽车进入山区以后,两旁皆是山峦,路旁一条大溪,流水不断淙淙作响。据我游山的经验,凡是大山,必有大溪,愈是山大,其溪亦大,而且必定是溪中乱石纵横,我走过的华山、庐山、黄山、雁荡、泰山、五台、秦岭、终南等等,莫不如此,南方的许多大山,如逢雨季,有时几里路外就可以听到水声轰响,仿佛是先声夺人。现在我们进入天山,虽然是在西域的大戈壁上,也仍然是山水相连,流水淙淙。我们愈往前走,两旁的山峦愈显得陡峭,山路也愈显得狭窄,仿佛是仅能通车,一路上我细看溪中急流,感到水色洁白如雪,其平静处则又是一碧如蓝,后来我悟出因为这都是从天山上流下来的雪水,所以喷溅时有如雪花,渊积时有如凝碧。我正欣赏着一路的淙淙流水,车子忽至一窄狭处,抬头见右壁山崖上刻着两个大字:"石门"。确实此处两山陡峭高峙如门,而路边溪水突然落差增大,有如瀑布倾泻,而水色洁白如匹练,大非南中山水之可比。可惜此处路窄,又急于去天池,不可能停车,所以只好注目而过。汽车循着盘旋的山道蜿蜒前进,至半山,迎面飞瀑自空而下,颇有"银河落九天"之势,其下有一小池,池水澄碧,人们呼之为"小天池",再上山势愈高,回首俯视来时路径,已只剩一条曲曲弯弯的长绳了。我正在估量已到达何种高度的时候,汽车一下就停下来了,抬头一看,只见眼前一片潋滟的波光,水波澄碧,四围山峰重叠,树木森立,面对着这个高入云际的大湖,自然而然地人们会称它为"天池"了。

天池,是一个半月形的高山湖,她长3400米,最宽处约1500

米,面积4.9平方公里,最深处有105米,湖形南北长,东西窄,南端靠近博格达峰,湖的周围都是高山,就是我们进口处较低,有如一道拦水的巨坎。纵观天池周围,群峰林立,云杉、雪松漫山遍岭,我们去的季节已是深秋,所以在一片苍翠之中,又夹杂着一树树的黄叶,特别是远处山坡上向阳处有几树红叶,经太阳光一照,一团火红,点缀得湖面更是秋色一片。南望博格达峰,清晰如在眉际,其侧面一峰,满身是冰,有如一根巨大的冰柱,在太阳光下,闪闪发光,还看得出她洁白的全身,似乎已经被摩擦得光滑到连一粒微尘也搁不住了,《红楼梦》第五回里写到《金陵十二钗正册》上有一幅画,画面上是"一片冰山",现在我算真正看到了冰山!

天池,很早就被人们看作是西王母的瑶池,唐贞观二十二年(648),在今阜康以东190华里的莫贺城设立了瑶池都督府,可见人们把天池看作是瑶池是由来已久了。无怪乎现在天池的东北面山坡上,还留有王母娘娘庙的遗址。关于瑶池和西王母的传说,是富于神话色彩的,《山海经》里说她是"其状如人,豹尾虎齿而善啸,蓬发戴胜",这个西王母的形象,还是相当可怕的。最富于故事性和人情味的要算是《穆天子传》里的西王母了,《穆天子传》卷三说:

> 吉日甲子,天子宾于西王母。乃执白圭玄璧,以见西王母,好献锦组百纯、□组三百纯。西王母再拜受之,□乙丑,天子觞西王母于瑶池之上。西王母为天子谣曰:"白云在

天,山陵自出。道里悠远,山川间之。将子无死,尚能复来。"天子答之曰:"予归东土,和治诸夏。万民平均,吾顾见汝。比及三年,将复而野。"天子遂驱,升于弇山,乃纪丌迹于弇山之石,而树之槐,眉曰"西王母之山"。①

这里的西王母,不但会赋诗,而且对穆天子缱绻深情,"将子无死,尚能复来",多么富于人情味啊!在古籍里关于西王母的记载,一般都是与昆仑山、玉山、流沙等联系在一起的,最早把西王母与瑶池联系起来的,据我所知,就要算是这段文字了。后来,唐代李商隐的《瑶池》诗:

瑶池阿母绮窗开。黄竹歌声动地哀。
八骏日行三万里,穆王何事不重来。

显然是从《穆天子传》取材的,诗人在这里一开头就把瑶池作为西王母所居之处了。按贞观年间甚至更前,就已经把天池作为瑶池了,那么李商隐诗里所指的瑶池,究竟仍然是就《穆天子传》取材呢,还是他心目中的瑶池已有所指,指的就是这个天池呢?这就颇费寻思了。

因为我们在乌市出发得早,所以到天池是第一批游客,我们四望天池,一片寂静,唐人说"一鸟不鸣山更幽",倒确实是"一鸟

---

① 据1934年影印黄尧圃校本《穆天子传》。

不鸣",幽静至极。我们在临湖的餐厅里吃了早饭,眼看着早已出来的太阳再出来一遍,因为她虽然早已离开地平线,却被高耸的天山挡住了光芒,我们在天池待了好一会儿,太阳才爬上天山,霎时间,天池就显得"半江瑟瑟半江红",波光粼粼,有如万盏银灯,在星眸闪烁,真是别是一番风光。

我们早餐毕,天池管理处的主人董学商兄一定要邀我们游天池,我们趁兴登上游艇,往天池的南端驶去。俯视池水,蓝如碧玉,两旁众峰肃立,远看南面一排雪峰,高高耸立,参差错落,真可以说是群玉山头,特别是游艇到天池南端时,我发现池边是一片树林,地势平坦,有小径可向东进山,地上还有积雪未融。正南面高处,则是原来看见的博格达峰,现在则更为清楚了,我感到近看博格达峰,则雄壮挺立,满身银铠,有如顶天立地的勇士,也像是擎天一柱,在支撑着青天,显出一副英雄的气概!

我们的游艇从南端沿天池东边折向西北,有一处向池里突出的山峰,上有新筑的小亭,我们登亭远眺,则又是一番景色,近看可见附近山坡上有一废址,即为原王母娘娘庙遗址,而对面山峰上,即是东岳庙遗址,迤北,则是铁瓦寺遗址。限于时间,我们不能久留,随即登舟回到船埠。我原想登岸后随即告辞,上车赶路,哪知学商兄早有安排,把我强引至一处,进去一看,只见笔墨纸砚俱已齐备,就等我动手写字了,我见势不可免,只好赶快动笔,以免耽误时间。我为临湖厅题了一匾,书"瑶台"两字,又书一联:

若非群玉山头见

会向瑶台月下逢

用李青莲现成诗句,学商要我为新筑的小亭题名,我为书"迎仙亭"三字,以附会瑶台也。我们上山时路过小天池,旁有一亭,亦新筑,学商要我题名,我为书"听松亭"三字,复为学商作一幅泼墨葡萄,这才算完事。我们终于告别了天池,依旧路下山,车中我口吟一诗云:

群玉山头见雪峰。瑶台阿母已无踪。

天池留得秋波绿,疑是浮槎到月宫。

北庭都护府故城

从天池下来,途经石门,我要求司机停车,在石门稍事逗留,我下车至溪边,溪流甚急,喷珠溅玉,奔腾不息,远望有如白龙蜿蜒,仰视"石门"两字,正在两山合龙之门口,其势甚壮。因赶路,不敢久停,即登车去阜康午餐,在一家维吾尔族的村店里,搬来了满桌菜肴,个个皆是羊肉,做法不同,而味皆大同小异,草草吃毕,继续登车向东奔驰。中午大家已困倦,即闭目在车中酣睡,约息半小时,四顾皆大戈壁,古称碛砂,右侧为天山支脉,向前看,则是笔直的公路,极目无际,直到与天相接,所以我说:新疆的公路条条可通天。虽是戏称,实为实景。我们的汽车如脱缰的奔马,拼命向东飞驰,但总是到不了吉木萨尔,我们疑心已走过了头,停下来问道旁行人,才知还在前面,当时已近五点,我们也顾不得时间有多晚了,继续快速往前奔驰,又过了半小时,终于到了吉木萨尔。

因为时间紧迫,我们没有进城(当地也早已无城),只是在城区的西边岔道口,问明了道路,据告:从吉木萨尔再往北走11公里,就可到老乡所说的"破城子"了,也就是我们要去的唐代的北庭都护府故城。为了节省时间,我们又请了两位家住"破城子"的老乡和一位家住吉木萨尔城区但熟悉古城的老乡,做我们的向导。关于吉木萨尔和位于它的北面的"破城子"(北庭都护府故城),文献记载是很多的,道光年间徐松的《西域水道记》说:

> 济木萨,西突厥之可汗浮图城,唐为庭州金满县,又改后庭县,北庭都护治也。元于别失八里立北庭都元帅府,亦治于斯(注略)。故城在今保惠城北二十余里,地曰护堡子破城,有金满县残碑。

又说:

> 余归程宿于保惠城。日已西,衔驰往护堡游访。孤魂坛有败刹,悬铁钟厚寸许,剥蚀无文,形如覆釜。土人戒不得使有声,误触而鸣,立致黑风发地,每有唐朝铜佛,余收得二铺,高逾四寸,背皆有直孔。保惠城南十五里入南山,山

麓有千佛洞,绀宇壮丽。山南通吐鲁番。

乾隆年间的纪晓岚,对吉木萨尔和"破城子",也有颇为详细的记载,可以参看。他在《阅微草堂笔记·槐西杂志(三)》里说:

> 吉木萨有唐北庭都护府故城,则李卫公所筑也。周四十里,皆以土墼垒成;每墼厚一尺,阔一尺五六寸,长二尺七八寸。旧瓦亦广尺余,长一尺五六寸。城中一寺已圮尽,石佛自腰以下陷入土,犹高七八尺。铁钟一,高出人头,四围皆有铭,锈涩模糊,一字不可辨识。惟刮视字棱,相其波磔,似是八分书耳。城中皆黑煤,掘一二尺乃见土。额鲁特云:"此城昔以火攻陷,四面炮台,即攻城时所筑。"其为何代何人,则不能言之。盖在准葛尔前矣。城东南山冈上一小城,与大城若相犄角。额鲁特云:"以此一城阻碍,攻之不克,乃以炮攻也。"庚寅冬,乌鲁木齐提督标增设后营,余与永馀斋(名庆,时为迪化城督粮道,后官至湖北布政使。)奉檄筹画驻兵地。万山丛杂,议数日未定。余谓馀斋曰:"李卫公相度地形,定胜我辈,其所建城必要隘,盖因之乎?"馀斋以为然,议乃定,即今古城营也。(本名破城,大学士温公为改此名)。

上面两段文字,虽然互有出入,但大体上是符合实情的。徐松的《西域水道记》把吉木萨尔(济木萨)认作就是护堡子破城,也就是北庭都护府故城,而把现在的吉木萨尔称作是保惠城。

63

徐松说"保惠城南十五里入南山,山麓有千佛洞,绀宇壮丽。山南通吐鲁番",这也是对的,我们将到吉木萨尔时打听古城时,乡人就告诉我们南山里有千佛洞,离公路很近,可以去看,我们后来游吐鲁番过胜金口到柏孜克里克千佛洞去时,也听人说,说这个山口有路可直通吉木萨尔,大约300多华里,至于徐松和纪晓岚所写的北庭都护府故城的情况,与我们现在看到的,仍然大体相似,这下面我可以叙述。

当我们找到了三位可靠的向导以后,我们的车子就放心地向北急驰了,在路边我见到了不少卖蒜头的乡民,路边的蒜头堆砌得如同一堵堵厚墙,蒜头大如小儿的拳头,看来,这里的蒜头确是特别好。汽车向北急驶的时候,我还看到了一口自流水井,地下水从管子里直喷出来,永不止息。在大戈壁里能出现这样的自流水井,真是奇迹!

汽车大约走了三十分钟,车上的老乡就指着前面说,已到了"破城子"了,我们依着他手指的方向往前方右手看,果然见土墙林立,范围相当大,公路就紧挨着城墙,我看公路左手也还有林立的土堆,看来公路是穿过这个古城的边缘了。车到城墙边,我急忙下车,背着相机直往城墙处赶,三步两步就赶到城墙下了,城墙是南北走向,高六七米,中间有通道,看来是西门,门外护城河的遗迹还十分清楚,河床内低洼处芦苇丛生,我爬上城墙顶,顶部尚宽,约有二三米的宽度,我从墙顶向东面和东南面、东北面四周巡视,极目所至,可见这个城面积极大,远处但见墙垣林立而已。据说此城是新疆现存北疆地区最大的古城之一,东西长约1000米,南北约1500米,呈长方形,城分内城和外城,城墙的建筑都是干打垒。内城较小,外城的北端墙厚达7米,现北墙一带还较完整,内城的北门尚在,城西南角发现,那里是模仿唐长安大明宫的结构。在内城还有一块高台地带,有古城的残砖碎瓦甚多,可能是官署所在地。可惜实在迫于时间,我们不可能再深入古城腹地作详细调查,加之向导们急于回家,不断地催我到马路的西边,我们一直被他引导到公路西边不远处的一座早已废弃的古寺,这就是著名的西大寺。

西大寺,是一座高昌回鹘佛寺,寺址距北庭故城不到一公里,所以我们的车子向西开一会儿工夫就到了。这个寺是近年发现的(1979年),据说,这座规模很大的佛寺,原来外观像一座土山,整个大寺被泥土覆盖着,老百姓因为取土,挖出了一条佛腿,才发现此寺。

此寺的建筑面积为长方形,南北长约70.5米,东西宽为43.8米,佛寺的台基高出于地面甚多,我们被导者从东面一个门引入,买了门票,即让我们看一溜向东开门的八个洞窟,因时值薄暮,不敢耽搁时间,匆匆随入参观洞窟,洞窟中有一个台座,也有有三个台座的,台座上的佛像有的已无存,有的已残损,但在洞壁上可以看到色彩很鲜艳的壁画,其残存部分鲜艳如初画,看完了这八个洞窟后,又走到上面一层,共七个洞窟,其损毁情况与下面差不多。因为有的洞窟的门锁住了,钥匙也开不开,所以只看了几个洞,起初看管人员不让拍照,后经再三商量,允许拍几张以作研究,因此我还拍得了几张照片。

我们到了顶上以后,才看清楚了全貌,原来我们参观的是寺的东厢向外的两层,全寺如凹字形,中间是空旷的庭院,大概当初从正门进去后,就是一个大院落,东西两边是配殿,院落的北面是正殿,东、西、北三面朝外部分皆如我们已看过的洞窟,朝内部分除正中是正殿外,东西两侧即是东西配殿,我们从东配殿的上层下来后,又被引进东配殿,内有一卧佛,全长8米,头朝北脚朝南,这正好是卧佛的头部靠近正殿,卧佛尚较完好,准对着卧佛的墙壁上是一幅规模宏大的《八国国王分舍利图》,图画基本完好,画面北端为王者出行图,王者交脚横坐于白象之上,穿铠,头部有圆形顶光,白象前后簇拥骑士,皆全副武装,腰悬宝剑和弓箭,手持长伞或旌旆,状如行进于山峦间,画之南端为攻城图,画中城墙高耸,城门洞开,中立一佛,城墙外之武士则做攻城之势。在北端王者出行图之下端,有供养人一对,画甚清晰,男着圆领紧袖长袍,戴桃形帽,女戴桃形凤冠,下垂步摇,穿翻领紧袖长袍,在供养人之头侧,各有回鹘文题记。管理人员对我特施优待,告诉我可以允许我拍照,我非常高兴,但时已很晚,光线暗淡,又不让用闪光灯,我勉强拍了两张。

从东配殿出来,太阳已将下去了,据介绍正殿残存佛像一躯,上部已毁,胸以下尚有六米高,则可见此佛像亦甚高大,因为要赶回去,司机催促,故只得离开。

回到乌鲁木齐,天已经很黑了。

1986年11月于瓜饭楼

《瀚海劫尘》序

我向往祖国的大西部,可说由来已久。最早是抗战时失学,在家种地,读到了李颀、高适、岑参等描写西域风光的诗,使我大为惊异。从此在我的心里就一直存着一个西域。那时我十四岁。

抗战胜利后,我读到了《大慈恩寺三藏法师传》,玄奘追求佛典精义而万死不辞的勇气,实实震撼了我的心魂。私心窃慕,未有穷已。窃以为为学若能终身如此,则去道不远矣;为人若能终身如此,则去仁不远矣!此时我正在临《圣教序》,《序》文描述玄奘西天求经所历艰难说:

> 乘危远迈,杖策孤征;积雪晨飞,途间失地。惊砂夕起,空外迷天。万里山川,拨烟霞而进影;百重寒暑,蹑霜雨而前踪。

对照着《大慈恩寺三藏法师传》里写到玄奘所经种种艰难,我更深深敬佩玄奘排除万难的伟大意志力!所以我得出一条启示:不有艰难,何来圣僧?我认为这种种艰难,恰恰成为造就这位伟大佛学宗师的条件。因为世间的事物,往往是相反而又相成的。

抗战胜利后,我得到了读书的机会。我酷好文、史、地,也喜欢哲学,还有其他一些相关的学问。我发现原来这许多学问,实际上都是相通的。之后,我读书与年俱增,1948年毕业后,我仍像在校的学生一样,勤读不辍。我渐渐地悟到,读书就是追求真理,这就与玄奘的追求佛典精义道理上是相通的;我还悟到任何真理都是实在的,而不是虚幻的,那些说得天花乱坠而空洞无据的东西,是否是真理,首先应该怀疑,至少应该求证,而不能轻信,更不能盲从。

在读书中,我特别喜欢与实地调查结合起来,有些从字面上无法确知的东西,往往实地调查后就明白了。所以从中年以后,我就注重实地调查。在干校期间,我利用每年一个月的假期,去"游山玩水",我自己称这是读天地间最大的一部大书。

我向往中国的大西部,还有一个重要原因,是我坚信伟大的中华民族必定会强盛!而强盛之途,除了改革、开放、民主、进步而外,全面开发大西部是其关键。从历史来看,我们国家偏重东部已经很久了,这样众多的人口,这样伟大的民族,岂能久虚西北?回思汉唐盛世,无不锐意经营西部,那么现在正是到了全面开发大西部的关键时刻了!因此我们应该为开发大西部多做点学术工作,多做点调查工作。

1986年秋天,我终于得到了去新疆的机会,于是玄奘的身影又蒙上我的心头。这次,我调查了在天山以北的唐北庭都护府故城,城在吉木萨尔以北,过去称金满城。我也调查了吐鲁番交河、高昌故城,在这些地方,我都尽情地拍摄了不少镜头;尽管我并不精通摄影,但我不愿错过这个机会。尤其是我从乌鲁木齐乘长途汽车经达坂城去库车时,要经过几百里的旱沟。两边皆高山,寸草不生,中午烈日,如在火胡同中行走,此种奇景,虽然行程艰苦,但确是见所未见。经焉耆,也就是《大唐西域记》里所说的"阿耆尼"国。玄奘当年曾在此渡开都河。我等汽车一停,立即奔到河边,借着落日的余晖,拍得一景。半分钟后,太阳就沉下去了,我能留此一景,实感侥幸!

我在库车,尽情地饱览了古龟兹国的风光。玄奘西行途中,曾在此停留60余日,以待凌山雪消。龟兹古盛伎乐,至今我们还可以从克孜尔千佛洞得到印证。龟兹最令人惊叹的是它的特异的山水,有的似惊涛,有的似巨刃,有的似仙宫。其色彩则五色斑斓,要不是去亲自观看,就不会知道世界上有如此奇特的山水,我曾题诗云:

看尽龟兹十万峰。始知五岳也平庸。
他年欲作徐霞客,走遍天西再向东。

在龟兹停留一周,因急事赶回北京。但从此我的心中又多了一处放不下的地方。我年年都想再去,因为我觉得龟兹这部大书,我刚打开,还没有细读。

最痛快的是1990年秋天,我因拍摄《中国古丝绸》电视片的任务,9月25日从西安出发,到第二年1月8日才回北京,大半个严冬我都在祖国大西部的戈壁沙漠中度过,虽然有时"惊砂夕起,空外迷天",有时"积雪晨飞,途间失地",但是我却"心中别有欢喜事",一切的"苦"反成为我的"乐"。例如我们在敦煌,要去玉门关,没有交通,连道路都没有,一入戈壁,就是四顾茫茫,不知东西南北。但我却觉得这是难得的机会,是奇遇。在唐诗里,在古书里多少次读过了玉门关,但不知是何模样,现在可以饱看究竟,纵有万难,也要看看这座"春风不度"的古关。终于我真正看到了这座"秦时明月汉时关"的汉代最西的边防关,而且它更是玄奘西行出"关"的"关"。玄奘当时西出玉门关后,要过五烽。在第一烽偷渡时就射来了飞箭,把他捉了回去。经过交谈,玄奘的伟大精神终于感动了烽上的"守捉",反而帮他备足了水、粮,送他上路。为此我也出玉门关往西,走了一段,想看看这第一烽在何处,当然现在是渺不可得了。①

再例如我们离开敦煌的前夕,忽然一夜漫天大雪,天气严

---

① 按,玄奘取经所出的玉门关,不是汉代的玉门关。唐时,玉门关已内移,关址在今安西双塔堡,双塔堡后筑水库,唐玉门关遗址已沉入水库。数年前我曾专程去调查,经当地博物馆同志告知,唐玉门关确已沉入水库,并带我到水库去实地考察,只见一片碧波,唐关已付泽国。据当地居民讲,附近确有瓠卢河,即玄奘出玉门关时偷渡之河。故附近榆林窟尚存西夏壁画,玄奘渡河出玉门关的故事,我也曾去亲自看过,壁画共有六幅之多,可证唐玉门关即在此处。又唐岑参诗中的苜蓿峰,尚存水库北侧,因时间不够,未能去调查。以上都是我后来考察所得,我写这篇《序》时,尚不知唐玉门关已内移,误以汉玉门关为玄奘所出之关。特此补正。又玄奘回归时,确由汉玉门关入境。

寒,真是"忽如一夜春风来,千树万树梨花开"。早晨起来见此情景,不顾严寒,我立即决定再去莫高窟拍外景,不管冷到何种程度,只要手指能动,就要把这座圣洁的莫高窟和三危山拍下来。因为这是上帝的赐予,岂可不取?于是我这本书里就有了难得的月牙泉的雪景。

尤其使我惊心怵目的是莫高窟这个艺术宝库,那些栩栩如生的彩塑和壁画让你如登仙界,你如对"他"凝神谛视,久而久之,你会觉得他们也在向你拈花微笑。那些佛、菩萨、迦叶、阿难和力士、飞天,一个个神情专注,内心是那样坦诚、祥和、虔诚,这当然是举世无双的艺术;但这更是我们民族、人民的善良心性的写实,我感到它已经超越了宗教的界限,仿佛让你感到人应该具有这样美好善良的内心世界!

这样卓越的艺术境界,我在麦积山、炳灵寺得到了同样深切难忘的感受,我联想起大同云冈、洛阳龙门等地的石刻,又何尝不是如此!

当我在这座艺术殿堂里面对这些呼之欲活的艺术杰作时,我禁不住内心欢呼着:伟大的中华民族!伟大的中华文化!

去年秋天,我第四次到新疆,从伊宁翻越天山去库车。这两天翻越天山的行程,等于是我钻入天山的肚子里仔仔细细地看了一个够。尤其是在巴音布鲁克过夜,这是一个高山之夜,9月的天气,夜里已经冻得令人发抖。海拔4000米,月光亮得如白昼。半夜里我独自冒着严寒,走出院子,在大门外走了一圈儿。万籁无声,觉得严寒如两只巨臂,把我抱得紧紧的,而且越抱越紧。我挣扎着举目环顾，只见冰峰罗列，千形万状，我忽然想起东坡《宿九仙山》诗："困眠一榻香凝帐，梦绕千岩冷逼身。"我没有想到竟在此处得到东坡的诗境，心中的欢喜，莫可名状！

翻过天山，我终于重到了库车。这次最难忘的是我在驻军的帮助下，穿过了原始胡杨林，找到了塔里木河。过去我只是在地图上看到一条线，现在我总算看到这条著名的内陆河了。河水依然是这样莽莽苍苍，一望无尽，更有意思的是河边系着真正的独木船。这时我似乎感到历史又把我们拉回了多少个世纪。

我们好容易出胡杨林时，已经是月在中天，挂起了银色的纱帐。想不到四五个维吾尔族小伙子，煮好了羊肉，还在林子里等我们。见我们车到，欢呼雀跃，立即铺上了地毯，抬来煮肉的大锅，真是大碗吃肉，其味之美，是我做梦也想不到的。于是胡杨林里的这顿晚餐，就成为我永远值得夸耀的佳话了。尤其是那头顶上的月色，身畔的树影，还有比羊肉味更鲜美醇厚的维吾尔族同胞的纯情，虽然因为语言不通，不能交谈，大家只是默默地意会，但"常恨言语浅，不如人意深"，到此，似乎语言确是多余之物。分手已快一年了，我至今仍想着这片胡杨林，想着这一次胡杨林里的晚餐，想着这几位维吾尔族同胞，还有滔滔的塔里木河！

我依依惜别了库车的朋友，惜别了库车的山水，但在我的心里仍然与他们订了后约。

我到喀什住在疏勒，据说这就是当年定远侯班超的驻地。历史往往会发出迷人的芬芳，我又一次闻到了这股醉人的气息。我又调查了从印度传过来的第一批佛教石窟——三仙洞，据说这是东汉的遗迹,可惜位于绝壁悬崖上,可望而不可即。

我在和田远望了昆仑山,还饱赏了和田的美玉,玉门关的名字就是因为这里的美玉而命名的。我在民丰进入了塔克拉玛干大沙漠的边缘,看了尼雅河的落日。中秋之夜,我是在洛浦与和田两处过的,先在洛浦,当夜又赶回了和田。

我原计划是从民丰再向东到且末、若羌,然后再到敦煌,这样就把丝绸之路的南道走过来了。可惜时间不够用了,因此我只能再订后约。

我回顾我四次的新疆之行,恰好加起来是走过了玄奘西天取经在中国境内的全部路程,虽然不可能亦步亦趋,因为玄奘当年偷偷出境,不敢全走大路,但大体路线是一致的;特别是出玉门关过五烽到伊吾,大方向仍然是现今的这条路线。此后的路线则更是清晰可辨了。

所以我非常庆幸我能把这条著名的路线走了一遍。我印这本书,也是为了把这一路的足迹留下来。

但我计划走的南线的最后一段还未走完,我仍要继续走完它。我离别和田时,有诗赠雒胜君云:

与君相见昆仑前。白玉如脂酒似泉。
莫负明年沙海约,驼铃声到古城边。

2002年元月5日

玄奘取经东归入境古道考实
——帕米尔高原明铁盖山口考察记

今年8月15日,我第7次去新疆。10多年来我连续去新疆7次,都是为了一个目的:调查玄奘取经之路。到目前为止,玄奘取经之路,在国内的部分(主要是甘肃到新疆的部分),基本上已

帕米尔高原明铁盖山口,玄奘取经东归入境处

经清楚了,能去的地方也都去了,楼兰、罗布泊当然不易进入,目前还未能去,但我仍希望能去,不希望留下空白。

玄奘出境的路线,是在阿克苏境内乌什城的西部——别迭里山口。1995年我曾去调查过,因为没有估计好行程,到了山口,看到了现存的唐代烽火台,即《唐书·地理志》所记的"粟楼烽"。再想前进,司机说回程有困难,因此未能直至边境。今年已经做了充分的准备,但到了阿克苏,却碰上洪水把进山的道路冲垮了,有很长的一段路无法走,所以没有能补上次的遗漏,只能等待再次了。

这次我们又上了帕米尔高原的塔什库尔干,在塔什库尔干住下来后,我就下决心明天一早就寻路去明铁盖。幸亏张团长热情支持,他为我们安排了车辆和路线,并且事先通知了所到各

塔什库尔干之石头城

点。他们担心我已经76岁了,要上4700米的高山,怕身体不允许。但我自己心里有数,我73岁那年上了4900米的红其拉甫,没有什么特殊的反应,这次不论有多大的困难,我也要闯一闯。因为从文献资料来分析,玄奘当年从印度归来的道路,只有明铁盖山口最有可能,我不去实地观察,就不可能彻底弄清这一点。我看不少有关西域的专著,其含糊处,都是因为没有身历其境的调查,没有感性的认识。如果能一一实地勘查,当能有所收获。我们从塔什库尔干团部出发,直奔喀拉其库边防连,相距60多公里,此处海拔3600米,地当喀拉其库河与红其拉甫河交汇为塔什库尔干河处。玄奘在《大唐西域记》里专门记述到的公主堡,即可由此山中进入。

关于公主堡,《大唐西域记》卷十二里是这样记载的:

[朅盘陀]建国传说

今王淳质,敬重三宝,仪容闲雅,笃志好学。建国以来,多历年所,其自称云是至那提婆瞿呾罗(意为中国与天神之种,唐言汉日天种)。此国之先,葱岭中荒川也。昔波利剌斯国王娶妇汉土,迎归至此。时属兵乱,东西路绝,遂以王女置于孤峰,极危峻,梯崖而上,下设周卫,警昼巡夜。时经三月,寇贼方静,欲趣归路,女已有娠。使臣惶惧,谓徒属曰:"王命迎妇,属斯寇乱,野次荒川,朝不谋夕。吾王德感,妖氛已静。今将归国,王妇有娠。顾此为忧,不知死地。宜推首恶,或以后诛。"讯问喧哗,莫究其实。时彼侍儿谓使臣曰："勿相尤也,乃神会耳。每日正中,有一丈夫从日轮中乘马会此。"使臣曰："若然者,何以雪罪?归必见诛,留亦来讨,进退若是,何所宜行?"佥曰："斯事不细,谁就深诛?待罪境外,且推旦夕。"于是即石峰上筑宫起馆,周三百余步。环宫筑城,立女为主,建官垂宪。至期产男,容貌妍丽。母摄政事,子称尊号。飞行虚空,控驭风云,威德遐被,声教远洽,邻域异国,莫不称臣。其王寿终,葬在此城东南百余里大山岩石室中。其尸干腊,今犹不坏,状羸瘠人,俨然如睡,时易衣服,恒置香花。子孙奕世,以迄于今。以其先祖之世,母则汉土之人,父乃日天之种,故其自称汉日天种。然其王族,貌同中国,首饰方冠,身衣胡服。后嗣陵夷,见迫强国。

这是一则神奇的传说,公主堡的名称是斯坦因发现此城堡后结合《大唐西域记》里的这一则记载,认为所记就是此堡。此后

去公主堡

也就为大家所共识。特别是塔吉克族人至今仍称此处为"克孜库尔干"(即姑娘城)。

我们到此处时,横隔着一条河流,原有桥梁可通对岸,过桥后再翻过两座山头,即可到达公主堡。可惜我们到时,桥梁已被山水冲走,河水深而且急,不能徒涉,因此只好望河兴叹,我只好对着面前的两个山头拍了几张照片,借资想象。

我们从断桥处回来时,看到路口有一牌,上写"瓦罕通道"。我非常注意这四个字,而且我们去明铁盖就是顺着这条"瓦罕通道"走的。这条路还可以通向与阿富汗交界处的克克吐鲁克。

我们顺着这条通道继续向前,一路都在大山丛中。通道是依着从两山峡谷中流出来的河道走的,地势是一路向上,两边的山都是白雪皑皑,道上绝少行人,只有出来晒太阳的旱獭,不断碰到,这意味着已经进入到高山无人区了。大约又走了四五十公

公主堡

里,才到明铁盖边防连,此处离前哨班还有18公里。边防连的指导员姓吕,见到我们去,非常热情,他决定亲自带我们去,我们问他还有多远,他说还有20多公里,我们为了抓紧时间,不敢停留,继续前进。路上两边全是大山,中间峡谷中一条天然的通道,看来这是自古以来的一条通道。我们走在这大山谷里,吕指导员给我们讲了一个意味深长的故事。他说在古时,有一个波斯商队,赶着一千头羊和骆驼等,由这个通道出口。忽然遇到大雪严寒,商人们看到即将冻饿而死在这个山谷里,他们立即将所携财宝集中埋藏在一个山洞里,留下了标志,希望有一两个人能生还,将来再来取这批财宝。但无情的天气,竟把他们全部冻死在这山谷里。后来据说有一个牧人还无意中拾到一个匣子,内

公主堡下的瓦罕古道

藏满匣的珍宝,据说这就是从这个藏宝洞里流散出来的。而这个明铁盖的"明"字,波斯语就是一千的意思,这就是指这里死了一千头羊。他说,到明铁盖山口,还有一个波斯人的古墓。

我们听着他讲的这个故事,真有点悠然神往。不知不觉,我们到了前哨班,这里地名罗卜盖子,是大草甸子之意。这里距明铁盖山口还有7公里,我们在前哨班稍事休息,即继续前进,直到离山口不足1公里的地方才停下来,这时明铁盖达坂已在我们眼前,只要一举步即可登上达坂,进入巴方的领域。这里的海拔已是4700米,我看前方山口是一排冰山,峰峦排列如犬牙锯齿,左右两山对合,两山之间有一条山溪蜿蜒外流,水势不算太大。由对面过来的山道即是顺此水流而行,我右前方的斜坡,就是明铁盖达坂。我看看这眼前景色,仿佛见到了玄奘从对面山坡上一步步地走下来,真是令人神往。

我再细看,这是一条艰难而狭仄的山道,只能步行和牛羊骆驼行走,车辆是无法翻越的。按《大唐西域记》说:"自此川中东西(按《慈恩传》作"从此川东出"似较妥),登山履险,路无人里,惟多冰雪。行五百余里,至朅盘陀国。"我看这段文字,切合眼前的实景,这里说"行五百余里至朅盘陀国(塔什库尔干)",而我们恰好是从塔什库尔干直到此明铁盖山口的,不是更为确切了吗?我正在沉思间,吕指导员来带我们走上古波斯人的墓地。这是一个山坡,我的同行者朱玉麒上坡时,竟引起了明显的高山反应,全身冒汗,眼花,气喘,几乎不能自持,但我走上坡时,却毫无反应,除了略感气喘外,一切如常。这个波斯人墓是用一堆石头垒起来的,墓上还放了一对盘羊角。我们在山口流连了约半个小时,拍了不少照片,才恋恋不舍地回到前哨班,这时已是下午3时45分了。我们在前哨班吃了午餐,与战士们合影,才依原路返回。中途又折向红其拉甫,从红其拉甫回到塔什库尔干,已是晚上9时半了,但在这里太阳还未下山。

这一天的奔波,我非但不感到疲劳,而且十分高兴,因为我断定这个明铁盖山口与这条瓦罕古道,正是当年玄奘回来时所走的路。其理由如下:

一、《大慈恩寺三藏法师传》云:

> 从此(按:指"屈浪拿国")又东北山行五百余里,至达摩悉铁帝国……又越达摩悉铁帝国至商弥国。从此复东山行七百余里,至波谜罗川。川东西千余里,南北百余里,在两雪山间,又当葱岭之中,风雪飘飞,春夏不止,以其地寒烈,卉木稀少,稼穑不滋,境域萧条,无复人迹。

关于"达摩悉铁帝国",周连宽先生的《大唐西域记史地研究丛稿》一书中说:"玄奘之往波谜罗川,即由此国起行。达摩悉铁帝,《续高僧传·达摩笈多传》作达摩悉须多,均为大食语Termistat之音译。《新唐书·护密传》云:'护密者,或曰达摩悉铁帝,曰镬偘,所谓钵和者……'是知此国亦即《后汉书》之休密,《梁书·西北诸夷传》之胡密丹,《悟空行记》之护密,《往五天竺传》之胡密,即今阿富汗东北境之瓦汉(Wakhan)地方。"

故友杨廷福兄的《玄奘年谱》云:"案此国(指达摩悉铁帝国)所在地,学者论说甚繁,不详列。沙畹据马迦特 *Eransahr* 的考订,则为今阿富汗东北境的瓦罕南山间一带。"

陈扬炯先生著《玄奘评传》云:"达摩悉铁帝国(今阿富汗东北部的瓦汗)。"

章巽、芮传明先生著《大唐西域记导读》云:"达摩悉铁帝国,故地在今阿富汗东北端的瓦罕地区。"

贺昌群先生著《古代西域交通与法显印度巡礼》说:"帕米尔高原在古代是东西交通的经行地,古代乌浒河流域与塔里木河流域的商业、文化的交流,都以此为必经之路,西方古地理学者称为'大丝路'……因地势的关系,又分南北两道。南道自巴达克山越瓦罕山谷东行,取道瓦戛尔或小帕米尔而至穆斯塔阿塔南的萨雷库。"

以上诸家,都一致证明达摩悉铁帝国即阿富汗的瓦罕地区,而玄奘西行归来正是从这里回来的。再联系我进山时在公主堡附近路口看到的"瓦罕通道"路标,这就十分确切地证明了这条"瓦罕通道",就是当年玄奘回国的古道,而明铁盖是其必经的山口。

二、我在前文记到一千头羊的故事。其实这个故事来源于《大唐西域记》,卷十二"奔穰舍罗"条云:

> 大崖东北,逾岭履险,行二百余里,至奔穰舍罗(唐言福舍)。葱岭东冈,四山之中,地方百余顷,正中垫下。冬夏积

雪,风寒飘劲。畴垄舄卤,稼穑不滋,既无林树,唯有细草。时虽暑热,而多风雪,人徒才入,云雾已兴。商侣往来,苦斯艰险。闻诸耆旧曰:昔有贾客,其徒万余,橐驼数千,卖货逐利,遭风遇雪,人畜俱丧。时揭盘陀国有大罗汉,遥观见之,愍其危厄,欲运神通,拯斯沦溺。适来至此,商人已丧。于是收诸珍宝,集其所有,构立馆舍,储积资财,买地邻国,鬻户边城,以赈往来。故今行人商侣,咸蒙周给。

这则记载,不恰好就是吕指导员给我们讲的这个故事吗?《大唐西域记校注》一书的注释说:"据《西域记》此处所记方位(从揭盘陀国首府东南行三百余里,再东北行二百余里),当于塔什库尔干东南方向求之。"我们所到的明铁盖达坂的位置,正好是在塔什库尔干的西南方向,注释略有差误。

这则故事的当地传说与玄奘《大唐西域记》的记载完全吻合,这只能说明玄奘当年经过此地,听到此传说,才记载下来的。这则故事恰好是玄奘经行此道的确证。

三、前文已经引录《大唐西域记》关于"至那提婆瞿呾罗"(汉曰天种)即公主堡的故事。按公主堡的位置,恰好在瓦罕通道的西侧,则明铁盖到揭盘陀必经公主堡。玄奘当年所以记下公主堡的故事,其原因也必定是路经此处,闻此传说,甚至是亲临其地后记载的。从这段文字的语气来看,很像是亲临其地的感受。这段记载,也同样可以证实玄奘是经此瓦罕通道到达塔什库尔干的。

83

四、《大唐西域记》里关于"朅盘陀国"的记载,说:

> 朅盘陀国周二千余里。国大都城基大石岭,背徙多河,周二十余里。山岭连属,川原隘狭。谷稼俭少,菽麦丰多,林树稀,花果少。原隰丘墟,城邑空旷。俗无礼义,人寡学艺,性既狂暴,力亦骁勇。容貌丑弊,衣服毡褐。文字语言大同佉沙国。然知淳信,敬崇佛法。伽蓝十余所,僧徒五百余人,习学小乘教说一切有部。

《大慈恩寺三藏法师传》也有记载:

> 从此川东出,登危履雪,行五百余里,至朅盘陀国。城依峻岭,北背徙多河,其河东入盐泽,潜流地下,出积石山,为此国河源也。其王聪慧,建国相承多历年所,自云本是脂那提婆瞿呾罗(此言汉日天种)……
> 法师在其国停二十余日。

玄奘在朅盘陀停留二十余日,所记当是亲闻亲见。

以上所列四点,都是联结在瓦罕通道上的,而且都有玄奘的亲自记述,再加上我一到前哨班,战士们就告诉我唐玄奘当年就是从这里回来的,战士们的话当然是来自当地的老百姓,这是一种世世相传的信息,应该是有根据的。何况《慈恩传》明确说:"自此川东出,登危履雪,行五百余里,至朅盘陀国。"我想据此,我们是可确证玄奘当年东归故国的路线,确是从达摩悉铁帝国经瓦罕通道,度明铁盖达坂,沿山谷间的河道(应是喀拉其库河的上游,汇入塔什库尔干河),经公主堡再到揭盘陀的,所以我们确实可以说:我们终于找到了玄奘当年东归故国的古道!

1998年9月6日于京华瓜饭楼

玄奘入境古道立碑图

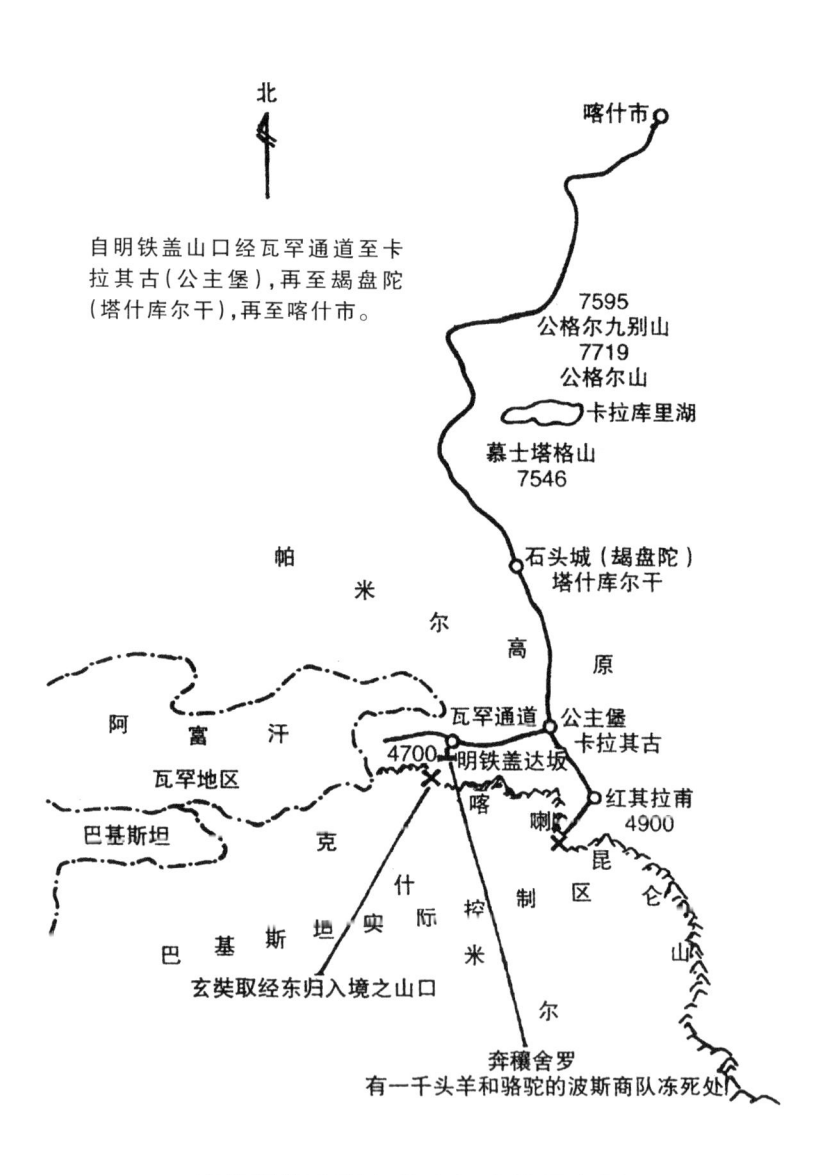

玄奘取经东归入境山口古道示意图

流 沙 今 语

近年来,我连续去了新疆七次,新疆的主要地区我基本上都到了,特别是南疆,我先后曾经喀什、和田、民丰、且末、若羌到库尔勒、库车,再到喀什,绕南疆走了几圈。我去新疆主要是想了解玄奘西天取经的路线以及这条路线的实际情况,与此同时,也借此了解古代的丝绸之路。我曾两次上帕米尔高原的最高处,今年8月24日,我到了塔什库尔干。第二天,即去4700米的明铁盖达坂山口。山高路险,不少同志劝我不要去,年龄大了怕有危险,但我决心要上去,因为我要解决多年来存在我心里的一个问题,即玄奘取经归来入国境的山口,以及由此到塔什库尔干的路径。要想弄清这个问题,自己不亲自去调查是不行的。事情只要下了决心也就简单了,虽然危险,我终于到了明铁盖山口。此处海拔4700米,与巴基斯坦交界,山口对面一排锯齿一样的冰山,这就是喀喇昆仑山,当年玄奘就是从冰山那边徒步回来的。沿途的地名和景色,如"波迷罗川"(帕米尔)、一千头羊的故事、公主堡、揭盘陀等与《大唐西域记》所记完全吻合,终于解决了我多年的积疑,自谓平生快事无过于此。已有文章另述,此处不赘。

这次上帕米尔的另一幸事,是全面看到了神秘的世界高峰慕士塔格峰和公格尔峰、公格尔九别峰。我们从喀什登山时,天气还不好,中午到喀拉库里湖,天大晴,蓝天白云,阳光灿烂,一座充天塞地的慕士塔格峰全部银装灿烂,耀眼生花地耸立在喀湖的对面,令人觉得举手可攀,举足可登;而公格尔峰、公格尔九别峰则与他遥遥相对,互相揖让,互相争雄。他们的尊容都纤毫毕露,让你可以尽情地拍摄。据司机说,这样的现形是千载难逢的机会。看来我算是一个特殊的幸运者。

我在库车时,还到克孜尔千佛洞,翻到后山,找到了207窟,即俗称的"画家洞"。因为1931年日本羽田亨博士对"画家洞"有所论述,我在前几年曾对羽田先生的论述有所商榷。这次总算补上了这一课,虽然洞内已一无所有,但亲自调查一下还是会增加实感的。

今年10月5日,我终于到了梦想多年的位于内蒙古额济纳旗的居延海和黑水城,这天正是旧历的中秋节。记得1995年的中秋节我是在洛浦和和田两外过的,1997年的中秋是在吐鲁番过的,今年则在居延海过中秋,真是别有一番滋味。

居延,在秦汉时,是中国最西部的边界,古称"弱水流沙"。自汉强弩都尉路博德筑居延城,这里就更成为我国西部的战略要地。唐王维的诗说:"居延城外猎天骄。白草连天野火烧。暮云空碛时驱马,秋日平原好射雕。护羌校尉朝乘障,破虏将军夜渡辽。玉靶角弓珠勒马,汉家将赐霍嫖姚。"《西游记》里更说是:

"八百流沙界,三千弱水深。鹅毛飘不起,芦花定底沉。"这些说法,在一定程度上反映了当年的历史气氛。

居延海古时面积很大,有2600多平方公里,秦汉时尚有726平方公里,可见其烟波之浩淼。但现在由于黑水(古称弱水,源出祁连山,远流入居延海)上游用水增大,水流已到不了居延海,故居延海已濒于枯竭。我们的汽车一直是在干涸的海底行走的,我们总算还见到了缩小了的海面,海面仍是野鸭成群。

黑水城离此也不算太远,方向则相反,我们回车入大戈壁,经两道河,汽车涉水而过,终于到了闻名世界的黑水城。当年俄国人科兹洛夫曾在此盗去大量西夏文物,遂震惊中外,我曾在冬宫博物馆看过这批文物。黑水城面积甚大,现存高大的外城是元代筑的,西夏的老城即在城内。城内地上满地是陶片和瓷片,我曾捡到一块有"元统三年"年款的缸片,回家一查,原来是元顺帝的年号,这年又是后至元元年(1335),距今已663年了。

在张掖,我还到了祁连山的深处,找到了有名的马蹄寺和金塔寺。金塔寺在万山丛中,海拔在3000米以上,四周皆雪峰,寺在百丈悬崖上,崖壁赤红似火。我曾有诗云:

马蹄参罢寻金塔,百转羊肠绕雪巚。
黄叶丹崖共一径,寺门高挂碧霄垠。

远望金塔寺,简直是悬挂着的一幅图画,绿树红崖、青嶂雪峰,真是神仙境界,虽然跋涉艰难,得此奇景,为他处所未见,也就不虚此行了!

1998年11月14日1时于京东且住草堂

两越塔克拉玛干

我从1986年9月以来,到今年9月,已经去新疆八次了。我上了帕米尔高原两次,高度是4900米。第二次上去是1998年,我虚岁76岁。今年9月,我又去新疆一次,并且再度穿越了塔克拉玛干。

我去新疆主要是为了查证玄奘取经之路,直到第七次进疆,第二次上帕米尔高原时,才终于找到了玄奘的归路。在反复查

塔克拉玛干大沙漠

证玄奘取经路线的过程中,从实践中,我体会到玄奘取经之路和丝绸之路是一致的,不过丝绸之路是经历了多少年代才形成的,并且南、中、北道路分支,即使是中道,其局部地段也会有先后的变异。因为风沙时起,加上政治战争等因素,就不能保证一路畅通到底,有时就需要局部绕道,这些情况,就很难查考得一清二楚了。但玄奘取经,只是西行一次,应该是可以弄清楚的。

因为我要细查玄奘的去路和归路,所以我必须比玄奘走更多的路,才能有比较,才能辨别清楚。由于这个原因,再加上我本来就好奇心强,希望多走点地方,多了解点历史和现实,因此十多年来,我几乎跑遍了新疆。

在新疆除了玄奘的足迹、除了迷人的古楼兰等遗址外,最使我好奇的,就是塔里木盆地里的塔克拉玛干大沙漠了。这个沙漠,是全世界第二大沙漠,仅次于非洲的撒哈拉大沙漠,它的总面积有三个浙江省那么大。

我多次去新疆,心里一直藏着这片大沙

在塔克拉玛干大沙漠

漠,为了能进入甚至穿越,我做了多次的试探和准备。第一次试探是1993年9月22日,我从库车出发,经沙雅进入塔里木盆地。同行者有新疆师大的胥惠民老师,有我院的章慎生,还有纪峰,四师房师长还派管后勤的黄占争同志照顾我们。黄又找了林业局的民族同志阿不拉·塔依尔做向导。因为这次活动并不是一次轻松愉快的旅游,也包含着一定的危险性,而阿不拉熟悉路径,可以不至迷路。

我们早七时从库车出发,天还没有亮,我在车里还看不清楚外边的景色。约行两小时到塔里木乡,此时天已大明,我见到路旁有一家卖羊肉的摊子,也有闲散的两三个人。因为我们很快就要进入原始胡杨林了,而越过胡杨林,才能到塔里木河,进入盆地。胡杨林的面积很大,难辨方向,且又没有路,所以阿不拉

塔克拉玛干大沙漠

又找了一位专管这片胡杨林的他的朋友艾山·阿孜尔。让他带了猎枪带我们走林子里的复杂路径,带猎枪是以防万一有野兽。

艾山非常熟悉这片茫茫林海,由他带路,汽车总能从树缝中穿过去。我们进入胡杨林后,简直是另一天地,那些已经经历了一两千年的胡杨树,千奇百怪,树身有的大得要几个人才能合抱。在胡杨林里走了一段路,艾山就把我们带到一位维族老人的家里。塔里木盆地里的维吾尔族人家,都是一家单住的,没有邻居,只有无数的千年古树是他的邻居。他们的门是树枝编织的,围墙是用胡杨树桩排列编成的。房子也是夯土和树草覆盖的。我们进入老人家里,艾山用维吾尔语给他说了几句话,老人简直高兴得不得了,好像接到了大贵客了。他让我们坐在凉棚下的大木板桌旁,然后送上种种新摘的瓜果,先是次甜的,接着是甜的,再是更甜的,真让你感到其味无穷。艾山关照,维吾尔族人好客,只要说声"谢谢!"或者说"好吃极了!"就可以了,千万不能拿钱出来,这样反倒要生气的,我们只好照他说的办,临了说声"谢谢,很好吃!"就告别了,老人还嘱咐回来时要到他家里吃晚饭。

我们再往前走,满眼都是千奇百怪的胡杨树,忽然碰到几个维吾尔族小伙子在干活,艾山用维吾尔语给他们说了几句话,我也没有在意。车子一直曲曲弯弯地往前走,大约在胡杨林里足足走了三四个小时,总算走出胡杨林了。一走出胡杨林,眼前就是一条滔滔大河,这就是闻名遐迩的世界最长的内陆河塔里木河。也就是说,我们已完全进入塔里木盆地了,我们已经穿过了盆地边缘的绿洲了。

在河边我看到又有一家维吾尔族人家,在篱笆墙外,放着一条独木船,而在远处的一棵大树下,也放着一条独木船。所谓独木船,就是用一棵大胡杨树的树身,中间掏空,两头削尖,就算是船了。我在这里,几乎感到自己退回到原始社会了。同去的人感到难得能到塔河身边,都在河边眺望留恋,有的还下河去洗脚。河对岸是茫茫无尽的大沙漠,再前进,当然就是塔克拉玛干了。我看到右边远处塔河上有桥,我问艾山能不能过去,他说不能,因为过桥不远就是沙丘,车无法走了,何况我们回去还要走很长时间,这时已是下午三时多了。我们只得回头,由艾山带路,很顺利地到了林子边缘,只见艾山招呼的几个小伙子,抬着滚热的大锅羊肉,地上铺着毛毡,放着大盘的馕,在等我们去吃。原来艾山进来时说的维吾尔语,就是让他们准备羊肉,这时月亮已高高升起,他们竟然一直等我们到现在!我们也正饿了,大家就坐下来吃羊肉,可是当我们面对面坐下来相互一看,不觉都笑了,原来我们大家满头满脸满身都是沙土,都互相快不认得了。但这时哪里去弄水,只能就这样了,我顺手从锅里拿了一块羊肉,心想这能好吃吗?可是当我将羊肉送到嘴里时,却觉得真是鲜美无比,可以说我还从来没有吃过这么鲜美的羊肉,我可以说哪一个大宾馆里都不可能有这样鲜美的纯味羊肉。这一顿原始胡杨林里的夜宴,使我终生难忘。那高高的月亮,那婆娑多姿的胡杨树,那朦胧的夜色,特别是那几位纯情的维吾尔族青年,还有那请我们吃鲜果的老人,十多年来,一直刻在我的心头。

没想到,当我们吃完羊肉,告别了林子里的维吾尔族青年,汽车刚走不远,还没有出胡杨林时,车子却开不动了,因为沙漠里的细沙把汽车的油管堵死了,我们都搁在这荒无人烟的原始森林里,除了天上的月亮外,什么也看不见,这时已是午夜一点多了。没想到大家正在焦急的时候,部队却派了几支人马进原始胡杨林搜索来了,总算其中一支找到了我们,把我们扶到来的车上送回住处,到家时正好是早晨七点,我们整整在外面待了24小时。

这是我第一次深入塔里木盆地,探索塔克拉玛干的情景。

之后,我们又经喀什到了和田、民丰。喀什到和田是一路向东,也即是丝路南道,也即是玄奘归来之路。过莎车、叶城以后,公路右边是高耸的昆仑山,左边是塔里木盆地和塔克拉玛干大沙漠,我们是沿着沙漠南缘自西往东走的。在叶城我们进入了塔克拉玛干西缘沙漠中的可汗城,即当年成吉思汗西征灭西辽胁迫莎车王投降屠城之处,我们由孙希文先生和当地老乡带领进去。孙先生说,当年黄文弼先生曾来调查过。老乡带着锄头,在漠中还随处能刨出当年屠城的尸体骨架来,老乡一连刨了多处,每处都刨出骷髅来,他们还让我拿着骷髅照了照片,以为见证。据孙先生说,当年他来调查时,地面上还有上千的人头骷髅,现在虽然掩埋了不少,还随处都可刨出尸骨。此城自屠城以后再无人迹,一直荒废到现在。我感到仿佛当年的历史,又到了眼前,历史有时是离我们并不很远的。过叶城后,四望全是沙漠,看不到一点绿色。实际上我们在塔里木河边时,是在盆地的北缘,现在是转到南缘来了。

和田,古称"于阗",是西域三十六国之一。我们是由和田政委雒胜接待的,他与政治部主任雷铭原驻在喀喇昆仑山神仙湾山口,高度在5500米以上,后来调到和田。他是一位识玉专家,又懂得西域的古钱币,我们去他非常高兴,又请来了和田史专家李吟屏。李先生把我们带到了位于和田市南25公里的买利克阿瓦提遗址。遗址在玉龙喀什河的西岸,南接昆仑山,此处1900年斯坦因曾两次来过,后来我国考古专家黄文弼也曾来过,曾出土过一批文物。我们到时,只见大片的砾石瓦片,面积甚大,其他什么也看不到了。考古学家有的认为这是古城遗址,有的认为是佛寺遗址,因为没有进一步发掘,所以难做定论。

第二天,我们去民丰。一路都是沙漠,下午五时到民丰,我们抓紧时间赶到了尼雅河畔,沿着尼雅河直往深处走,尼雅河是直流入塔克拉玛干的,我想沿着这条河不致迷路,可以多深入一些,看看塔克拉玛干的风貌。但走了一段路,已经暮色苍茫了,只要太阳一下去,就看不清楚了,我们只得退回,只拍了几张尼雅河的照片。睡了一夜,我们到底不死心,决定进入塔克拉玛干,同去的除向导外,就是我和章慎生、纪峰,还有部队的一位同志。我们跟着向导从民丰东边进入沙漠,向导与我们约定只要他说不能走了,就绝对不能往前走了,我们当然只能绝对服从。开始进入沙漠不久,我就看到在沙丘上有一口大网,约有半间房子大小,长方形,四周都是墙壁一样直立的网墙,但上端是敞开的。我问向导,他说这是猎鹰的大网,这里的鹰很名贵,但也不

97

是容易捕捉的。我看眼前的沙漠,形态各殊,有的如水纹,有的像鱼鳞,有的像S形的山岗,简直就是大自然的一件雕塑杰作,而这样大大小小的沙丘,真如大海,让你惊心骇目。在沙丘上走是很困难的,刚跨上一步就滑下两步,我们艰难地往前行走,谁也不肯退缩。向导告诉我,要不断地回头看,寻找进沙漠时最高最明显的目标,要死死盯着它,直到目力将穷,快要看不见了,就不能再走了,因为再走就会迷失方向,这是最可怕的事,幸而那天天气好,没有风沙,我们足足走了有五六公里。我总算看到了真正的塔克拉玛干了,看到真正的沙海了。但向导终于说不能再走了,我们就只好回头。

从民丰回和田,要经过策勒、洛浦。那天恰好是中秋节,洛浦政委来光礼请我们留下来过中秋节。李吟屏也来了,我们正兴高采烈地喝酒的时候,和田雏政委来电话,一定要等我们回和田过中秋。李吟屏说一个中秋分两个地方过,各过一半,也好。但他要我题一首诗再走,我只好即席题了一首诗:

万里相逢沙海头。一轮明月正中秋。
殷勤最是主人意,使我欲行还又留。

从洛浦回和田已是夜10时,一路上月明如昼,右边是茫茫无际的大沙漠,左边是巍然高耸的昆仑山,我几乎被这奇异的夜色陶醉了。

在和田我得到了一块有翼天使的陶片,出土于于阗古城遗址,还得到几方西域的古印和钱币。和田以产玉闻名于世,有玉市,雒政委陪我们去逛玉市,还到玉龙喀什河畔看采玉,这是和田产羊脂白玉的地方。玉龙河发源于昆仑山,流入塔克拉玛干。临别雒政委与我订后约,并送我一块青玉。我报以诗云:

多君赠我碧琅玕。犹带昆仑冰雪寒。
知是瑶台阿母物,千秋应作秘珍看。

与君相见昆仑前。白玉如脂酒似泉。
莫负明年沙海约,驼铃声到古城边。

我第一次穿越塔克拉玛干是1995年8月30日。同行者有雒政委、朱玉麒、孟宪实、陆德健、李吟屏等。我们于8月23日到和田,两日后由雒政委送我们到民丰。原计划从民丰进入塔克拉玛干沙漠到大麻札。大麻札在民丰北约70公里的沙漠中,维吾尔族人称它为穷人的麦加,附近的维吾尔族穷人都到这里来朝圣。由此再深入,即到古尼雅遗址,也即是汉精绝国的遗址。在大麻札旁还有少数居民,是守护大麻札的。但因为交通无法解决,没有去成,所以就直接去且末和若羌。这两处以前我都未去过,都在大沙漠南缘。在且末,我们调查了且末古城遗址。出且末,地更荒凉,千里无人烟,约行一小时,即傍阿尔金山而前,将近若羌时过瓦石峡遗址,此地原为古楼兰国的经济重镇,也是中亚粟特人的集居之处。遗址地貌甚奇,一望无际的沙包,地面遗存多陶片,我们拍了一些照片,因赶路未及细看。晚到若羌,住处甚简朴,他们告诉我这就是当年胡耀邦同志住过的房间。

8月29日去米兰古城。城在县东70公里的沙漠中,已近楼兰古城,此处原为汉西域楼兰国的伊循城。我们在米兰北面就见到通往楼兰的入口处,有房子也有牌子,上面写着"楼兰文物管理站",还有一根横木,表明此处就是进入楼兰的通道,但我们没有冒险进去,因为当地人告诉我,前几天有三个农民私自进入楼兰,结果都死在里边了。

米兰古城的面积甚大,还遗存有佛塔、建筑等,地面的碎片甚多,我们在佛塔的阴面凉快处坐下稍息,进餐吃西瓜,在古城约逗留了两小时方返回,拍了一些照片。

8月30日,我们决定穿过塔克拉玛干大沙漠到库尔勒。从若羌到库尔勒有一条简易的公路,路况不好,有时通有时不通,路的右边东北面就是楼兰古城和罗布泊,路的左边是塔克拉玛干,这条路刚好是从塔克拉玛干的东边纵向穿越,因为路况不好,时通时不通,所以外边不大知道有这条路。我们到后,经过了解,知道可以通车,所以决定作一次大沙漠的穿越。

当天早晨雒政委与我们告别回和田,我们就在大沙漠的路边分手,临别我赠他一首诗:

相送楼兰古国前。长亭一曲路三千。
多情最是胡杨树,泪眼婆娑在路边。

按：胡杨树分泌一种白色液体，老百姓称它为胡杨泪，我们分手之处，正是古楼兰国地界。我们穿越塔克拉玛干的东端，地形特异，无数的沙包，邻比排列，有如鱼鳞，车行70多公里即进入胡杨林，道旁胡杨千奇百怪，我拍了不少照片，穿越这片胡杨林就有100多公里。胡杨林尽后，仍是大沙漠，快到尉犁时，路左有一古城，为清代所建，名蒲昌城，城墙尚完好，城墙边红柳盛开，一片红霞，映衬着娇嫩的团团绿叶，使我们眼睛登时一亮。多少天来，一直是看的沙漠黄色，到这里才看到红绿相映的景色，我们停车流连很久才离开，晚八时才到库尔勒。到这时，我们不仅穿越了塔克拉玛干，而且已绕塔里木盆地外围转了整整一圈了。现在我们又绕到了塔里木盆地的北缘。

塔克拉玛干深处的胡杨树

这时塔中的沙漠公路已筑成一大半,当年11月就可通车从库尔勒到南疆民丰。为了更进一步地深入了解塔克拉玛干,部队的石玉玺主任安排我们到石油前线指挥部,从那里上塔中公路。我们中午到指挥部,饭后立即去塔中公路,这条公路地处塔克拉玛干的中部,全长522公里。我们约进去100多公里,两边全是一望无际的大沙漠,这比我1993年从民丰进入塔克拉玛干要深入多了,我真正看到了沙海。特别是右侧沙漠中大片枯死的胡杨树,犹如一片古战场,有的数千年的古树横躺在沙漠里,有的巨大得要多人才能合抱的已经枯死的树身还挺立在风沙中傲然不屈,有的则还有几片黄叶或绿叶,表示着还在与大自然搏斗,表示着生命的顽强!胡杨是沙漠中有名的英雄树,它成长一千年,枯死后直立不倒一千年,倒后不朽一千年。我面对着这许许多多的直立不倒和倒后不朽的胡杨树,还有那只剩最后一片绿叶还傲然挺立的胡杨树,不能不由衷地向它们发出礼赞。

我们这次回乌鲁木齐是经八轮台翻胜利达坂从后峡到乌市的,这是一条险道。八轮台在天山的腹部,我们一头钻进了天山深处,胜利达坂在4000米以上,其翻山最高处曰"老虎口",我从汽车里抬头看"老虎口"如在天上,我们过"老虎口"时正风雪交加,山石皆黑色如铁,其险万状。我请司机停下来,我说平生难得到这样的奇险处,不能不停下来细看,但这时风雪正大,奇冷。我们急急下车,拍了几张照,随即离去到一号冰川,我目睹了万古冰川,耳听了冰川深处轰轰作响的洪荒元音,真有点"念天地之悠悠"的味道。事后我写了一首诗:

湾环九折上苍穹。风雪如狂路不通。
虎口遥望穷碧落，天门俯视尽迷濛。
身经雪岭知天冷，人到冰川见玉宫。
最是云生双袖里，欲寻姑射问行踪。

这一次我不仅穿越了塔克拉玛干，还翻越了天山"老虎口"，看到了万古冰川，真是尽胜游之奇伟壮丽。

我第二次全线穿越塔克拉玛干是2004年9月11日。先是由袁振国兄送我们到和田，从和田穿越大漠者有邢政委（学坤）、朱玉麒、常真、夏箂涓和高海英。我们于9月10日到民丰，第二天早6时30分起身，7时出发上沙漠公路。这时天还是黑的，什么也看不清，大约8时左右，看着沙漠里一轮红日冉冉上升，但有点阴天，所以太阳不十分耀眼。这时我们已经进入沙漠200多公里了，只见视野所及，都是海浪一般的沙丘，初看似乎千篇一律，我们停车细看，才看出各个沙丘因位置各异，受风的情况有别，所以风力留下的刻痕也各有区别。特别是到了半根枯草也没有的沙海里，各个沙浪、沙丘的沙纹又各具特色，我简直无法一一形容。我们的车开得很快，车速在120到140左右，所以下午2时左右，已到塔中。我们在塔中午餐，我们特意在维吾尔族人开的饭店里吃饭，吃的是烤红柳羊肉串、烤罗布鱼、手抓羊肉和羊肉面片。从塔中再往前走，就是我们1995年走过的路程了。我一直惦记着那大片枯死的胡杨树，这次又到了它跟前，我又拍了不少照片。在0公里处,我们到了上次没有进去的总面积达36万亩的胡杨林自然保护区。现在称为森林公园。我们汽车开进去15公里,仍不见尽头,而数不清的胡杨树千姿百态,无一雷同。由于时间关系,不敢久留。从森林公园出来,我们直奔库车,到库车已天黑,仍住四师,谢参谋长接待。

9月14日,去库尔勒,由宁孝忠副部长接待,第二天一早去罗布人村落,车开到12点才到达。罗布人村落距尉犁30多公里,在尉犁的西南,距库尔勒85公里,在塔里木盆地的东北缘。进入罗布村已经是一望无际的大沙漠了,村落有两座沙山,爬上沙山向东南西三面望,都是无尽的沙海,那就是塔里木盆地和塔克拉玛干,在它的东南就是罗布泊和楼兰。当我爬上沙山向东

在塔克拉玛干南端所遇之驼群

南西三面远望时，我仿佛感到我刚从塔克拉玛干出来，现在似乎又进去了。

　　罗布村有两位罗布老人，一位108岁，另一位102岁，都是长髯飘拂，身体非常健康，也会说几句汉语，我与他们合了影。我估量这是一个旅游景点，但沙漠是真沙漠，是塔克拉玛干沙漠的东北缘，老人是真罗布老人，因为这里离罗布泊已经不算太远。离他们的住处就更近了。由于塔里木河的水量减少，它的流程也不断缩短，所以原住罗布泊的人历年来也不得不往西迁移。这里还有大批的驼队和成群的牛羊，还有散点般的胡杨林，真是一幅美丽的沙漠风光。我本来以为我从库尔勒就离开我为之团团转的大沙漠了，没想踏上归程之前，又让我再次回到大沙漠，让我再看上它一眼，我与沙漠看来真是有缘。

2004年11月25日夜12时于且住草堂

冯其庸探索和两越塔克拉玛干大沙漠路线示意图

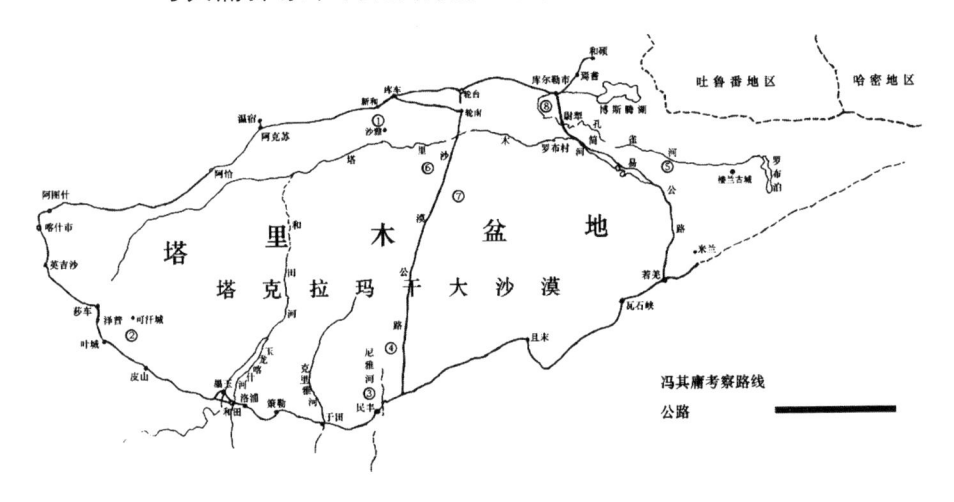

说明：

① 1993年9月22日自库车经沙雅至塔里木河。

② 1995年8月2日自叶城进入塔克拉玛干可汗城。

③ 1993年9月29日在民丰循尼雅河入塔克拉玛干，因天黑未深入。

④ 1993年9月30日在民丰从民丰东边入塔克拉玛干大沙漠，约进入五六公里。

⑤ 1995年8月30日第一次在若羌从塔克拉玛干东边穿越直到库尔勒。

⑥ 1995年9月1日从库尔勒到轮南，在轮南从新建沙漠公路深入塔克拉玛干100多公里，此处是塔克拉玛干大沙漠的中部。

⑦ 2004年9月11日从民丰上沙漠公路第二次全线穿越塔克拉玛干，此次是穿越塔克拉玛干大沙漠中部腹地。终点是从民丰经轮南到库车。

⑧ 2004年9月15日从库尔勒经尉犁到罗布人村，此处是塔里木河下游，塔克拉玛干东北部边缘。

流沙梦里两昆仑
——玄奘取经东归长安最后路段考察记

我是1986年秋天第一次到新疆的,那是应新疆大学的邀请去讲学,讲学结束后,我考察了吐鲁番的高昌、交河古城,还到了柏孜克里克千佛洞,到了火焰山。之后,20年间我连续去了吐鲁番六次,根据高昌王麹文泰对玄奘法师的大力资助,我称吐鲁番是玄奘取经的第二个起点。那次,我又游览了天山的天池,考察了吉木萨尔的唐北庭都护府遗址和新发现的西大寺。这几处的考察,已经使我感到了眼前的这片新天地,充满着神奇,充满着历史文化的气息。

在我临回北京之前,我又去了南疆,到了库车。我是特意坐长途汽车去的,这样可以多看到一些当地的奇山异水和特异的民族风情。这次的南疆之行,更使我的首次西域之游具有了神话般的色彩,那两山夹峙一道崎岖曲折而又尘土蔽天、烈日炎炎的旱沟,我称它是旱三峡,那开都河上玄奘渡头的落日余晖,那龟兹国昭怙厘寺遗址上用白灰写的"女儿国"的字样——这个寺庙现存的遗址,与玄奘法师在《大唐西域记》里的记载还依然符合。龟兹盐水沟古道是玄奘当年的取经之路,两边的奇山异水,使人如进入刀山剑林,尤其是路北一望无际的群峰,远看真如万刃刺天。光是库车这一块地方,二十年间,我前后去了六次,我在梦里也常常梦见这片神秘而奇妙的山水。

我三次上了帕米尔高原,每经卡拉库里湖,总要在湖边停留多时,仰望着世界高峰慕士塔格峰、公格尔峰、公格尔九别峰峰头的万年积雪,我仿佛从现在一直看到了远古。特别是那徙多河的滚滚急流,使我想到了玄奘法师曾多次提到它,因而也使我感到我的眼光似乎与玄奘法师的眼光汇聚到了一处。特别是我历尽千辛万苦,到达海拔4700米的明铁盖山口,终于找到了玄奘法师取经东归入境的山口古道,仿佛感到我是踏着法师的足迹走的,在我的心头似乎出现了我与玄奘法师千载相隔而又相通的感应。2005年8月15日,我与喀什市政府、中央电视台在明铁盖山口为玄奘法师立东归碑记,16日,我又与大家一起经历特殊的艰险,穿越一道道的山溪急流,终于找到了位于海拔4000米以上的"公主堡"。紧贴公主堡就是一条由明铁盖山口下来的蜿蜒曲折的羊肠古道,据路过的牧民讲,这是自古以来的瓦罕通道,从而使我恍然大悟,玄奘法师当年回来是从这条古道下山因而路过公主堡的。而原先我们上明铁盖的山道,虽然也是通向瓦罕的,但这是今人开的新路,不是当年的古道。

我最难忘的是我从库车穿越原始胡杨林到塔里木河边,胡杨的千姿百态已经使我惊心怵目了,而滔滔的塔里木河,站在岸边,远望对岸,烟水苍茫,我第一次看到这条世界闻名的内陆河的真容,可是当我回程复出胡杨林时,汽车却熄火了。这时在林子里等待我们的一群维吾尔族青年,却在林子里埋了大锅,为我们煮了一锅羊肉,还有大如铜锣的馕,这是我们早晨刚进林子时带路的维吾尔族老乡用维吾尔语嘱咐他们做的。这时月亮已高悬中天,清丽的月光,透过树梢,洒落到我们的身上。我们满脸满身尘土,围着大锅席地而坐,吃着鲜嫩的羊肉,吃着大块的馕,真正感到了一种饱含诗意的异域风情。环顾四周奇形怪状的胡杨树,我似乎是在神话的世界里。这夜,我们只好在抛锚的汽车里坐卧,一直到天色微明,才由部队搜索到了我们接我们回去。

还有一次是我在和田的中秋之夜。我原先是在洛浦过中秋,酒未及半,忽然和田的雒政委来电话,要我一定回和田过中秋,于是洛浦的来政委说,你要回和田过中秋也可以,各过一半,但你必须留下一首诗才能走,我被逼无奈,只好随口吟了一首诗,诗说:

　　万里相逢沙海头。一轮明月正中秋。
　　殷勤最是主人意,使我欲行还又留。

吟完了这首诗,我就与和田史专家李吟屏一起到了和田,路上当头一轮皎洁的月亮,一望无际的塔克拉玛干大沙漠,起伏无尽的沙浪和沙山,真使我感到不知今夕何夕,甚至使我幻觉到我或许是与张骞同来西域的。

到了和田,满屋的旧友,满桌的瓜果酒菜,真是兴高采烈,使我不得不放怀畅饮,当时我身体很好,我是能豪饮的,在当时的气氛下,即使不会饮酒的人,也不免要喝上三杯。和田最闻名的是美玉。雒政委是识玉专家,他竟当场拿出一块约六寸长四寸宽三寸厚的大绿玉来送我,作为今夕之欢的纪念,他说这是真正的昆冈之玉,你不能不赋诗。我趁着酒兴,也随口吟了一首:

与君相见昆仑前。白玉如脂酒似泉。
莫负明年沙海约,驼铃声到古城边。

末两句是记我们已约好的明年一起骑骆驼到沙漠深处的尼雅遗址去,因为这是玄奘法师到过和记载过的地方。

我的西域之行最难忘记的是2005年的罗布泊、楼兰之行。当年我已虚岁83岁了,但我曾多次说过要去罗布泊、楼兰。苍天不负苦心人,终于得到机会了,我与中央台的摄制组,借助新疆部队的协助和多位专家的指导,终于于2005年9月25日开始作罗布泊、楼兰之旅。我们先到营盘,这是汉唐以来出玉门关通往西域的一个军事经济交通重镇,现在古城还完整地环立着,在它的旁边是耸立的佛寺遗址和比连的墓葬遗址。那些被盗墓人挖掘出来的散乱的白骨,随处都是,特别是我见到一个小孩的骷髅,前额上有一道明显的刀痕,它为我们留下了古代战争的遗迹。

第三天,我们就从米兰进入,直去罗布泊。米兰是我90年代早已去过的地方,但现在已经完全不认识了。早先茂密的红

罗布泊合影

柳沙包,把一处处古代遗迹,密密地掩护着,进入米兰,如入灌木丛林,现在却是茫茫一片沙丘,一根红柳也找不到了,所有的遗迹都呈现在眼前。仅仅十来年的间隔,已是如此变化之大,正是沧海桑田,令人不胜浩叹。我们进入了罗布泊,实际上就是进入了一个无边无际的早已干涸了的大海,我们是在没有水的海底行走,那干涸的海底,形态各异,色彩斑驳,有的地方如龟裂,有的地方远望如大海的波浪,有的地方又如鱼鳞,有的地方被落日的余晖渲染后发出火焰似的红色,远望好像是地火在燃烧。我们路经一处,立着许多石碑,是以往到过此地的人立的纪念碑,我们在此停留拍照,然后继续前行,到傍晚,我们就在罗布泊南端宿营。大家经过一天的疲劳都已进入梦乡,我却思绪万端,独自一人,走出了营帐,环顾四周,只是茫茫无际的一个大圆圈,而天上的月亮和星星，却亮得出奇，大得出奇。因为罗布泊已是大漠，无一点水汽，所以天空特别明净，而周围沉寂得一点声音都没有。因为奇干，连一个虫子都不能存在，所以没有任何声音可以供你感受。我于此时，似乎真正体会到了佛家所说的"寂灭"。

第二天我们一早起程，汽车整整走了一天，从南向北穿过罗布泊，靠近楼兰的18公里，竟走了五个小时，汽车的颠簸，无法加以形容。到暮色苍茫的时候，我们到了楼兰"城"外，这里已是罗布泊的北端，城早已不存在了，但还有残余的城墙可见，大家忙着扎营，一部分人已早早地跨入沉隐在暮色中的楼兰遗址了。我因为一天的劳累，加之暮色很重，实际上已经看不见了，所以我就在营帐里休息，赶写了一天的日记。到了半夜，我习惯

楼兰残存的房屋木构架

要起来，我也特别喜欢夜的宁静和月色的皎洁。楼兰之夜是我一生中最难得的，所以我走出营帐，趁着皎洁明净的月色，走到了楼兰外围的铁丝网前，此时楼兰遗址上高耸的佛塔，全世界闻名的楼兰三间房，还有残存的建筑构架藉着明丽的月色，都一一进入了我的眼帘。我徘徊在楼兰城外，沉思着千年往事，面对着楼兰故城的憧憧夜景，我感到历史给我们留下了那么多的谜，要我们去破解，去回答。我面对的不仅仅是古楼兰的遗址，而是一部还没有完美的答案的大书，是一个深不可测的谜题。我在沉沉的夜色中，沉思着楼兰的往事。

　　第二天，大家一早就进入遗址，我也与大家一样，面对着这周长一公里，总面积10万多平方米的遗址，我的镜头，对准着佛塔、三间房、建筑构架等标志性遗存，尽情地拍摄。我一直走到

楼兰三间房

楼兰佛塔遗址

　　三间房墙边，王炳华同志告诉我，著名的"李柏文书"就是在这三间房的墙缝中发现的，我也想到了楼兰文书中买"丝四千三百廿六匹"的简牍，可见当时丝绸贸易之盛。我还想到从书法的角度看，这些汉文简牍，使我们看到了汉晋人的书法真迹和书法风格。从楼兰残存的建筑木结构，可以看到有一部分构件上，还刻有精致的花纹，有些构件，还依然被当年的卯榫紧紧地联结着，未曾散架。这不由得使我想象到楼兰盛时大兴土木的盛况。

　　我们在楼兰遗址上，还看到大批破碎的缸片和陶片，仿佛是一场劫难刚刚过去。楼兰，给我看的和想的太多了，我不断地为它陷入沉思。

　　当晚，我们仍宿营楼兰，10月3日清晨，我们去龙城，这更是一个奇妙的世界。从龙城我们又经白龙堆、三陇沙入玉门关。

西域纪行

龙城地貌

当我们进入玉门关的时候,刚好遇到太阳下山,那火烧一样通红的落日,把玉门关渲染得像胭脂一样的鲜红,我真正看到了苍山如海、残阳如血的壮丽河山。

我们这次的大漠之行,是为了确证玄奘法师到达于阗后东归的路线,据《大唐西域记》的记载,法师到达于阗后,其东归的路线,是先经尼壤(今尼雅),再东行入大流沙(今塔克拉玛干大沙漠),再东行至沮末地(今且末),再东北行至纳缚波(今罗布泊),"即楼兰地,展转达于自境"(《大慈恩寺三藏法师传》)。从上述文字的指向来看,很明显他是从尼壤经罗布泊、楼兰而走上东归的大道的。因为在楼兰的西北就是我们前几天去过的营盘。营盘是联结玉门关至西部的一个交通点,至今从营盘向西,直到库车,还有十多座汉代的烽火台,这等于是西去的路标。沿

白龙堆地貌一

白龙堆地貌二

此道东南行,经龙城、白龙堆、三陇沙则就是入玉门关的古道,也就是历史上张骞通西域的古道,也就是玄奘法师经楼兰入玉门关的古道,现在则是我们从龙城、白龙堆回来的道路。

所以此行最大的收获,是根据文献,经实地调查,证实了玄奘从于阗东归的路线。反过来说,如果玄奘法师不走此道,那么他何必深入沙漠如此之远,他的指向为什么会是纳缚波、楼兰等地。所以,通过这次大漠之行,终于确证了这一段长期未能确证的玄奘法师东归的最后路段。

玄奘法师取经路线的探索,是有深厚的学术内涵的,光靠文献的记载而不作实地的调查考察,更不能弄清问题。我现在虽然是将文献的记载与实际的调查结合起来了,而且也得出了与文献记载相一致的考察结果。但需要考察调查的何止于此,所以我对明铁盖的调查和对尼壤、纳缚波、楼兰、营盘、龙城、白龙堆、三陇沙、玉门关的调查，也还只是这项调查的尝试。顺便还要说一点，玄奘出玉门关是唐玉门关，其地址是在今安西的双塔堡，现在已被埋入水库。但玄奘回归所进的玉门关，却是现今矗立在沙漠里的与汉长城连成一体的汉玉门关。因为这是张骞通西域的古道，也是从西域回归的必经之道。这一点，也可算作是这次调查的意外收获。

2009年8月20日改定于石破天惊山馆

玉门关残阳

屐痕处处

麦积烟雨
——西行散记之一

我第三次去大西部,是从西安出发的,第一站就是甘肃的天水,那是1990年10月9日。麦积烟雨是天水最有名的一景,我们碰巧遇到了半阴不晴的细雨天气,远望麦积山,云雾缥缈,恍如仙山。

麦积山,在天水市东南50公里之麦积乡,状如农家麦垛,故名。始凿于十六国后秦(384—417),大兴于北魏,西魏再修崖阁,北周李允信造七佛阁。隋开皇、仁寿间塑造摩崖大佛。著名辞赋家庾信曾为七佛阁写铭,唐开元间地震时此碑震落,崖面中间毁裂成为东西两部分,现存泥塑及石雕像7200余身,壁画1000多平方米,洞窟多凿于20至84米高的垂直崖面上,洞窟之间以凌空栈道相通连,工程奇险。

麦积山石窟已有1500多年历史,以泥塑著称于世,与敦煌莫高窟、大同云冈、洛阳龙门并称为四大石窟艺术,亦是古丝绸之路上的佛教圣地。

我在微雨中登上了七佛阁,在此处远眺群山,风景清幽至

极。我题七佛阁诗云:

> 仰视悬崖万仞梯。群山俯瞰若青荠。
> 冷冷忽怪天风起,始觉身高白云低。

> 悠悠麦积是祖庭。千载犹存劫后身。
> 我到名山礼七佛,心香一瓣护斯人。

七佛阁上原北周庾信写的碑铭,因开元间地震震落,有人说此碑可能还在山根大堆的积土中。当然,这也是开元旧事了。

在上麦积山的山道上,积满了红色的和黄色的落叶,恰值雨后,颜色倍觉鲜明。清人蒋鹿潭词云:"一角栏杆聚落花,此是春

麦积烟雨

归处。"那么,这些红叶和黄叶飘零的地方,大概就是麦积山的"秋归处"了。

麦积山正面的三尊大佛,是隋代所修,至今已有一千三四百年的历史了,真可以说是阅尽古今沧桑。前几天,我晤见周绍良先生,闲谈中提到麦积山的这三尊隋代大佛,他说:至今还没有查出来这三尊佛是出自哪一部经文。

麦积山的栈道,是一个伟大的结构,数百年前即已残损,不能登临,近年始全部修复。沿着崖壁的悬空栈道攀援而上,真有李白"脚著谢公屐,身登青云梯。半壁见海日,空中闻天鸡"的感觉。

我第一次去麦积山,是1985年6月11日,同去的有我在中国人民大学任教时的学友任禾君同志,那时他任天水市委副书记。那天,是个雨天,到山前时,雨更密。但"麦积烟雨"是天水有名的一景,仿佛是特意为我安排这个烟雨麦积的奇景的。

我先后去麦积山已经三次了,我对麦积山的雕塑可以说是百看不厌,叹佩无已。

麦积山现存最早的洞窟,可能是74号窟和78号窟,其年代一般认为是北魏,但也有可能更早,或为后秦的作品。这两窟主佛给你共同的感受就是佛像的雕塑,已经基本上中国化了。这两尊主佛均穿袈裟,内着僧祇支。而形象端庄沉稳,显现出一种慈和庄严的气氛。佛像胸腰端直,下部稳重,从而借以显示出上部的空灵。特别是袈裟的衣纹,贴身而流畅,显得宽窄自如,通体和谐。另外,第23号窟正壁主佛(北魏),第133号窟第三龛佛与胁侍菩萨,第9龛右壁弟子阿难,第147号龛正壁主佛(北魏),第127号窟左壁龛右侧胁侍菩萨(北魏),第44号窟正壁主佛,第20号窟正壁释迦牟尼佛(西魏),第152号龛正壁主佛(隋代),第5号窟右龛左侧胁侍菩萨(隋末唐初)等等,都是雕塑中的无上瑰宝,而且还远远不止这些,就是《中国美术全集》里的麦积山卷全部都算在内,也远不能尽麦积山雕塑之精英。尤其是第133号窟第10号造像碑,更是一件佛传故事造像碑中举世无双的名迹,至今还没有发现第二块佛传故事碑可以与它比美。这许多美不胜收的雕塑精华,绝不是我这篇短文所可以馨尽的。所以我每次到麦积山总要迷恋忘返,我感到麦积山绝大部分的塑像,从后秦、北魏、西魏到唐、宋,所反映出来的审美观点,已经是中国传统的审美观点了,也即是说佛教造像艺术的汉化,已经逐渐趋于成熟到完美了。

关于麦积山石窟,还有一段凄婉的故事,公元535年(南朝梁武帝大同元年)南阳王元宝炬为西魏文帝,立乙弗氏为文皇后。乙弗氏美而慧,善诗文,性慈善。时北方的柔然国强大,强迫文帝娶柔然统治者阿那瓖女为后,文帝无奈,废乙弗氏让她到麦积山出家为尼,不久,文帝又被迫令其自尽。乙弗氏死时才31岁,死后灵柩,即安放于43窟。此窟形制特殊,外形为崖阁式,又吸收西域毡帐式建筑结构,与其他各窟有显著的区别。特别是44窟内的主像,精美绝伦,为麦积山最精湛的造像之一,造像长眉细眼,面颊略长而丰腴,眼微闭内观,嘴角脸颊略露内心的微笑,略具禅意,这一尊造像,从其神情风格和脸型等各方面来看，完全是一位中国美少女的形象，已经完全摆脱了外来影响，也有人说就是当地美少女的造型，有的朋友对我说，他在天水当地就见到这种美少女的脸型。解放前因栈道朽断，该窟一直封闭，解放后修复栈道，清扫洞窟，该窟佛像已为鸟粪厚积如土堆，经细心剥落，始出现此精美无比的塑像，且完好无损。老百姓传说这就是乙弗氏的像，因塑像人哀其不幸，特照她原貌塑入此窟。后又得鸟雀保护，得以无损。这虽是一段民间传说，恰好也帮助说明了造像是依当地真人作为模型的，类似这样的西魏造像，在麦积山还有好多身，这里不能一一尽举。

  上面这段传说，也证明了人民对乙弗氏的同情，这种同情，也是具有普遍典型性的，这就是对弱者的同情，对不幸遭遇的同情，这又说明弱者在力量上是弱的，而在道义上、人的情感上是强的，而且是永恒的！

2001年7月5日

杜诗寻踪
——西行散记之二：赤谷、铁堂峡、盐井、南郭寺、李广墓

我国的古典诗人，我特别喜欢屈原、李白、杜甫和苏东坡、黄庭坚。我读大学时，就专门选修了杜诗。我对杜甫的喜好至今不衰，我曾调查过巩县杜甫的出生地，那窑洞后面的笔架山，至今难忘。还有后来迁回来的杜甫墓我也曾去瞻仰过。后来我带研究生讲杜甫诗，还特地到奉节，在夔门瞿塘峡口讲《阁夜》，在白帝城最高处讲《登高》，讲《秋兴八首》，在这样的环境里，诗不讲也就明白大半了。

在杜甫的诗中，《秦州杂诗》等在天水写的诗，与在此前后写的诗都不一样，尤其是《秦州杂诗》二十首和由秦入蜀的纪行诗，感叹身世，俯仰古今，记述艰难，一片忧生之嗟，喁喁怅怅，读之令人感叹不已。宋人林亦之说："杜陵诗卷是图经"，南宋的刘克庄也说，杜甫的秦州诗，记秦州"山川城郭之异，土地风气所宜，开卷一览，尽在是矣"。以上两家说得都很对，但最主要的还是记述了时世的艰难、生活的困顿、民生的忧患。如第一首云：

> 满目悲生事，因人作远游。迟回度陇怯，浩荡及关愁。水落鱼龙夜，山空鸟鼠秋。西征问烽火，心折此淹留。

第七首云：

> 莽莽万重山，孤城山谷间。无风云出塞，不夜月临关。属国归何晚？楼兰斩未还。烟尘一长望，衰飒正摧颜。

我在天水，调查过不少地方，当我爬上漫长漫长的陇坂时，就想到了杜甫"迟回度陇怯"的诗句，也想到了乐府诗里感叹陇坂长的诗句。当我在陇上奔驰的时候，环顾四周，真正感到了"莽莽万山重"这句诗巨大的容量。所以这次我在天水，特意腾出时间来调查杜甫昔年经行或留宿过的地方，特别还寻踪杜甫自秦入蜀所写的一路纪行诗的地点，我想用原诗来印证所写之地，看看它的今貌，看看它的地理环境。我的日记里说：1985年"六月十三日，上午八时出发，去西和县，目的是寻杜甫经行之赤谷等地。从天水向西南行，约十多公里，即至赤谷"。杜甫《赤谷》诗：

> 天寒霜雪繁，游子有所之。岂但岁月暮，重来未有期。晨发赤谷亭，险艰方自兹。乱石无改辙，我车已载脂。山深苦多风，落日童稚饥。悄然村墟迥，烟火何由追。贫病转零落，故乡不可思。常恐死道路，永为高人嗤。

读此诗,可知杜甫当日生活之困苦,行程之艰难。就路况来说,就是我们现在坐汽车去,也是一路颠簸,仍然是难行的,何况当年杜甫携家带口,冒着连天烽火入蜀,其艰难自然是不言而喻了。我的日记继续说:"其地两山皆赤,中间有一大川,河床甚宽阔,唯目前枯水季节,河床中心仅一不大宽之急流。赤谷纵深很深,车行30分钟,过桥,翻上大山,纵观四周,群山万叠,色彩斑斓,甚畅心目。途经姜维祖墓,远望可得。过赤谷后,又翻过一山,至铁堂峡。峡内甚宽广。"铁堂峡壁立千仞、树木葱郁,传为姜维世居之处。《元一统志》说:

> 姜维铁堂庄在天水县峡内,四山环抱中,有孤冢,相传为维之祖茔。(即上文予远望所及处。)入峡数十步,右岩有"石门上品"等大字及"延祐三年二月初三日"等小字。

记得我路过　处,还见到姜维的衣冠冢。杜甫《铁堂峡》诗云:

> 山风吹游子,缥缈乘险绝。峡形藏堂隍,壁色立积铁。径摩穹苍蟠,石与厚地裂。修纤无垠竹,嵌空太始雪。威迟哀壑底,徒旅惨不悦。水寒长冰横,我马骨正折。生涯抵孤矢,盗贼殊未灭。飘蓬逾三年,回首肝肺热。

"壁色立积铁",我初读此诗时,颇觉奇特,五个入声字连用在一起,不可理解,及至我到了铁堂峡,只见壁立千仞的石壁,恰如一块厚积的黑铁,至此我始悟杜甫用字之妙,且造此五入为句的创格。杜甫此诗用字之拗口骨突,恰好反映出此山之峭险和山路之崎岖,所谓"径摩穹苍蟠"也。因为铁堂峡里面很深,我们没有敢深入,更没有敢"径摩穹苍"地蟠曲上登。

过了铁堂峡,就到了"盐井",现在地图上标为"盐官"。此处唐代就有盐井,是产盐之处。我去时唐时的老盐井尚在,旁有盐公盐婆祠,内有塑像,井旁有杜甫《盐井》诗的诗碑,可惜长年为卤水所蚀,字迹已漫漶,略可辨认而已。

非常有趣的是,这里还有一个历史悠久的骡马市场。据市场管理的人告诉我,这个骡马市场起始于公元前211年,也就是秦始皇三十六年。他说至今没有中断过,是西北最大的一个骡马市场。而且今天碰巧是集市,远近各地的骡马都来,我听了非常感兴趣,就离开盐井,一起到了骡马市场,市场确实范围甚大,骡马成群,望不到头。我当时拍了不少照片,可惜这批照片一时已难找到了。我的日记里记这一处的情景说:"此处又是著名的骡马市场,今日逢集,故骡马成群,甚为热闹。"市场管理人冯永义,年轻热情,请我们到他办公室。介绍骡马市场的历史,他说公元前211年即已出现骡马市场,市场与畜马、产盐有关。冯永义又介绍了杜甫在此居住的情况,说杜甫当过盐工,挑过盐水等等。又带我们去看老盐井及煮盐的方法,我们到盐场,看到盐工们至今尚在操作。杜甫的《盐井》诗说:

> 卤中草木白,青者官盐烟。官作既有程,煮盐烟在川。汲井岁榾榾,出车日连连。自公斗三百,转致斛六千。君子慎止足,小人苦喧阗。我何良叹嗟,物理固自然。

从诗意看,杜甫对煮盐的情况是非常熟悉的,连收购的价格到转卖的价格差距都很清楚,刚好转手的价格是收购的一倍。可见杜甫对盐工的同情之心。"君子慎止足"是对那些代表官方收购者的批评,"小人苦喧阗",是指受剥削的盐工们的大声吵嚷,愤愤不平之声。真是声情俱见。

我们过盐井,"从盐官镇出发,即至一大山峡。峡谷甚宽,山势雄伟,峡亦甚长,水流已枯竭,仅中间一数丈宽之急流源源流出。此即杜甫《寒峡》诗所写的寒峡。因时间紧迫,我们未停留,直至'法镜寺',今该地叫'石堡'"。《西和县志》说"法镜寺,在县北三十里石堡城西山上",此寺创建于北朝初期,我去时,还见到悬崖上的石窟和佛像,可惜我们到时天已近晚了,不敢再多作调查,只在近处看看,随即赴天水,到天水已经天黑了。杜甫于寒峡、法镜寺都有诗,异日当重游,以证此诗。从法镜寺再往前行,可直到仇池,即古仇池国,杜甫亦有诗,此处亦为杜甫入蜀经行之地,可惜限于时间,不能尽游。

第二天(6月14日),我们又去了杜甫游过的南郭寺。寺在南郊山上,我们"沿山路而上,近山顶始到。寺前有两树古槐,甚伟,堪与嵩阳书院之汉柏相比。入内,左偏殿为杜甫像,左右为宗文、宗武像,像尚完好。正殿后院有两古柏,各自倚侧,其一光榦,斜卧,树顶丛生柏叶,状如巨笔。另一已裂为二,中间生一槐(俗称黑蛋树),亦已甚粗大,称为奇景。寺门共四,皆在修缮中"。杜甫《秦州杂诗》第十二,即写此寺。诗云:

南郭寺

　　山头南郭寺,水号北流泉。老树空庭得,清渠一邑传。
秋花危石底,晚景卧钟边。俯仰悲身世,溪风为飒然。

诗中所说的"老树空庭得",就是指这两棵至今尚存的古柏。

我们从南郭寺归,经石马坪,为汉飞将军李广墓所在地,墓在一小学内,墓门前有两石马,形制甚古,似汉刻。李广墓完好无损,差慰人意。

我在天水考察过的地方尚有很多,不能一一尽述。但有一条必须引述,《大慈恩寺三藏法师传》说:"贞观三年秋八月①,……时有秦州僧孝达在京学《涅槃经》,功毕返乡,遂与俱去。至秦州,

---

① 据中华书局1983年版孙毓棠、谢力校点本《大慈恩寺三藏法师传》第11页注②:"秋八月","应是四月或三月之误"。

停一宿,逢兰州伴,又随去至兰州。"由此可证,天水确实是玄奘当年西行经过,且留宿过的地方。无怪乎现在天水民间还流传有不少玄奘取经的故事,如"高老庄猪八戒招亲"等等,可见虽无实据,不足为凭,但恐怕就是因为玄奘确实曾经过此处,才有可能派生出许多有趣的民间故事来。

2001年8月3日

秦州南郭寺内横斜的古树,即杜甫"老树空庭得"句中的"老树"

甘 南 行

——西行散记之三：临洮、秦长城杀王坡、拉卜楞寺、大积石山、积石关

1990年10月13日，我们离别天水去兰州，我回顾着朦胧的麦积山，想着南郭寺的那两棵古树，想着我还未寻觅到的杜甫的另一些诗踪，还想着当年玄奘到秦州，不知究竟是留宿在哪一个寺庙？……

正当我在思绪纷繁的时候，我们的车子出发了，那是一个秋色如醉的早晨。清晨的阳光，照着黄色的高原，照着路旁早已经霜发红的树叶，真是"红叶如花最耐看"。我一路贪看秋色，完全忘记了车行的颠簸。尤其是路经的村名，也特别富有诗意，如有一处叫"碧玉"，还有一处叫"马营"，我不由得为此口占了一首诗：

皋兰道中

黄叶漫山碧玉村。秋风匹马细柳营。

匆匆行色皋兰道，千里高原销客魂。

我们于晚上6时到兰州。

10月16日,我们就开始作甘南之行,此行的目的是去考察临洮、临夏和大积石山,因为这里在唐代是从长安西行的一条丝路古道。

我们的车子清晨出发,在天水还是凉爽的清秋,到这里已经感到寒意了,特别是昨夜下了一场初雪,更使你感到严冬渐渐地向你迫近。车过七道梁隧道,这是刚刚完成通车才一年多的一个大工程,隧道全长1560米,建筑在海拔2660米的七道梁群山中,未建隧道时,此处山高坡陡,一步一拐弯,车行艰险,车祸不断,由于隧道的建成,把最险恶的一段路程穿越过去了,所以凡从此南行的车辆无不称快。我们的车子也顺利地通过了隧道,但出隧道后,山势依旧险峻,依旧是一步一拐弯,由于初雪覆盖,道路更加困难,我们的车子刚拐几个弯,就见到翻倒在路旁的几辆车子,因为是下坡路,又是连续急拐弯,加上雪后路滑,所以就连连出事故了,幸亏这一段险路不算太长,我们总算平安地过来了。

车过七道梁,到了谷底,四望完全是在群山包围中,我们循着谷底的这条高低不平的古道,蜿蜒前进,在左侧我们遇到了一个大峡谷。因为刚过了险途,大家想歇一下,喘一口气,就在谷口停车。我们就步行入谷,谷口较窄,而里面却既深且广,一眼望不到头,因为是秋冬季节,谷内虽有水道,却是干涸的。同行的人说,这个大峡谷倒是一个藏兵的好地方,里面隐蔽5万到10

万人马,外面可以一点也看不见。

我们在谷内小息片时,即继续赶路,傍晚刚好到临洮。我们刚到临洮,就看到了一种特殊的景象,漫天黑云重重叠叠,远处的群山成为一道青褐色的屏障,高低起伏,山前一排排的树木,在风中挺立,满处是黄叶纷飞,使你感到乌云压顶,真有"黑云压城城欲摧"的气势。更使你感到你面临的是一片古战场,似乎战争又迫近你的身边了!

临洮古称狄道,为秦献公时始置(前384年),故城遗址在今临洮城北郊。唐时改称临州,故城在今城南旧土城,俗称蕃城,因唐时曾陷于吐蕃,故名。时哥舒翰任陇右节度使,率军于青海大破吐蕃军,保卫了临洮一带黄河九曲人民的安全,所以当地民歌说:"北斗七星高。哥舒夜带刀。至今窥牧马,不敢过临洮。"至今尚存"哥舒翰纪功碑",我曾前去调查过。碑在唐代临州城北城墙内,至今仍屹立。碑身统高7米多,宽1.84米。碑文为唐玄宗亲书隶书,碑额尚存"丙戌哥舒"四字,碑文可辨认的尚有60余字。哥舒翰为唐代名将,突厥族人。安史乱时,统兵20万守潼关,固守不战。遭杨国忠之忌,迫令出战,遂使大败,20万人坠黄河死者无数,故杜甫诗云:"哀哉桃林战,百万化为鱼",哥舒翰亦被俘后在洛阳被杀。现在这一代名将,尚存丰碑,也是值得后人瞻仰的了。

在临洮,我们又到了临洮古渡,即古丝绸之路的渡口,在秦狄道古城西门外,有古渡道口,由此直抵洮河古渡口,即今之红崖头洮河边。可惜原有的古渡遗迹已荡然无存,仅存滔滔洮河巨流,依旧奔腾不息,此处即昔张骞、霍去病、玄奘去西域过渡处,河面甚宽,我们在此流连甚久,恨不得能找出一点当年玄奘等人渡河的痕迹来,然而千百年的历史,早已随着洮水东流而去,不可寻觅了!

秦长城的起点也在临洮,我又特意去拜访了秦长城研究专家王楷先生,由他陪同一起去秦长城的起点"杀王坡"。位置在今临洮县城北30里洮河东岸南坪西侧。全长穿越县境90余华里,出临洮入渭源县境,秦长城残存的墙基、城障、关门、烽燧等遗迹尚十分明显。"杀王坡"是其起点,地在大碧河边,即古洮河边。我们越过大碧河,即登山,甚吃力,经过努力,终于到达坡上,并见到了秦长城残迹,附近遗存尚有不少,蜿蜒可见。传说此处即李斯矫诏杀秦太子扶苏处,时扶苏与蒙恬正在此督筑长城,见诏即被迫自杀,故名"杀王坡"云。

1990年11月9日清晨6时,我们于临夏发车去夏河县拉卜楞寺,发车时,天尚未明,时星月在天,寒气逼人。出临夏市,尚不能见物,我亦在蒙眬中,途经双城、土门关,昔李自成在此激战出关处也。出土门关,两边高峰壁立,中为一大峡谷,直到夏河,两面皆大山,只有中间一条小道可通,真是兵家用武之地,而风景奇绝,我在车中,左顾右盼,目不暇接,一路所见所遇皆藏民和牦牛,途经晒经台,传为玄奘晒经处。台尚完好,此当是传说。这时,我们感到天气特别寒冷,坐在车里,手脚都冻,实际上我们已进入青藏高原了,12时到夏河,即去拉卜楞寺,寺僧正在泼黄水粉刷院墙。奇怪的是有的僧人竟还光着膀子,一点也不觉得寒冷。

后复见寺僧列队进一堂,当是进午斋。

又见寺门前场上,众僧成堆,或起或坐,或伸手攘臂,你拉我推,状若争论,询问寺人,方知是在"辩经"。所谓"辩经",即辨析经义,或有异见,即互相争辩,三五成堆,状甚热烈。我们得到住持僧的同意,参观了寺院佛殿,并拍了一部分照片。

拉卜楞寺,位于甘南藏族自治州北部,大夏河上游,夏河县城西,是藏传佛教格鲁派六大名寺之一,素有"第二西藏"之称,始建于清康熙四十八年(1709)。拉卜楞是藏语"拉章"之变音,意为最高活佛府邸,与西藏噶丹寺、哲蚌寺、色拉寺、扎什伦布寺、青海塔尔寺齐名,并称藏传佛教格鲁派六大名寺。拉卜楞寺历经280余年,几经维修,1985年"铁系琅"大经堂失火焚毁,国家拨巨款重建,全寺建筑面积40余万平方米,金顶红墙,庄严巍峨。

下午2时,我们从寺中出来,到街上走了一遍,满街都是香火及礼佛用品。到3时即离拉卜楞寺回程。车稍出寺镇,我在车上回观拉卜楞寺,只见崇楼杰阁,气象巍峨,背靠青山,有如一道锦绣屏障,碧瓦朱薨,相映如画。

1991年1月2日,我重到临夏,此行是为调查丝绸之路积石关遗址。3日清晨,天未明即发车去积石关,路极险,一路全是沙石路,要翻过三座大山,方能到积石县。过了积石县,才能到黄河边的大河家乡。我觉得这个名字起得很好,仿佛告诉你,你到了黄河的老家了。事实上这里已是黄河的最上游,接近河源了,这时,我特别感到天气严寒,有零下30多摄氏度,我只好蜷缩车中,正在迷蒙中,迎面忽遥见一座雪峰,凛然天际,仿佛姑射之山。我急取相机而指僵不能屈,恍惚间雪峰已从车前掠过,我颇疑此即大积石山之中峰,也即是最高峰。继续西南行十余里,即至积石关,这里是丝路南道要隘。关址横跨两岸,黄河自此奔流而出,河宽不过三数丈,水皆深绿,过此关即入青海境,山即是大积石山。我们继续前行,入山约数十里,两边皆高山,奇峰怪石,壁立如削,黄河一线曲折其间。车沿悬崖所凿小道徐徐而进,路愈险,山愈高,俯视黄河如绿色飘带曲折飘荡,其窄处似可跨越。司机因路奇险,天奇冷,怕车熄火,不肯再前进,即折回,然积石深山中之奇景,高耸入云而又远近四周列的重峦叠嶂,朦胧的山色,有时还偶然见到几间草屋,这种"山深似太古"的气象,实在使我绝对不能忘记!

据《嘉庆一统志》:"积石山,即今大雪山,番名阿木奈玛勒占木逊山,在西宁边外西南五百三十余里,黄河北岸。其山延亘三百余里,上有九峰,高入云雾,为青海诸山之冠。山脉自河源巴颜喀喇山东来,中峰亭然独出,百里外即望见之,积雪成冰,历年不消,峰峦皆白,形势险峻,瘴气甚重,人罕登陟。"

积石关,位于大河乡西五公里的黄河边上,为明洪武间所设二十四关之一。积石山自青海由西北向东南至此,两山对峙,壁立千仞,黄河奔流其间,雪浪排空,水声轰然,惊心怵目。积石关即在黄河出山口之两岸,我们在岸的这边找到了积石关的遗址,遥望对面悬崖峭壁上,也有同样的建筑遗迹,此处的黄河实在很窄,似乎一步即可跨过去,但对面是壁立万仞的峭壁,而黄河的水面离我们还有数十丈深,所以是绝对不能跨越的。我们坐在河边的石头上,指指点点,寻找哪里是大禹劈山的斧痕,哪里是大禹休息的"禹王石",最终还是带着无限的留恋,带着一连串的疑问,心情颇有点苍凉地回到临夏。

2001年8月5日

炳灵寺、小积石山
——西行散记之四

我向往炳灵寺已经几十年了,记得五十年代初刚发表炳灵寺的调查报告时,我就发愿要去炳灵寺,至今忽忽已过了四十年,此愿方能实现。

1990年10月18日,我因为调查丝绸之路,自兰州去炳灵寺。9时到达刘家峡水库,登船后,为了贪看景色,我坐在船头上。刘家峡水库水面很大,碧波万顷,有如湖泊,船行甚速,风很大,同行的朋友叫我到舱里去,我怕错过每一个有意义的镜头,依旧抱着相机坐在船头。船行二小时十分,始穿过水库,进入炳灵寺水道,即大寺沟,也即是由小积石山左折而来的黄河故道。黄河经刘家峡水库东北流入永靖县境,再入内蒙古,形成河套。我们一入黄河故道,右侧奇峰林立,目不暇接,船继续前行,远近奇峰,纷至沓来,同行诸人为之欢呼。我们见到的这些奇形怪状的山峦,重重叠叠,无边无际,这就是小积石山。

小积石山,古称唐述山,在甘肃省永靖县,濒黄河之滨。黄河自青海之大积石山流出,经此小积石山,进入黄土高原,河水自小积石山以上水皆清澈,过小积石山入黄土高原,水始成黄色。炳灵寺即深藏于地处黄河之滨的小积石丛山中。

按郦道元《水经注》卷二《河水二》说:

> 河水又东北,会两川,右合二水。参差夹岸连壤,负险相望,河北有层山,山甚灵秀。山峰之上,立石数百丈,亭亭桀竖,竞势争高,远望参参,若攒图之托霄上。其下层岩峭举,壁岸无阶。悬岩之中,多石室焉。室中若有积卷矣,而世士罕有津逮者,因谓之积书岩。岩堂之内,每时见神人往还矣。盖鸿衣羽裳之士,练精饵食之夫耳,俗人不悟其仙者,乃谓之神鬼。彼羌目鬼曰唐述,因复名之为唐述山,指其堂密之居,谓之唐述窟。其怀道宗玄之士,皮冠净发之徒,亦往栖托焉。故《秦州记》曰:"河峡崖旁有二窟,一曰唐述窟,高四十丈。西二里有时亮窟,高百丈,广二十丈,深三十丈,藏古书五笥。"[1]

又唐《法苑珠林》卷五十三《伽蓝篇》云:

> 晋初河州唐述谷寺者,在今河州西北五十里,度风林津,登长夷岭,南望名积石山,即禹贡导河之极地也。群峰竞出,各有异势,或如宝塔,或如层楼,松柏映岩,丹青饰岫,

---

[1] 段熙仲校点、陈桥驿复校《水经注》卷二,第138页,江苏古籍出版社1989年版。

自非造化神功，何因绮丽若此？南行二十里，得其谷焉。凿山构室，接梁通水，绕寺瓜果蔬菜充满，今有僧住。南有石门滨于河上，镌石文曰："晋太始年之所立也。"寺东谷中，有一天寺，穷讨处所，略无定止，常闻钟声，又有异僧，故号此谷名为唐述，羌云鬼也。

以上是北魏和唐人对小积石山及其石窟的描述。对照着眼前我们所见到的景色，虽然时间已经千年，可是风景却依然如故。我们的船继续前进，只觉得船行太快，虽不停地拍摄，犹恐眼前的奇峰异峦，不能尽入镜头。过右侧诸峰，迎面而立的即是姊妹峰，亭亭玉立，状如双妹。这时船已泊岸，即登岸，至炳灵寺。

炳灵寺，是我国著名的石窟寺。"炳灵"是藏语"千佛或十万佛"之意。始建于西秦建弘年间（420年前后）。这里千峰林立，翠嶂蔽日，宛然世外仙境。石窟开凿在上寺、下寺和上、下寺之间的洞沟等处，现存窟龛共196个，大部分在下寺。下寺窟龛全部开凿在大寺沟西侧崖壁上，黄河即在它面前奔腾而过。炳灵寺的雕塑以石雕为主，也有部分泥塑。下寺最大的造像高达27米。

炳灵寺的最大洞窟是169窟，也是开凿最早的窟。此窟离地面60余米，用栈道沟通，专家们认为这就是唐述窟。我曾登临其上，我在攀登之前，仰望此窟，恰巧有人在窟口走动，从下面看上去，确有些缥缈神秘之感，可以想见古时此处根本无人，偶然见高空洞窟中有人走动，难怪要疑为神仙或鬼怪了。我费了很大的力气，好容易攀登到169窟，得以尽情饱览。这是一个很大的天然洞窟,宽26.75米,深19米,高约15米。窟内满布佛龛,我们初次登临,一时还分不清主次。已编号的窟龛共有24个,保存着自西秦到北魏时期的一些造像和壁画,而以西秦的为多。其中第18龛位于窟内正中上方,主佛为一高4米的立佛,面型方正,躯体高大,磨光高肉髻,细腰宽肩,着半披肩袈裟,虽已严重剥蚀,但尚有轻薄透体之感,明显地可见受印度雕塑的影响,就其整体来说,此龛风格古朴,可能是西秦初期之作。我曾摄得较好的照片,载《瀚海劫尘》。在此像周围分布着11个拱形浅龛,每龛一佛,均结跏趺坐。此18龛所占位置,为全窟最佳位置,造像皆为石雕,且都是单身。专家们分析,此窟应是最早的一窟,其时代当早于建弘元年(420)。

第6龛,位于窟内西北壁拐角处,是169窟内最重要之佛龛。龛内塑一佛二菩萨,佛像通高1.55米,结跏趺坐于覆莲台上,磨光高肉髻,面型方圆,躯干伟硕,内着僧祇支,上绘龟背形十字花纹,外着半披肩袈裟,作禅定印,神情静穆。背光项光皆彩绘,背光两侧各绘伎乐五身,意态飞动流畅,使此龛于静谧中又富有动感。此像东侧有墨书题记,甚长,但已剥落殆尽,唯末行纪年完整无损,文曰:"囗囗建弘元年岁在玄枵三月廿四日造"。建弘元年是公元420年,专家们认为这个题记是单纪此第六龛造像建成的时间,不是整个169窟开窟的时间,我认为这是对的。从这段题记的残文尚有"遂请妙匠,容慈(兹)尊像,神姿琦茂"等句,细味词意,似亦指造像。

第7龛位于第6龛东侧上端,现仅存一佛,及左侧一佛残迹,存左肩及左手,此像下面即维摩经变壁画。此佛像高2.5米,磨光高肉髻,面型方圆,细眉大眼,鼻高直,大耳下垂,唇薄,躯体高大伟岸,通高2.5米,着通肩大衣,两腿做八字形分开,直立于覆莲台之上,气势恢宏,背、项光尚全,佛双手已残,唯余长袖过膝。此像衣饰做波纹形,流畅而贴体,亦受印度雕塑影响,其风格亦较古朴,时代或亦较早。

第10龛为壁画,分上下两层,上层为一佛二菩萨像,佛像顶部绘半圆形华盖,佛略有磨损,基本尚清晰,其右方墨书"释迦牟尼佛",尚清晰可辨。其左侧残留彩绘菩萨一身,高髻宝冠,长发披肩,上身袒露,背光外墨书"维摩诘之像",字亦清晰可辨,论者以为以维摩诘做佛的胁侍,在壁画中实为少见。第11龛第3组壁画,尚有"维摩示疾"壁画,维摩像与侍者均有墨书题记作:"维摩诘之像,侍者之像"。其右边华盖下做半卧状菩萨装的即维摩诘像,像尚完好。东晋顾恺之曾于建康瓦棺寺作"维摩示疾"的壁画,图成光照四壁,轰动全城,但此画早毁,现存"维摩示疾"壁画,要以此幅为最早了。

我们在169窟匆匆看了一遍,并拍了照片,以上所提到的造像和壁画,都已印入我的《瀚海劫尘》。

我们看完169窟后,又到下边看了不少洞窟,其中北魏的造像也给我极为深刻的印象,我觉得有不少都是北魏典型的作品。

整个炳灵寺给我的印象是西秦和北魏的作品非常突出,这恰好是我国雕塑艺术早期的珍贵遗存。当然炳灵寺在西秦北魏以后,各代也都有作品,尤其是唐代,我也看了不少,可惜时间匆促,未能细看和全看,始终给我留下了再去的悬念。

炳灵寺给我另一个突出的印象是,我觉得从西秦到北魏,其雕像已经有明显的世俗化的趋向。西秦的雕像面型趋于方圆而丰满,眉细长,眼略细,有的则是适中,鼻高而已少胡相,就是建弘元年的那尊大佛,也已具备这种西秦的共同特征,特别是169窟的思维菩萨像、同窟佛头像、菩萨头像等①,这种特征尤为明显。

炳灵寺的北魏造像,除了大部分是秀骨清相的北魏造型外,其中有一部分,也已越出这个模式,更具有明显的世俗化的味道,如169窟佛像、二佛像等②,其脸型完全是一个少年美女的形象,脸容眉眼微笑而稍露,而不是完全内含。还有一点,炳灵寺的这几尊北魏造像,与麦积山的几尊西魏造像,其风格几乎可以说是相同的,除了共同说明这种世俗化倾向外,其间不知是否有艺术上的承传关系?

还有一点,是炳灵寺的壁画,几乎与嘉峪关魏晋墓砖画是同一种笔调,同一种画法,其明显的特征,是民间的画法,而不是规范化的佛画,从壁画的造型、笔法等,更容易看出这种世俗化的趋向。③我并不是专门研究雕塑的,我只是从欣赏的角度提出来我的这种感受,不知道这种感受是否合乎事实?

炳灵寺地处偏僻,怎么会有这样规模宏大,延续时间这么长的佛教雕塑艺术宝库存在呢?其实历史地看,这不难明白。原

---

① 见《中国美术全集·雕塑卷》九,第3、15、18页等。
② 见《中国美术全集·雕塑卷》九,第47、48、49、50页。
③ 参见《中国石窟·永靖炳灵寺》第26、36、37、38、39、40诸图。

来从汉代,张骞通西域起,自长安通向西域的道路,也就是后来的丝绸之路,是沿着渭河河谷,翻越鸟鼠山(在今天水)到狄道(今临洮)再渡洮河至枹罕(今临夏),到凤林(永靖县莲花堡),渡黄河到炳灵寺东边的一条古道继续前行的,所以炳灵寺正好地处交通要道上,而并不是偏僻之地。特别是西秦是鲜卑人乞伏氏创建的政权,其早期政权在甘肃榆中(苑川),属前秦,公元376年,乞伏国仁联合陇西鲜卑诸部声讨苻坚,摆脱其统治而自立。公元385年,建立西秦政权,复移至金城,再移至枹罕(今临夏),其势力一直扩充到上邽(今甘肃天水)一带。所以炳灵寺恰好是靠近西秦政权临夏的一个好地方,而乞伏氏又笃信佛教,故在短短的47年中创造了这么多的佛教艺术杰作。①

我参观这些石窟造像,真是流连忘返,直到下午四时,才不得不离开洞窟登船,回到兰州,早已天黑了。

但炳灵寺的那些造像,却一直在我的脑际萦绕不去,我希望能再去炳灵寺,再度领略这些举世无双的佛像的瑞相和小积石山神仙一样的仙境!②

2001年8月10日于京东且住草堂

---

① 西秦政权,自公元385—431年,共47年。
② 本文的写作,参阅了以下各书,特此致谢!《中国石窟·永靖炳灵寺》,文物出版社1989年版。《炳灵寺石窟》,甘肃省博物馆、炳灵寺石窟文物保管所编,文物出版社1982年版。《甘肃石窟寺·梵宫艺苑》,董玉祥著,甘肃教育出版社1999年版。

河西走廊(上)

——西行散记之五：武威、汉方城、铜奔马、罗什塔

1990年11月12日，我们从兰州西固区出发，继续西行，因车子出了点毛病，延至十一时始发车。一路往西，沿黄河景色甚佳，至兰州西头过黄河，上甘新公路，西行途中，但见秋色如画，黄叶似金，不久，过武胜驿，壮浪河，即登乌鞘岭。

乌鞘岭，位于河西走廊东端，天祝藏族自治县境内，南临马夏山，西接古浪峡，地扼东西孔道，控河西咽喉，素有"河西走廊门户"之称。西汉张骞出使西域，唐玄奘西天取经，都经过此岭。岭上主峰海拔4326米，经常阴云密布，沿甘新公路西望，乌鞘岭宛若长龙卧雪，起伏无尽。我们所过之处，海拔为3500余米，为陇中高原和河西走廊的天然分界。我们即停车稍事休息，大家下车后在路边山坡上小憩，同行的人都感到气喘，我却没有反应。岭上有汉长城、明长城，我揣摩着，路南侧山岭上的城堞似是汉长城，后来询问武威博物馆的同志，果真如此。我们在岭上停留约一小时，同行的朋友背着相机往南边右侧的山头上爬，我看他们非常吃力，就在附近的山坡上走到高处远眺，只见乌鞘

岭重峦叠嶂,无边无际,而甘青公路蜿蜒其间,恰如一条飘带。我们在岭上停了一小时,即继续向西去武威。到武威的时候,已经是天黑了。第二天,参观武威博物馆,看到西夏碑、高昌王碑、唐武氏家族碑等,当天没有看完。

  11月14日,就由博物馆陆泽昌先生陪同去查看武威北面腾格里沙漠中新发现的汉方城。入沙漠后,四顾茫茫,不易辨认,连曾去过几次的陆先生,也一时难辨方位,经三次失路,至第四次方找对了路,得达方城。城为西汉遗筑,甚完整,四周全是大沙漠,城北为洪水河,今地图上可见,旧传为《水经注》上的清泉河,我查《水经注》,不符。河甚宽,有水。河北大漠中有古长城,迤逦可见烽燧,甚完好,因隔河水,未能前往查看。

  我们进入城内,只见城墙高大坚固,城内皆积沙土,残砖断瓦甚多,城为四方形,面积不算大。此城深处沙漠之中,为近年所发现,我站在城墙上,环顾四周,只见洪水河在其北,河北长城蜿蜒甚长,此方城当是与长城为一组防御体系。我正在观望时,忽一群大雁做"人"字形飞过,且雁声嘹亮,使荒漠中别生情趣,我当时有诗云:

    大漠孤城雁字横。洪河东去杳无声。
    汉家烽火两千载,我到沙场有余温。①

---

① "温"字借韵。

我们从方城回来,走到半途,恰遇四头黄牛漫步回去,排成一队,相隔等距离,意态悠闲,甚是有趣。而近处另有两头黄牛在顶角嬉戏,显得无赖而天真,在这一片荒漠中,竟能得此天趣,实意想不到。原来是这些黄牛习惯到这里来喝水,喝饱后有的就漫步回去,有的就互相嬉戏。它们习以为常,也无人能见,今天恰巧被我碰着,可知大自然固不乏天趣。

从腾格里沙漠出来,遥见祁连山白雪皑皑,横亘天际,映衬着上面湛蓝的天空,下面又是一道道黄色沙丘,真是一幅天然图画。

因时间尚未晚,我们即去雷台,这是著名的"马踏飞燕"出土的地方。我们到时,刚好夕阳斜照,照耀得雷台的红墙分外通红,再加上周围疏密有致的树影,使得远看雷台,于婆娑树影中蕴含着一片红光,令人颇生神秘之感,太阳转瞬即逝,我急忙将此瞬间奇景摄入镜头。"马踏飞燕"出土处是一座汉墓,当天未开放,我们就没有进去。但我在兰州甘肃省博物馆看过这件珍宝。我感到这件文物之可贵不仅仅是它精湛的铸造艺术,而更在于它奇妙的艺术构思,为了要表现骏马奔驰的神速,艺术家采取用飞燕来与它对比的手法,让正在飞驰的马的后右蹄踏在正在奋飞的燕背上,飞燕受惊后回首憬视,而燕身并不下沉,可见马蹄之轻快神速。尤其是艺术家不让马的前蹄踏在燕背上,而让马的后蹄踏在燕背上,可见马的速度,不是刚赶上飞燕,而是已经超越了飞燕,这一细节的构思,更见作者精微奥妙的匠心。虽然这是一个固定的造型,但在生活中应是瞬间的定格。这样一件精妙绝伦的铸铜雕塑,实在是艺术家奇思妙想的神来之笔。

15日,我们又参观了罗什塔。塔在城内大北街北端,在一座院落里,此处相传为鸠摩罗什讲经处。此塔建于何时,没有记载。塔高32米,八角十二层,空心至顶,塔角翘首,系风铃。塔下空地甚少,不宜于拍摄。据传此塔是埋鸠摩罗什舌头的塔。这里有一个传说,据史载前秦苻坚派大将吕光征龟兹,获鸠摩罗什,回至凉州(今武威),闻苻坚已被姚苌所杀。吕光遂于凉州自立,建后凉,鸠摩罗什从此留凉州十六年之久,至后秦姚兴弘始三年(401)破后凉,鸠摩罗什到长安,姚兴甚重佛法,待罗什尤厚,让罗什领众僧在逍遥园译经。弘始十一年(409)八月二十日,罗什病逝。逝前告别众僧说:

> 今于众前发诚实誓:若所传无谬者,当使焚身之后,舌不燋烂。……即于逍遥园,依外国法,以火焚尸,薪灭形碎,唯舌不灰。①

武威的罗什塔传葬罗什的舌头,就是从上面这段文字演化而来的。

姚秦的逍遥园旧址,在今西安郊区户县,傍终南山,今为草堂寺。寺对圭峰(山峰形状如圭璧,故名圭峰),紫阁峰亦在其旁,即杜甫诗所谓"紫阁峰阴入美陂"之紫阁峰。我曾于1990年

---

① 《高僧传》卷二《晋长安鸠摩罗什》,中华书局1992年版。

10月2日去草堂寺,访鸠摩罗什舍利塔。原塔仍在,十分完好,塔为当年从印度运来,周身雕刻精湛,为该寺重宝。该寺另有圭峰禅师碑,为柳公权篆额,裴休撰文并书写,裴休字近欧阳询,结体严谨,为有唐名碑。另在罗什塔前,有佛教宗派图碑,元至正建,碑自罗什起一直到元代,其中与圭峰禅师同时的,碑上列入派系的有裴休、刘禹锡、郑余庆、白居易四人,此亦为前人所未知者。

住持僧宏林,与我谈甚投缘,坚请吃素斋,斋饭为粗麦面。我曾有诗为谢云:

名碑宝塔共流芳。万里西来拜草堂。
多谢上人殷勤意,一瓯麦饭有余香。

以上因述罗什塔渊源,遂信笔迤逦至罗什临终前事,文虽琐屑,然埋舌之说其来有自,非空穴来风,明矣。

2001年8月14日

河西走廊(中)

——西行散记之六:张掖、大佛寺、马蹄寺、金塔寺、祁连山

11月14日,我们匆匆结束了武威的调查,原拟去天梯山石窟寺考察,此为北凉时期的建筑,其主佛释迦牟尼坐像高约15米,其建造年代早于云冈和龙门,是非常值得一看的,但实在限于时间,没有能成行。

15日早自武威去张掖,途中长城迤逦不绝,我们一路傍长城而行,长城即在我们的右侧。至水泉子,残留长城城墙甚多,左侧有方城建筑,紧靠城基,有居民居住。且附近多散放牛羊,居民都在柳树下闲聊。我们即停车询问居民,居民说,这是秦始皇所筑城,是耶非耶,我们也无从辨别。我们停留了一会儿,继续前行,至绣花庙滩,长城矗立右边,甚雄伟,且地势开阔而险要,周围都是草滩,有烽燧散列于城墙边。据云:此段长城为汉代旧筑,明代重修。城墙南侧有汉日勒古城,为汉武帝元狩二年(前121)匈奴浑邪休屠王降汉后,汉始置河西四郡:元狩二年置武威、酒泉二郡,元鼎六年(前111)分武威、酒泉地置张掖、敦煌

郡。[1]此日勒城,即归张掖郡所辖,设都尉。今遗址紧靠古长城,尚隐约可见。时刚雪后,残雪覆盖在城墙及草滩上,另有一番雪后风光。我们即在此处停留休息,我在日勒古城遗址上低回再三,想看到点什么,但除离离荒草和巍然兀立的衰残烽墩外,其他一无所有,我随即抓紧时间拍摄这些历史的残迹,恰好城边有散放的马匹,都在啮雪嚼草,我即摄得数影,另外古长城的迤逦雄姿,加上蓝天和大朵白云,为我增强了画面的气氛,我也抢拍了数帧。同行的朋友则在枯草中拾得十六国时钱币一枚,总算给我们透露了一丝这里的历史信息。

我们继续前行,西部的荒凉广阔,四顾茫茫的感觉,满眼都是,不由自主地让你产生一种历史的感慨。再前行,到"丰城堡",复前为"揣庄"。路旁有一方城,甚完整,其右侧长城依然迤逦不尽,我们下车匆匆察看,除"揣庄"两字的标牌外,余无所见,也无从问询,只得继续前行。公路穿过长城,长城便在我们左侧,下午三时半,到张掖。

张掖,是河西的第一重镇,素有"河西第一城"之称。张掖之名,取义于"张中国之臂掖,以通西域,断绝匈奴右臂",完全是根据当时的政治军事形势而取的。张掖有一口清泉,泉水甘洌,故张掖又称甘州。

张掖很早就是一个经济商业城市,在我国的海上交通开辟以前,所有对外的交流,都是经过丝绸之路的,而张掖据河西走

---

[1] 参见向达《唐代长安与西域文明》之《两关杂考》,三联书店1957年版。

廊中部的重要地位,南有祁连山,北临黑河,为中西交通之所必经。所以这里是名副其实的当时全国最大的国际贸易市场,西域诸国悉至张掖交市。隋炀帝大业五年(609),炀帝西巡到张掖,在这里会见二十七国的君主和使臣,作盛会,士女纵观,盛况空前。

张掖的文化古迹很多,最有名的是大佛寺,我们的住处恰好就在大佛寺附近,所以我们首先就参观了大佛寺。据《甘镇志》载,该寺创建于西夏永安元年(1098)。1966年于卧佛腹内得石碑、铜佛、铜镜、铜壶、佛经、铅牌等物,铅牌记西夏永安元年始创卧佛。此卧佛是全国室内卧佛最大的一尊,身长34.5米,肩宽7.5米,脚长4米,耳朵也有2米多长,此像木胎泥塑,金装彩绘,塑造得极为精致。我去参观时,可惜周围护拦挡住视线,加之光线暗淡,不能细看。拍摄效果也不会好,虽然勉强拍了二帧,很不理想。

据地方志记载,西夏太后常来住此寺,降元之宋帝赵㬎于此寺出家,元世祖忽必烈、元顺帝妥权帖睦尔均在此寺出生,可见此寺的历史价值。

我们在张掖,还参观了古黑水国遗址。出张掖城西北行,经黑河,河水甚大,我国的河水大都东流,但此水却是向西流向。古黑水国遗址离此河不远。我们是11月16日下午去的,黑水故城有南北二城,南城较完整,即我们所到处,城墙甚高,呈方形,左侧有一小方形堡,我们爬上了城堡最高处。城内满地皆断砖,因风沙吹蚀,砖面密布深痕,我取了半块回来,至今还保存着。

据说此城是公元23年(王莽末年,汉淮阳王刘玄更始元年)所造,为汉张掖属国都尉治所,东汉河西五郡大将军凉州牧张掖属国都尉窦融曾驻于此,统领河西之地及居延地区。①也有学者认为此城是元明时所筑,北城则是西汉所建,但据1956年中央地质勘查队考察,认定此南城遗址下,尚有古城一座,此城才是当年黑水国故城。

黑水国之名,未见史籍,居人习以南城堡为黑水国,又呼为老甘州,因当地人称匈奴为"黑奴",故有黑水国之名。相传先秦时小月氏国都城即建于此。西汉霍去病击匈奴时,曾于此屯兵(按:似当指地下老城)。1907年英国人斯坦因、1908年俄国人柯兹洛夫于此城盗取文物甚多。②

整个河西走廊我曾走了两遍,因此张掖也是前后来了两次,我第二次到张掖来是1998年10月2日。10月3日,我即去马蹄寺,寺在祁连山中,距张掖市60余公里,汽车一路南行,渐近祁连山,景色幽绝。先到千佛洞,洞在肃南县马蹄河西岸悬崖上,初凿于北魏,佛像大部分已毁坏,现经重塑。再往前行,即至马蹄寺,游人甚多,寺亦开凿于悬崖上,以石级相贯通,石级外复有护栏,窟甚高,其中第3窟又名三十三天,位置更高而道窄难行,我未敢登临。其第8窟即马蹄殿,殿前石上马蹄痕迹犹存。殿

---

① 参见邓如林《丝绸之路古遗址图集——河西走廊段》,甘肃人民美术出版社1998年版。
② 参见西北师范大学古籍整理研究所编《甘肃古迹名胜辞典》"黑水国故址"条,甘肃教育出版社1992年版。

张掖马蹄寺

内造像已无存。

我们从马蹄寺出来,陪同我们来的张掖的同志已安排我们到寺前蒙古包内午餐,入帐前先由四位藏族和裕固族姑娘在帐外欢迎,献哈达,喝青稞酒,每人一大碗,我略饮两口,随行的纪峰经不住劝酒,饮一碗,入帐坐定后,两位藏族姑娘其中一位叫卓玛,一位裕固族姑娘叫阿拉达娃,还有两位没有记住名字,她们四位一起为客人唱歌跳藏舞,殷勤劝酒,并送来大盘羊肉,极鲜美,我稍稍饮酒,食肉甚多,而纪峰已被大碗青稞酒打倒,醉不能起。

饭后,我要求去金塔寺,金塔寺离此尚有40多公里山路,经商量,菉涓与纪峰先回张掖,我与叶兆信、朱玉麒、张强民继续去金塔寺。去金塔寺的道路曲折崎岖,非常艰险,且一路爬高,已到海拔3000米以上。金塔寺位于肃南县临松山西面的崇山峻岭中,已是祁连山最深处,时值深秋,一路红叶如花,秋山似碧,白云青松,雪峰罗列似冰玉长屏,四周环绕,我们感到已入万山丛中,而周围景色更加奇丽,山间丛树,或丹红或金黄,在阳光照射下,似在闪闪发光,我们被眼前景色陶醉了,大家要求下车休息,尽情饱赏。我们约休息半小时,此时已在海拔3500米以上,而司机检查油箱,说不能再往前走了,再往前走,回去的汽油就不够了。但此处离金塔寺还有二三公里,而且是一路向上的小径。大家犹豫再三,决定让汽车在此处等候,我们步行上山。我因有心脏病,不能快跑,即让他们先行,我折了一枝松树当拐杖,独自一人,支着松枝往上攀登。一路都在松林里穿行,走了将近一公里,只见右手一片白桦林,白干黄叶,映衬着后面丹红的悬崖,简直是一幅名副其实的天然图画。我舍不得离开,除摄影外,在此静静构思了一

张掖金塔寺

个国画的腹稿。然后继续拄杖前行。又行里许,景色愈奇,右手丹崖高耸入半空,环列右侧如赤城,丹崖前为一深壑,其间红黄青紫,各色山花秋叶,杂陈其间,宛若百花长廊,我自己给她起名叫"万花谷"。再往前走,路更高,几乎举步喘气,却忽听前面高呼,说金塔寺已经看到了。这一声高呼,顿时使我精神大振,立即继续奋进,复行半小时,只见他们已站在路口等我。我抬头一看,原来金塔寺即在这对面高耸入云、环列如城壁的丹崖上,望之竟如在仙境。从我们所站的路口去金塔寺,必须先下谷底,然后从谷底循悬崖上修凿的石阶,步步上攀。从我的直观来说,就是一片壁立如削的红色绝壁悬崖上,悬挂着东西两座寺庙,庙的右侧红崖上,则是直垂下来的一条白色危道,其斜度,远看几乎是垂直的。作为景色来看,应该说是无上妙境,但要攀登,却不是容易的事。我自知体力和心脏都不能胜任,决定在路口对望守候,为他们拍照,我鼓励他们继续奋进,好在他们都是年轻力壮,就立即下到谷底,再从陡削的危级上向上攀援,大概足足走了40分钟,才见到他们从谷底升到半空,渐次升到寺庙一样的高度。这时我只能借助我的照相机的长镜头去观察他们的行动,眼见他们终于到了寺前。可惜寺门紧锁,无人开门,只能从窗户中向内窥望而已。又过半个多小时,他们才从崖壁上下来。

据考,此寺始凿于北凉初期沮渠蒙逊时代(397—412),其时代与炳灵寺169窟大致相同,或更早一些。看来因为地处深山绝壁,故未受"文革"破坏,我后来从石窟图集里看到一些造像,其风格确是最早期的雕塑。

我们从山里出来的时候,恰值夕阳斜照,一路景色,奇绝妙绝,真是莫可名状。司机抢着要在有光照的时间赶出山口上公路,所以一路狂奔,我们也随之天旋地转,但满眼奇丽的景色,任凭如何颠簸,也不能让我从醉人的秋光中醒来。赶到张掖,天早已漆黑漆黑了。

2001年8月15日

河西走廊(下)
——西行散记之七：嘉峪关、酒泉

11月17日早8时，我们离开张掖，去嘉峪关。12时到酒泉，在酒泉午餐。下午2时到嘉峪关，住嘉峪关宾馆。

18日早8时半，我们去嘉峪关。当天是个阴天，我们到关楼时，阴云密布，仿佛是要下雨。嘉峪关雄踞大漠，我在城上四顾，南望祁连山，因为阴天，山色如墨如黛，千里不尽，而山顶却积雪如银，冰峰罗列，映衬着天上的乌云，反觉明亮映眼，如同一列银屏，参差迤逦于东南半天。北望黑山，则山色如铁，两山遥相对峙，关当其间，龙蹯虎踞，不可飞越。登关西望，黄沙漠漠，一望无尽，一片龙沙荒凉的雄浑气象。这时太阳勉强从云缝中偶露半面，我抓紧时机，拍了几张照片。当我正在拍摄的时候，忽然天空又飘起雪花来，纷纷扬扬，漫天飞舞，我非常喜欢这种雄浑而深沉的气氛，因有诗云：

庚午十一月十八日，风雪登嘉峪关城楼

天下雄关大漠东。西行万里尽沙龙。

祁连山色连天白，居塞烽墩接地红。
满目山河增感慨，一身风雪识穷通。
登楼老去无限意，一笑扬鞭夕照中。

河西走廊，自汉武帝初年遣骠骑将军霍去病出陇西，逾居延，攻祁连山，把匈奴逐出河西后，河西一带尽入汉朝版图。匈奴失去河西之地，失去祁连山、焉支山等水草丰美、冬温夏凉的大片上好牧地，乃作歌曰："失我祁连山，使我六畜不蕃息；失我焉支山，使我嫁妇无颜色。"①

河西自汉初开辟以后，遂成为东西方商贾旅行的交通要道，同时也成为抵御西部少数民族贵族政权向东侵扰的一个重要军事通道和要塞。在汉初，嘉峪关地区西北面有玉门关长城，东北面有居延长城，相互联结，拱卫河西地区。汉代在河西地区还修筑了河西长城，今绣花庙滩一带尚存遗迹。西汉的防御体系，除作为主体防御工程的长城外，另还设有亭障和列城，作为散点延伸的防御工程，以与长城相联结和配合。

嘉峪关地区在汉代虽是东西方商贾旅行的通道，但并未设关，只设过玉石障，到五代时曾经在嘉峪关附近的黑山脚下设过天门关，后来又渐被废弃。直到明代初年，征虏大将军冯胜看到这里的天然形势：自凉州（武威）到甘州（张掖），南面有祁连山，其主峰在嘉峪关东南，海拔6000多米。北面有龙首山、合黎山

---

① 《史记·匈奴传》"索隐"引《西河旧事》语。

与祁连山对峙平行。过甘州以后,地势逐渐开阔,形成一个大平原。过肃州(酒泉)以后,地势又渐渐收缩,南北两山对峙,形成一个峡谷,宽不到15公里,势如"瓶口"。东西方交通要道,都必须从这个"瓶口"通过。冯胜就选择了这个天险,在此建筑嘉峪关。从此雄关如铁,嘉峪关遂成为东西交通的一把锁钥。历史上,张骞、班超、班勇出使西域,都是从此经过,玄奘西天取经,就是从嘉峪关的大草滩出去的。当然,他们经过时,还没有嘉峪关这个"关",这是不言而喻的。

另外,商贾和旅行者从中亚、西亚和欧洲到中国来,这里也是必经之路,如威尼斯商人马可·波罗、葡萄牙旅行家鄂本笃,也是从这里进来的。鄂本笃最后病死在酒泉,安葬于祁连山前。马可·波罗则从酒泉到了甘州(张掖),然后折向北方的"亦集乃",即今内蒙古额济纳旗的黑城。然后从黑城经居延海到"哈喇和林"(呼和浩特)。后来他在他的《马可·波罗行记》里还专门写了肃州、甘州等章节。以后的斯坦因、柯兹洛夫等,也是从这里进入河西地区的。所以嘉峪关这个关口,不仅仅是军事、政治的要隘,也是经济、文化东西交流的一个枢纽。

在嘉峪关还有一件令人难忘的事,就是参观嘉峪关新城乡的魏晋墓。我去参观的时候,还是10年前的1981年8月2日,那次我从敦煌参观莫高窟后回来,同行的还有孙家琇先生和祝肇年同志。这是我第一次到嘉峪关,魏晋墓发现还不算太久,当时正式清理后可供参观的墓地也只有6号墓,5号墓则已迁往兰州甘肃省博物馆去进行复原。嘉峪关魏晋墓的发现,应该说是近些年来文化发现方面的一桩大事。我去魏晋墓的路上,根本还不知道是怎么一回事,及至到了嘉峪关北面的大戈壁滩上,到了6号墓前,才意识到我将进入一个被埋藏在地下一千几百年的既熟悉而又完全陌生的往昔社会的现实生活里,历史好像真的要回转了,好像真的要让我回到曹魏或西晋时代的社会生活中去了。而这个6号墓的墓门,似乎就是曹魏社会或西晋社会的入口处。

这个入口处,确实是有点不平凡的。它的墓门,就叠砌了五层穹形的券门,在券门上面,再叠砌结构精巧的门楼。其楼门之繁复和层次之多,可以说完全像一座嵌空玲珑的宝塔,如果把这个墓门和它的门楼建筑在平地上,那可以毫不夸张地说是一座精致而特殊的砖塔,——我所见到的不少砖塔,还远远没有它高。

我们即从塔基底层(即门楼下的墓门)的券门进去,进入墓门是通过一条长长的斜形梯级通道,通道尽处,即进入墓室。从墓门两边的墙壁到墓室内的墙壁,都布满着各种内容画面的砖画。一般都是一块砖是一幅完整的画面,也有两块砖画一幅画的。这个6号墓,共有136幅砖画,其内容从墓主的宴饮、奏乐、婢仆的侍候、进食、执扇,到杀猪、炊事、烹饪、椎牛、耕种、扬场、采桑、丝帛、璧玉、放羊、放牛、放马、配种、牛拉车、牛犁地、烤羊肉串、洗剥野味、打猎、养鸡、放鹰、邮递、捧剑官员、骑吏、执笏小吏、坞壁、碉堡,以及羊群、马群、牛车出行等等,全部生活内容基本俱全。如加上其他墓室的砖画,则内容更加丰富,如军屯、民屯、官吏出巡等等,可以说从政治、军事、经济、农耕、蚕桑、畜牧、建筑到音乐、歌舞、交通、宴饮等等,一应俱全。进入墓室,仔细观察砖画的内容,真如进入了一千几百年以前的一个社会,目睹着他们的种种生活方式和生产方式。

像这样全面的社会风俗画式的绘画作品,在此以前,我孤陋寡闻,还未曾见过,如郑侠的《流民图》、张择端的《清明上河图》等,都远比魏晋墓要晚得多。尤其特别值得重视的是,魏晋墓的砖画,纯粹是世俗性的,没有一点宗教色彩,也没有什么神仙怪异。连神话题材的东西,也基本上没有。只有画一点云气和瑞鸟,这种偶一见之的画面,还构不成神仙怪异的场面。更没有一般汉墓常见的墓室壁画分天上、人间、地下三层不同内容的描画,魏晋墓的壁画,只有人间生活这一层,这样纯粹的社会生活画面,它给了我们以多方面的认识,实在值得研究。

从砖画的画风来说,我认为是民间绘画,画工的笔法非常熟练,用色也极其单纯,只有少数几种颜色,其风格颇有点像甘肃炳灵寺的壁画,但炳灵寺比魏晋墓晚很多,只能说两者都是民间绘画的风格。如要说影响,则只能是这里的画风影响到炳灵寺等地区。有的研究者把砖画的渊源上溯到原始彩陶画,我认为这两者的时代离得太远。因为中国的原始绘画与魏晋砖画,中间隔着漫长的历史时期,到魏晋时期,中国的绘画,早已经历了周、春秋、战国、秦、汉这样重要的历史阶段了。中国的绘画和造型艺术,也早经过了春秋战国的墓室帛画到秦代的宫室壁画,到汉代的宫殿壁画、墓室棺画、墓室壁画、器物画,以及大量的画像石、画像砖、墓室石刻线画的阶段了。嘉峪关魏晋墓的砖画,从墓室画这种风俗来说,最接近的就是汉代墓葬通行的画像石、画像砖,甘肃也是有画像石、砖的一个地区。但刻制画像石和画像砖,显然是费工费力,用画来代替,当然要经济省力得多。特别是汉代也有部分墓葬是用壁画来装饰的,例如河南洛阳的卜千秋汉墓、密县的打虎亭汉墓、河北的望都汉墓、安平汉墓、山西的平陆汉墓、陕西千阳汉墓、咸阳汉墓、内蒙古和林格尔汉墓、辽宁朝阳十六国时期墓、朝阳北票北燕的冯素弗墓等等。所以我的意见,认为它是汉画像石意义上的演变和改进,也是汉墓壁画的直接继承,其中尤其是平陆汉墓、安平汉墓等,壁画内容也是以墓主的现实生活为主,也包括坞壁建筑等等,所以从汉代到魏晋,这类少量的墓室壁画,就是后来大量墓室壁画的滥觞,它在绘画史上,似具有特殊意义。从嘉峪关魏晋墓的绘画风格来说,则是民间绘画的传统,而不是当时已经流行的佛、道画的传统。

我游嘉峪关的魏晋墓,看了这么多纯粹世俗生活的画面,真如倒转了一千几百年,仿佛退到了曹魏或两晋时代北方河西地区的生活中去了,它几乎让我可以想象到嵇康、阮籍乃至于陆机、潘岳、左思时代北方嘉峪关地区生活的样子了,这是一次多么富于历史感和想象力的游览啊!

1998年10月7日,我因要去内蒙古额济纳旗调查居延海、黑城和肩水金关,第三次到了嘉峪关,补游了悬壁长城以后,即赶到酒泉。酒泉,东汉应劭云:"城下有泉,其水若酒,故曰酒泉。"唐颜师古曰:"旧俗传云:城下有金泉,泉味如酒。"又俗传霍去病破匈奴获大捷,武帝赐酒为犒,霍倾酒入泉,与士卒共饮,众皆欢悦,因名曰"酒泉",今其泉尚在,我以前曾去看过,在公园内。这次到酒泉,主要是去看丁家闸的十六国墓及其壁画,墓的位置在酒泉西北8公里的戈壁滩上,这是一个魏晋、十六国时期的大面积墓葬区,它的北面与嘉峪关新城公社野麻湾相连接。

丁家闸十六国墓,是一座侯王级的贵族墓,墓虽已被盗过,但墓未被破坏,墓室壁画完好。该墓分前后两室,墓主的棺木在后室。墓室壁画集中在前室,共分五层。第一层是墓顶,覆斗形,顶部绘重瓣莲花藻井。第二层东壁绘东王公,西壁绘西王母,南壁绘一奔驰的白鹿和一飞升的羽人,羽人肩生双翅,穿世俗服装,着浅口平底鞋。北壁于龙首下绘一飞驰的神马,其神骏的姿态一如雷台汉墓出土的铜奔马,因为是用笔画的,可以画出飞驰而过的云气和迎风向后纷披的鬃毛,更加衬托出飞驰的神速,下部则为山峦。墓室四面壁画组合成一个天上的世界。壁画的第三、四两层,主要画墓主生前的宴饮享乐出游等场面和奴婢们大量的农耕、畜牧、蚕桑、狩猎等生产活动以及庄园主的坞壁建筑结构等等,第五层已是到墓室墙根,似即表示大地。

墓室壁画的绘画艺术,远远超过嘉峪关魏晋墓。前室西壁墓主的宴乐场面,是墓室壁画的主题和重点,其人物画得十分生动,而其人物造型和风格,略似望都汉墓、营城子汉墓。此墓的时间,据专家研究,定在公元386年到441年之间,也即后凉吕光太安元年到441年北魏破酒泉时期。[1]按吕光太安元年,鸠摩罗

---

[1] 参见《酒泉十六国墓壁画》,文物出版社1989年版。

什已到凉州,且居凉州十六年,弘扬佛法。此时河西走廊早已有佛法传布,但此墓却无半点佛教信仰的信息,相反却于墓室第二层(顶下第一层)画东王公、西王母的像,并有飞天飞升。按:东王公、西王母是道家的形象,而这个飞天作世俗装,绾长发结,绝非佛教的飞天。我曾有文论证中国早期就有自己的飞升思想和羽人即飞天的形象①,此丁家闸墓的飞天,又为我增加了一个论据。

按照汉代墓室壁画的一般情况,都有天上、人间、地下三个境界,而此墓却只有天上、人间两层,而重点不是在天上而是人间的现实生活,尤其是除了墓主人的宴乐外,更多的场面是生产场面,这就显然有点特殊。

按照此墓的时代,正是河西走廊佛法盛行的时代,鸠摩罗什就是由吕光灭龟兹后从龟兹"请"来的,而此墓却依然是传统的儒、道思想,这是又一个特殊。

我参观此墓,深深感到历史是丰富多彩的,如果戴着固定的模式去套生动多样的历史真实,硬要历史来牵合自己,要削历史的脚来适自己的履,那是肯定不行的,这是这个墓室壁画给我的深刻启示。

又据《肃州志》引《元和志》说:

在州北二百四十里,李陵与单于战处,隋镇将扬元于其

---

① 见拙著《落叶集》第14—19页,中国社会科学出版社1997年版。

地得铜弩、牙箭簇。

又引《寰宇记》说：

> 酒泉有古长城，在县北。《汉书》谓之遮虏障。

《汉书·地理志》张掖郡居延县下师古注云：

> 阚骃云：武帝使伏波将军路博德筑遮虏障于居延城。

那末，这个一代名将李陵战败被俘处，是否恰好是我要去调查的肩水金关到居延海这一带呢？我怀着这一疑问，又将奔向茫茫的居延海，我期待着居延海和肩水金关能帮我解开这个谜！[1]

2001年8月26日

---

[1] 此文参阅高凤山、张军武著《嘉峪关及明长城》（文物出版社1989年版）、《嘉峪关壁画墓发掘报告》（文物出版社1985年版）、《酒泉十六国墓壁画》（文物出版社1989年版）等书，特此致谢。

绿杨城郭忆扬州

我最早认识扬州,是从诗词里认识的。杜牧《寄扬州韩绰判官》:"青山隐隐水迢迢。秋尽江南草未凋。二十四桥明月夜,玉人何处教吹箫。"大概是给我以扬州的美好印象的第一首诗。后来读姜白石的《扬州慢》词:"淮左名都,竹西佳处,解鞍少驻初程。过春风十里,尽荠麦青青。自胡马窥江去后,废池乔木,犹厌言兵……"这首词,虽然给我以兵后扬州荒凉的景象,然而,我对扬州的印象却更深了。

在我的印象里,扬州是美,扬州是诗,扬州也是芍药、牡丹和琼花。总之,扬州确实美得不得了。

但是,在我印象里的扬州,也有悲剧的一面,最有名的鲍照的《芜城赋》,就是写的扬州,那是一片荒凉的景象;其次就是上面提到的姜白石的那首词了,也是一片战火下的扬州。

我从小就爱读《浮生六记》,记得作者沈三白的妻子陈芸——一位非常可爱的中国古典美的女性,她在坎坷中死去后,就埋在扬州,仿佛给扬州立下了一个悲剧的标记。

我还未到扬州,脑子里就已经装满扬州的各种各样的印象了。

扬州确实是美的,那瘦西湖的纤影,既窈窕而又清雅,你如果从虹桥漫步过去,如果是初春的时节,你可以看到柳回青眼,桃报红靥,春波漾绿,岸草铺碧;真是,你会感到春从所有可以冒出来的地方一齐冒出来了。特别是湖上的一抹轻烟,仿佛山水画家将眼前的画面淡淡地染上了几笔,使得这些景色,都带上了一层朦胧的美,缥缈、空灵、清淡、幽雅……当你跨过虹桥,眼见到这幅江南早春的画面时,我保证你会被陶醉,你会驻步不前,仔细品味。

然而,当你展眼往远处看去,你会看到这袅袅婷婷的瘦西湖,身材确实是那么婀娜多姿,湖面曲曲弯弯,有时是掩映半面,似断还续,两岸古树垂柳,加上隔年的枯苇秆,还有偶尔露出水面的新芦笋尖,甚至在曲折掩映的湖面上,有时还露出半篙扁舟,湖畔也可能碰到垂钓者。总之,一眼望去,分明是一幅水墨画,一卷山水图,而且满纸是烟水野渡的气息。

这样的景色,才是瘦西湖的本色。她不同于杭州的西湖,西湖多少有点人工味和富贵气;也不同于南京的玄武湖,玄武湖似乎略少姿态。瘦西湖我觉得有点像《西青散记》里贺双卿,粗服乱头,雅秀天成,不假雕饰,完全是诗人本色。

当然,你走过了徐园,走过了小金山,到五亭桥时,则又是一番景色。五亭桥黄瓦朱柱,桥上五亭,桥下十五个券洞,洞洞相通,每到月中,则十五个券洞中洞洞见月,成为奇观。五亭桥南为莲性寺,寺中白塔高耸,与五亭桥似相揖让,最难得的,无论是五亭桥还是白塔,都无富贵态,都还保持着朴雅的风格。五亭桥以巧胜;白塔以秀胜,远望亭亭玉立,如白衣大士,恰好与瘦西湖相配。如果此处的白塔也如北京北海的白塔或阜成门内的白塔一样庄严隆重,那么,就会把瘦西湖压得抬不起头来,就会产生不协调之感,我深深佩服当时设计师的识力和巧妙的匠心。

扬州使我常挂在心的当然还是平山堂。每次到平山堂,总要令人想起这位文章太守六一翁和天才诗人东坡居士。我记得在平山堂后厅有一横匾,题曰:"远山来与此堂平。"每次去平山堂,总要找到此匾饱看一回。我觉得此匾题得实在妙极了,尤其是那个"来"字,简直写活了。不是堂与山去平,而是"远山"来与"此堂"平,字面上写的是山与堂平,读者的实际感觉上却是堂比山高,堂是主,山是宾,堂是端然不动,山是远处趋来。请看这简单的七个字,寓意多么丰富,感情色彩多么强烈!比之伊秉绶的"过江诸山到此堂下,太守之宴与众宾欢"一联,显然有上下床之别。伊撰联句上联显得太实太死,且失去了平山堂之意,下联则毫无新意,只是截取《醉翁亭记》的陈词,这就无足观了。当然伊秉绶的书法是一代名家,可称银钩铁画,每当我遇见他的书法,总是低回流连,不忍遽去。可惜原书不存,现在已是后人补书的了。

最可惜的是平山堂后石涛和尚的坟墓,已在"文革"中湮没,莫可踪迹,一代大师,竟然与烟云俱散,可胜浩叹!

石塔寺的石塔,现在已经在马路中间了,一头是石塔,另一头是一棵古银杏,一条直线,居于马路正中,恰恰把马路一分为二,成为上下道的分界。石塔是唐代旧物,共五层,四面有雕像,古银杏大概也是唐代的遗物,看它那婆娑龙钟的气派,显然是一位历史老人了。石塔寺最引人入胜的当然是王播的故事。王播《题惠昭寺木兰院》诗:"上堂已了各西东。惭愧阇黎饭后钟。二十年来尘扑面,如今始得碧纱笼。"王播微时,在此寺乞食,和尚们讨厌他,才饭后打钟,使他扑空,因而才有上面这首诗,而且"饭后钟"从此就成为故实。谁能想到当年的这座石塔,竟然会保存到现在。扬州是有名的兵火之城,历劫甚多,此塔能巍然独存,阅世千年,实在不易!也许是造物主特地把它留下,作为人情冷暖的见证,以警世人的吧?

我每次到扬州,必去梅花岭史公祠。记得第一次到扬州时,还是"文革"后不久,梅花岭的史可法墓已破坏,梅花岭的题额也已不存。这样一位顶天立地的英雄,历史的脊梁骨,就连当年他的敌人也不敢不尊敬他,谁料三百年后的今天,竟还会让他遭受浩劫,连他的衣冠冢都不能保存。历史潮流的颠倒,是非的颠倒,一至于此!幸而现今梅花岭已经全部复原,史公墓已修好如初,我在陈列室里看到了史公的手迹:两副对联。其书法的遒劲飘逸,迥非一般文人可比;就是当时的书家,也很难有他的这种气势。三百年后,对此手泽,我们可以想见其胸襟气度。这两副对子的联句是:

自学古贤修静节
唯应野鹤识高情

涧雪压多松偃蹇

崖泉滴久石玲珑

下面的款识云:"辛巳宿焦山寺,书赠大明禅友,兼友(?)好,山水清奇,颇不相负耳。道邻可法。"两副对子都是草书,真是逸笔草草。第二副对子的跋语,因原迹狂草,可能有个别字识读不确,但我仍愿把它记下来,以飨读者。我们从两副对子的联语中,也可以感受到这位"古贤"的高怀逸致,下一联联语似更可看出他当时艰危的处境和坚韧不拔的毅力。

扬州,可看的地方太多了。我还到过蜀冈上的炀帝迷楼旧址,现在的楼台当然不是当年的迷楼了。我也到过扬州郊区埋葬这位中国历史上最荒淫无耻的暴君的雷塘。在田野里,有一小片荒冢,只有几亩地,陵墓早已不像样子,只是仍高出于地面,在墓地隆起处,有一方歪斜的墓碑,书"隋炀帝陵"四字,为伊秉绶书,相传炀帝陵本已湮没,清嘉庆间为浙江巡抚、金石家阮元所发现,因请扬州知府伊秉绶书碑以为标志,一直保留到现在。想当年"紫泉宫殿锁烟霞,欲取芜城作帝家"的隋炀帝,意旨所至,锦帆天涯,何等的权力威势。谁知到头来只剩雷塘半丘,比起取代他的唐太宗之昭陵简直是讽刺,这就是对历史人物的公正的历史结论!

最使我难忘的是有一次,由老友钱承芳同志陪同去西山寻找《浮生六记》作者沈三白的妻子陈芸的坟墓。我们跑了很多路,虽然接近西山,但终因暮色太重,一片苍茫,无从寻觅,只得回车。虽然没有找到,但我却记下了这位悲剧女性的埋骨之处,我希望有一天能重新将它修复,让人们凭吊。

我每次到扬州,总是住在西园宾馆,老友杨礼莘总是热情接待,使我到扬州,不仅是宾至如归,简直可以说是到了第二故乡。那大门外的水码头,据说是当年乾隆到扬州的御码头,右手是"冶春"的水阁。我清早起来,晓色朦胧的时候,一钩春月,倒影入池,而水阁茅檐下的灯火,映在水里,拉出一条长长的曲折动荡的光影,连同水阁的倒影,简直是一幅绝妙的春晓图。

人们常常喜欢说《红楼梦》里的菜肴,我认为"红楼"菜实在是扬州菜的体系。西园宾馆的扬州菜是有名的,每次都能让我回味无穷。

扬州,给我精神上的慰藉太多了。春天的花,秋天的月,还有团团的螃蟹;到了冬天,还可以看到盛开的腊梅。那瘦西湖上"月观"后面一个小园子里的一丛腊梅,我曾欣赏过她盛放的丰容。旁边是一丛天竹,园珠垂丹,艳然欲滴,与黄色的腊梅相映成趣。这样的庭园景色在北方是无从领略的。

扬州,是美的化身。扬州,到处都是美。

至今我念着虹桥畔瘦西湖的瘦影,念着西园宾馆庭院里中天的月色,念着小丘上萧萧的修竹,念着御码头旁茅檐下早起的灯火,念着春雨迷濛时扬州的朦胧面庞,念着朋友们的深情……

我深深地怀念着这座绿杨城郭。

1986年12月13日夜1时于宽堂

秋游扬州

扬州的秋天,是金色的,也是银色的。

我爱春天的扬州,但也爱秋天的扬州,其实,扬州一年四季都可爱。我今年已经是第四次来扬州了,这连我自己都没有想到。

今年第一次在扬州,还是从去年延伸下来的。我在扬州西园过了阴历的除夕,那么今年的元旦自然是在扬州了。1988年的除夕,是一个令人难忘的除夕,碰巧西园宾馆接待了六十多位日本朋友,他们就是选择了除夕到扬州平山堂大明寺来撞钟度岁,以祈求一年乃至永久的幸福和长寿的。扬州大明寺的钟与苏州寒山寺的钟一样闻名遐迩,所以来撞钟的客人都是十分虔诚的。那天晚上,扬州外办的姚伟鼎、丁章华、朱家华、左为民同志,还有国旅的王兰,他们都邀请我去随喜撞钟,他们说撞钟可以得到一年的吉祥。多灾多难的中国人,听到"吉祥"两个字,自然是很有吸引力的,何况我的老友杨礼莘正充当这次撞钟活动的组织者,我看他忙得那样起劲儿,更不忍不去领取这份"吉祥"了,我看大明寺的僧众都是朱红色的袈裟,在大殿里虔诚诵经,一时钟磬和木鱼声齐作,香烟缭绕,确是一派祥和的气氛。

撞钟是有时间规定的,就是从除夕之夜23时59分到第二天的零时降临,也就是从1988年的最后一分钟到1989年的最初一分钟开始,这正是一个送旧迎新的时刻,到了这一珍贵的时刻,于是喤喤的钟声就鸣响了。我跟随着家华、章华和王兰等,依次地如法撞钟,我想我撞的这钟声似乎比别人响,因为我想多得到一份"吉祥"。于是我们披着1989年的最初的星光,照拂着1989年的最初的春风,满装着"吉祥"的心意回到了西园宾馆,到餐厅吃一碗吉祥如意的面。

当时,我虔诚地相信,我们用大明寺的钟声和佛号迎来的1989年,必定是一个吉祥和平的好年头,至今我回忆到这一时刻,心里还不断地泛出暖意。

我在扬州迎来的这个新年,是够令人陶醉回味的了罢!但是,我今年在扬州还度过了最美好的秋天。

10月1日下午,我到了扬州,这正是一个金色的秋天。四周田野一片金黄色的稻穗,西园宾馆里馨香四溢,桂花,还有结得垂垂满枝的银杏和那婆婆的黄叶,迎风翻飞,在在都是金黄色的秋意。第二天,丁章华和朱家华同志安排我去参观重新复建的二十四桥,由吴戈同志陪同,这是多么有趣的活动,杜牧的诗说:

青山隐隐水迢迢。秋尽江南草未凋。
二十四桥明月夜,玉人何处教吹箫。

同样是这个季节,同样是这个地点,是同样名字的桥,这一切激发着我的游兴,我们一早就到了虹桥,这是一座满载着诗意的桥。在康熙年间,诗人王渔洋经常在这里结社吟诗,这里也是曹雪芹的祖父曹寅诗酒活动的地方。我们步行过这座已经经过扩建的虹桥,不免使我想起了桩桩的旧事。我们在小金山雇了一条手扶小汽船,船小仅容二人,看来与李清照词里讲的舴艋舟差不多。我们的小舟穿过五亭桥,我在桥下又一次地仔细鉴赏了这座匠心独具的古建筑。今天是10月2日,国庆放假,沿瘦西湖两岸及五亭桥上,游人如长龙,蜿蜒数里,煞是壮观;尤其是五亭桥上,人头拥挤,看上去已经不像是一座桥而倒像是一条大龙船了。这种场景,使我想起了欧阳修的词:

堤上游人逐画船,拍堤春水四垂天。

只要把"春水"改为"秋水"就完全适用了。我们就在两旁蜿蜒如游龙般的人群的目送下,小舟如穿梭般地穿过五亭桥。我们的左岸就是有名的莲性寺,瘦棱棱的白塔,亭亭玉立,分外显得丰姿绰约;我们的右岸,则是一片茂密的芦林,芦花翻白,在阳光的照耀下,不时泛出银白色,再加上湖面有如银鳞般的波纹,索索瑟瑟,闪烁不定,真是一片银色的世界,所以我说扬州的秋天也是银色的,是一点也不夸张的。

小船驶出不远,就望见逶迤曲折的折带桥和桥上的白石栏杆,再向右手边看去,远处用白石建造的一座圆拱桥,其姿态煞像颐和园昆明湖西岸的玉带桥,这就是新建的二十四桥。我远远品赏着这座桥,觉得就桥而论,它与旁边的熙春台等自成一个建筑群,桥本身建造得比较精致。但就它周围的自然环境而论,似乎有点不够协调,有点富贵气,有点皇家园林的气魄,而这里的周围,恰恰是一片山林野趣,芦花翻白,绿畦纵横,流水曲折,萍草映碧,这个自然环境是十分珍贵的,务必保护,因此最好是使新的建筑能与此大环境相协调。但是反过来说,如果作为从五亭桥连绵而来的一处古典园林,那么也还差可人意。假如这座桥改成老式的民间拱桥,不用白石而用黄石,这边的折带桥和它的栏杆也是如此,可能反倒显得古朴而自然一些——但这也不过是我的书生之见,未必见得真有道理。不过,对熙春台的这个名称,我却一直不解。据说是原来乾隆南巡时的名字,但不知究竟何据?按我的浅见,此处既然是以二十四桥为主系,那么这些配合的建筑自应与此相呼应。杜牧的诗早已脍炙人口,"二十四桥明月夜,玉人何处教吹箫",这分明是写的秋天,为什么却偏要来一个"熙春台"?如果改为"明月台"或"明月楼"有多天然!旁边的亭子干脆就叫作"吹箫亭",不更浑成一体了吗?何况听说不久在对面还要重建"望春楼",那么何必再偏爱这个"熙春台"的名字呢?

  我们在小船里胡吹乱说,瞎议论一通,不知不觉已穿过了二十四桥的桥洞。这边的景色更显得清幽,不仅瘦西湖显得更纤细、更婀娜,而且疏林黄叶,断岸古柳,在右手的田头上还有一架牛车,正在草亭里转圈。左手的菜畦里都是整齐的豆棚,上边翠生生的藤蔓,开着紫色的扁豆花。大片大片的紫扁豆,已垂满架。而我们的小船,却已被湖面碧绿碧绿,并且长出水面五寸多高的茂密的水草包围住了,水草开着鲜艳的、生气勃勃的黄花,远看好像一对对炯炯有神的眼睛在望着你,我骤然进入了这样的境界,几乎怀疑自己是武陵渔人误入了世外桃源了。我们面对着这广阔的大自然,清新朴素的田园风光,扁舟欸乃,一直到了平山堂下。至此我才真正游完了瘦西湖的全程,真正欣赏了瘦西湖的特殊风味。这半日的游程使我得到了最大的收获和最大的满足。

大家知道,西园饭店和扬州宾馆合作研制的红楼宴,已经赢得了很大的声誉,去年由我们在新加坡举办的"红楼梦文化展",其中就有两家合作的红楼宴,在新加坡得到了非常热烈的反应,我这次在扬州,碰巧又再度品尝了红楼宴,同时还品尝了三头宴。

从人类的文明发展和文化发展来说,毫无疑问,饮食是人类文明和文化的一种标志。扬州的宴席,一向是闻名于世的,现在的红楼宴和三头宴,自然是在传统基础上的继承和发展,据我所知,他们新近又发掘了乾隆御宴。对于《红楼梦》里所描写到的饮食,我一向认为主要是扬州菜的体系,书中提到的糟鹅掌、火腿炖肘子、荠菜炒野鸡、豆腐皮包子等等,都是常见的扬州菜,特别是那席螃蟹宴,更足以说明问题。螃蟹自然不只是扬州有,但在北方绝不是秋天宴席必备的食品,但在江南,尤其是在南京、扬州一带,秋老黄花时的清蒸蟹,佐之以嫩姜和陈醋,再酌以绍兴佳酿,就是一席既雅致而又及时的佳宴了。何况曹家世居南京和扬州,对这样的诗人之品,是绝不会缺少的。况且作家描写,总要有生活依据,自然不会舍弃自己非常熟悉的生活而去不必要的杜撰或猎奇。因此这顿螃蟹宴,自然也可能是作家自己繁华生活的追忆,起码也是秋天江南时令的剪影。《红楼梦》里并未按照宴席的要求来写一道道的菜,因此今天研究红楼菜,自不必尽抄书,书中有的菜,自然应该尽量有,书中没有的,也不妨适当增补,绝不可拘泥于书本。例如《红楼梦》里写小吃多,写大宴席的大菜少,但不能办红楼宴而没有大菜。还有《红楼梦》里极力描写的"茄鲞",作者让刘姥姥说好吃到连一点茄子的味儿也吃不出来了,其实,这句话,只是写刘姥姥的"村",写刘姥姥的极力奉承和加意夸张而已,而有的朋友在研制这道菜时却拼命去追求"吃不出茄子味道来",这样的做法,必然会弄巧成拙。西园饭店和扬州宾馆研制的红楼宴,其聪明处,就是第一不死掉书袋,第二重点在好吃,其次才是好看。我品尝了他们的上述宴席,深深感到他们是既能认真钻研书本又能不拘泥、不执着于书的。在宴会以后,我曾有诗题赠云:

天下珍馐属扬州。三套鸭子烩鱼头。
红楼昨夜开佳宴,馋煞九州饕餮侯。

我今秋第三次来扬州的时候,还遇到一桩奇事。一天晚间,我正在与章华、家华同志商谈事情的时候,于青山同志忽然来提起平山堂的大棵琼花忽然枯死,而西园的琼花却于今秋意外地结满了红色的果子。琼花结果,这对我来说是一件十分新鲜的事,当时大家也有点不大相信,一时找不到手电,青山同志就去点燃了一对大红烛,于是我们手持大红烛,一齐去秉烛看花。进入园林,走到几棵琼花树的下面仔细攀枝观看,果然是红子累累,煞是好看,回到住处,我写了两首诗:

  秉烛看花有几人?风流苏李古仙真。
  而今我也笼纱去,为照飞琼睡态新。

  零落琼花有几枝?西园忽报绽新姿。
  飞琼也厌高寒处,移向人间乞好诗。

据说西园的琼花,是百年老树,有的甚至说是乾隆时西园作为行宫的御花园时栽的,这当然是一时雅谈,不足为据。但西园宾馆的东隔壁却是"敕赐天宁禅寺",乾隆时曾作为行宫,现在的西园,就是当时的西花园,西园的名称就是由此而来的。如果要再往前推,则这座天宁寺,就是曹寅当年修《全唐诗》的地方,这样说来似乎又要与《红楼梦》发生间接关系了,似乎在西园宾馆里重开红楼宴就更为有理有据有情有趣了,实际上这也不过是一种谈兴而已,切不可用书呆子的习气来对待这个现实!

  今年我因为意想不到的种种原因,又第四次来到了扬州,西园宾馆已翻建一新,原来空旷幽雅的园林,就更显得精神抖擞。刚刚住下来,我听家华说,传为石涛手笔的"片石山房"已修复了,这是一个十分好的消息。在修复以前,我曾多次到过此地,观看和凭吊过石涛和尚遗存下来的"残山剩水"。扬州是以园林出名的,论年代,可能这个片石山房是最早或较早的了。

片石山房就在何园内,居何园的东部。何园也是一座名园,又名"寄啸山庄",以楼阁的回廊复道和水榭胜,廊间的墙壁上,还有许多古代名人的碑帖石刻,其中有颜真卿的行书石刻,也有苏东坡的"海市"诗石刻,全都是旧刻,刻工甚高,且残损不多,至为难得。

我这次重游片石山房,自然重点在此而不在彼。现在一入东院,就可见到坐北面南的一个新修的园门,上嵌一匾,书"片石山房"四字,而且是用的石涛的字迹,颇觉清雅可观。进门右边,就是新建的回廊厅事,一律本色,不施彩绘,更觉素雅。进门的左手廊间,嵌着两处石涛的诗迹,行书楷书都有,每处各有十数帖,虽是复刻,也还可观。园子中间就是一片不大的池沼,上铺石板桥,以连接进门后左右两边伸展开来的建筑,在池沼的西北角,就是仅存的石涛手笔,迤逦一片的假山,现在已是残迹,很难想象当初完整的构思,但仅就现存的数处来看,也仍旧是妙造自然,曲折有致,且山石奇峭,而中腹灵透,有盘旋上下之势,登高则可以舒啸,可以纵览,即此残山剩水,亦当可见大家的风范。

在园子的北边墙上,有石刻大字"片石山房"四字;仍用门匾原字放大,放在此处,亦可起点睛之意。

总之，原先一个零落不堪的破园，如今经过整修，居然有丘有壑，石桥流水，名人字迹，在在都可令人驻足，这对我来说，已经是够快意的了，何况全国各地，要览石涛的遗迹，恐怕也仅此一角了，如此看来，就更为难得了。因此，它不由得令人想到平山堂后面已经湮灭的石涛墓，今原墓已不可得，可否就在左近建一纪念性的墓，并立一碑，以为永久的纪念！

最近我又听说，扬州的有关方面，拟在片石山房建立石涛纪念馆，对这个计划，我十分赞成。我认为也只有扬州最有资格建立石涛纪念馆，看看南昌青云谱的八大山人纪念馆，就会感到这个计划已是刻不容缓了。

我不知道今年我是否会再来扬州，但是我可断言，扬州是写不完的，扬州的湖光山色写不完，扬州的春花秋月写不完，扬州的园林古建写不完，扬州的文化遗迹写不完，扬州的红楼盛宴、淮扬佳肴写不完，扬州的崭新面貌写不完，扬州的深情厚谊写不完……

总之，我不仅会再来扬州，而且我也会再拿起笔来，写这个写不完的扬州。

1989年11月23日于西园宾馆

（原载《人民文学》1990年第3期）

《海南诗草》序

予于庚辰岁末,应友人之邀,来海南避寒,因得遍游海南诸胜。辛巳岁朝后二日,予至儋州中和镇,昔东坡贬谪处也。今尚存桄榔庵旧址,东坡井、载酒堂等。为之低徊不止。复数日,重游中和镇,得昌化军古城,尚存西、北两门,昔东坡经行处也。复至北门江,东坡汲江煎茶诗,即作于此,亦足俯仰。后数日,经通什至三亚,一路风景如画,目不暇给,则何止山阴道上哉!至昌化江黄金谷,则罨画豁山,虽辋川华子岗,奚足胜哉!晚至三亚,翌晨游南山寺,复至古崖州水南邨、文庙,则唐李德裕、宋赵鼎、胡铨遭贬处也。地濒大海,天尽地极,北斗京华,其孤臣忠荩之心可知矣,予为之低徊不忍去。复至天涯海角,则江山形胜,此为极矣。人生得游于此,亦足自慰矣。凡予所经,皆纪之以诗,因曰海南诗草,记其实也。

辛巳正月十三日,公元2001年2月5日,
宽堂冯其庸七十又九岁序于海口旅次

《海南诗草》跋

予于庚辰岁末(二〇〇一年一月十二日)避寒至海南,二月九日夜归京,共在海南二十又七天,得诗三十六首,皆纪实也。于东坡儋州,曾两度往瞻,并寻得古昌化军旧城门,此东坡昔年经行处也,予不胜高山仰止、俯仰畴昔之思,以为万古灵气聚于此矣!古崖州城,昔唐李德裕,宋赵鼎、胡铨、卢多逊、丁谓,元王仕熙,明王倬、赵谦等诸贤流放地也,碧海无尽,中原一发,人生死生,已付苍苍,而诸贤以浩然之怀,俯仰天地,襟期照日月,肝胆独轮囷,此中华之正气,而万古不磨之日月星辰也!予不胜低徊其间。昔赵鼎抗秦桧卖国,于崖州绝食而死,临终有句云:"身骑箕尾归天上,气作山河壮本朝。"胡铨南贬,张元干以《贺新郎》词送别,词云:"梦绕神州路。怅秋风,连营画角,故宫离黍。底事昆仑倾砥柱。九地黄流乱注。聚万落千村狐兔。天意从来高难问,况人情、老易悲难诉。更南浦,送君去。凉生岸柳催残暑。耿斜河、疏星淡月,断云微度。万里江山知何处。回首对床夜语。雁不到、书成谁与。目尽青天怀今古,肯儿曹、恩怨相尔汝。举大白、听金缕。"予徘徊古城,默诵长歌,留连几不忍去,他日南行,自当再拜,故海南者,中华之圣地也,岂能以南荒目之哉!

2001年2月19日跋于京东且住草堂,宽堂七十又九

访青藤书屋

我曾两次到绍兴,访问过明代的大画家、大文学家徐文长的故居——青藤书屋。第一次是1970年夏天,那时我被下放到江西余江红石山冈上的干校里,我利用探亲的机会,绕道到绍兴,想一赏山阴道上的风光,寻访一下绍兴的古迹。但是实在令人丧气,在那里,我所见到的只是一片劫后的荒凉,会稽山麓著名的大禹庙被拆毁了,高大的大禹像被砸烂了,真是"似这般、都付与断井颓垣"!我到了兰亭,那里该不至于遭劫罢,然而我到兰亭一看,依然是一片荒凉,"鹅池"碑已推倒,当年东晋名士们"修禊"的"曲水流觞",连水也没有一滴,而后面的"流觞亭"里,却拴着一头大水牛,对我瞪着牛眼睛摇耳喷鼻,真使我有点哭笑不得。我仍旧不死心,决定去找"青藤书屋",一看究竟。这回我先做了点思想准备,准备再来一次煞风景的遭遇。果然,这回更巧,正碰上在拆毁这四百年的名迹,据说是要改成工厂。只见青藤已经砍去,"天池"已改为"地池",石栏砸碎,池子填平用土埋掉,廊下的那棵大树被修得像根电线杆。这一下,我实在再也没有勇气去看别处了,心想除了东湖的水估计不会被戽干外,其他所有的名迹,怕都难逃此劫。

第二次是去年十月,我又因事到了绍兴,仍旧关心着这些名迹,我虽然不是绍兴人,但心头却有点"近乡情更怯,不敢问来人"的滋味。我怕一问起这些地方,让人不好意思。然而,出乎意料的倒是文管会的领导主动邀请我去看看这些地方,我当然十二分地愿意了。为此,我又一次到了"青藤书屋"。一进门,就是一个空旷的园子,中间鹅卵细石铺道,直通书屋。路北是一片青翠欲滴的竹林和绿影如云的芭蕉,路南是几树枝叶扶疏的花木。穿过这个园子,就是"青藤书屋"。只见"天池"已经恢复了原样,石栏依然,清泉一泓,旁边已补植了一棵不算太小的青藤,据说是从深山里移植来的。进了书屋,一边悬着徐文长手书的"一尘不到"的匾额,草书清逸洒脱,确实无一点尘俗气;另一边悬着"青藤书屋"的匾额,书法瘦劲古拙,确是陈老莲精心所作。据说,这间书屋传到陈老莲的时代,老莲慕青藤的风仪,特地迁居此屋,并手书匾额。难得的是这两块匾额名迹,竟能逃过劫难重见世面,这实在也可以算是"奇迹"了。书屋的里进是一间不大的陈列室,也是当年的旧建修复。室内陈列着一些徐青藤的复制书稿,复制得相当成功。两边的墙上挂着一些字画。现存的书屋,就是这两间,再加上外面的这个园子。书屋的面积虽然不大,但确使人有"一尘不到"的感觉。总之是雅洁得宜,清淡有如徐文长的人品。

徐文长于诗文书画戏曲,无一不精,而且逸笔草草,格调高古。但其一生坎坷,曾七年坐牢,九次自杀。他的那首画葡萄诗："半生落魄已成翁。独立书斋啸晚风。笔底明珠无卖处,闲抛闲掷野藤中",实际就是他一生的写照。徐文长在书画上是一个创新派,他给后世以极深远的影响,郑板桥刻了一方图章,文曰:"青藤门下走狗",齐白石则有诗云:"青藤雪个远凡胎。老缶衰年别有才。我欲九原为走狗,三家门下转轮来。"可见他们对徐文长心折至此。这次我竟意外地能看到重修后的"青藤书屋",而且保持了它的原貌,实在是最大的高兴、最大的安慰。这不能不归功于文管部门的努力,因为当年我看到正在拆毁的情景时,无论如何也没有想到还能恢复起来,而且恢复得能令人满意。

早些年,我曾写过一首题画诗,是关于徐青藤的,抄在下面,作为本文的结束:

青藤一去有吴庐。传到齐璜道已疏。
昨夜山阴大雪后,依稀梦见醉僧书。

1983年5月9日

梅 村 三 记

一、 吴梅村墓重建记

1983年秋,叶君远学弟从予著吴梅村年谱,证明梅村葬地,是年10月予乃至吴,由老友徐文魁陪同至邓尉。先至司徒庙看清奇古怪四汉柏,随询寺僧梅村墓葬处,云在潭东高家前顾鼎臣墓附近。时天雨,寺僧不能作导,予乃与文魁兄冒雨前往,至高家前,得顾鼎臣墓,墓濒太湖,在山之阳坡。予寻遍四周山坡,唯闻桂香扑鼻,唯见太湖浩淼而已,欲觅梅村墓,则渺不可得。因为诗云:

飘蓬万里觅君坟。百树梅花对旧村。
呜咽犹闻太湖水,茫茫何处着吟魂。

临行,嘱花农周德忠君留心附近路、桥之石,是否有"诗人吴梅村之墓"字样,有则保存之,并嘱细访周围梅村墓地。

予返京月余,即得来书云,梅村墓及碑均已找到,并将墓碑照片寄予,则赫然"诗人吴梅村之墓"七字也。予大喜过望,因于同年12月初,再至吴县,时文魁兄外出,乃由崔长灿君陪同,直至高家前晤周德忠,验看墓碑,则当年故物也。因同至梅村墓地,即在高家前村后,墓已平为梅林,但墓基砌石依然如故,可略见当年规模。墓在青山绿水之间,离太湖甚近,其西南则为石壁寺,吴中胜迹也。至此淹没百年之梅村墓,终于重现人间。

按:自梅村去世(康熙十年辛亥,1671)至此墓发现,已历三百一十四年。梅村身当明清易代之际,不能如夏允彝、夏完淳、陈子龙、瞿式耜、顾炎武、黄宗羲、王夫之那样"慷慨多奇节",在除死以外无可逃避的情况下,被迫出仕,不足三年即乞归离京。但"一失足成千古恨",诗人自责"为当年沉吟不断,草间偷活","竟一钱不值何须说"。他在临终时"自叙事略曰:吾一生遭际,万事忧患,无一刻不历艰难,无一境不尝辛苦,实为天下大苦人。吾死后,殓以僧装,葬吾于邓尉、灵岩相近,墓前立一圆石,题曰:诗人吴梅村之墓,勿作祠堂,勿乞铭于人"。诗人当时的处境是艰难的,其自责也是真实的,他虽没有"慷慨奇节",但也没觍颜迎敌。读他的临终自叙,可见他确是葬在与邓尉、灵岩相近的高家前。

我在发现了吴梅村墓,联系他的自叙后,曾有诗云:

天荒地老一诗翁。独立苍茫哭路穷。
千古艰难惟一死,伤心岂独属娄东。

当时我就呼吁重建吴梅村墓,近年来,我常去吴县,又谋之于钱金泉君,在钱君的努力下,又得到吴县市文物管理委员会、太湖镇人民政府的大力支持,最后又得顾三官先生的慷慨解囊,独任建墓的全部经费,因此吴梅村墓才得以重建。

回顾自此墓发现至今,荏苒已十有七年矣! 梅村诗,影响后世至深,后人亦低徊思之。今值其墓重建,爰为记其始末云尔!

2000年3月7日,宽堂冯其庸撰于京东且住草堂

二、 梅村墓考信记

前不久,收到了徐文魁兄的来信,告诉我说,有人说前些时候修复的吴梅村墓是假的,是后人为了纪念他而修的衣冠冢云云。这真是无稽之谈,文魁兄也力辩其非。文魁兄信中说:

> 你和我访墓时先后都有看墓人带领去看的。当时年已七十余岁(1982年)的老好婆告诉我:"高家前村北面偏西方向有座大坟,原有树木高大,面积广阔。当地人叫它'吴家大坟'。"

这信里说的,完全与我调查时地方一样。我记得这位老太太正在墓地上的梅林里锄草,墓地确实面积很大。这位老太太是吴家的看坟人,她还指点给我看坟被平掉时残留下来的砖砌墓基,这段墓基至今还在。我询问老太太她是否是为吴家看坟的,她

点点头,我想给她拍张照片,她避开了,不愿意照相,后来我趁她不注意时还是照了一张。

信中还说:

> 李根源先生曾访过吴墓,《西山访古记》书中说:"吴梅村墓在光福潭西村高家前西北百步位","有墓地广十七亩"。民国《吴县志》也有记载:吴梅村墓在潭西高家前。
>
> 上述几点,有潭西字样,这是行政区划分造成的误解。光福镇(现名太湖乡)原有潭东、潭西两村,合并为潭东村,故吴墓现在潭东高家前,不叫潭西高家前。

文魁兄在信里说得够清楚的了,引起误解的是原称"潭西高家前",现在是称"潭东高家前"了,好像地方不对了,殊不知两个东西高家前已合并成为一个"潭东高家前"。何况无论如何,你到当地去实地调查,只有一个高家前,并没有第二个高家前,可见高家前只是合并了,其本身的地理位置一成不变。

信里还说:

> 石壁山下,有梅村泉,李根源题。石壁山上的石壁下面有摩崖记载,原文"戊辰春,祭扫先七世祖梅村公墓,路过来游。太仓吴诗永志"字样,至今完整无损。

这两条材料也很重要,证明梅村墓离石壁山很近,这完全是事实。我去年到修复的吴梅村墓去,看完了吴墓,文化局的同志就陪同我游石壁山,很近,没有走多少路就到了石壁山。本来还可在石壁山多看一点地方,不幸碰着大雨,我们只好在庙里躲雨。等雨稍过,怕再下大雨,我们就匆匆下山回去了。

所以现在重修的梅村墓,是确切无误的,绝不是什么后人修的"衣冠冢",这是毫无根据的。必须认识到,吴梅村墓是苏州的一个名迹,也应该是全国的一个名迹,应该百倍珍惜,而不应该将真的说成假的。

但有一点是应该承认的,即花农周德忠发现的那块吴梅村墓碑,确实已不是原碑,而是民国时期"吴中保墓会会长吴荫培竖立的"(见徐文魁兄来信)。这一点说得很重要,我开始曾误认为就是当年梅村墓上的"圆石",因为现在不是"圆石",而是长方的墓碑形的。我所以误解,一是不知道吴中保墓会有重修之举,二是看到这块墓碑上部两角都是圆的,因此我误以为就是"圆石"了。这个错误,必须郑重声明纠正。但这并不是说那块发现的墓碑毫无意义,至少它曾是吴墓的一个重要标志。

以上是关于吴梅村墓的一点说明。

2001年7月1日夜至2日晨

三、 梦苕师石壁山拜墓记

去年秋天,我到苏州拜候钱梦苕(仲联)师,说到多年前我曾在邓尉石壁山下找到了清初大诗人吴梅村的墓地,后来又在朋友的捐助、吴县文化局的主持下,重修了久已湮没无闻的吴梅村墓。梦苕师听后,非常高兴,说:明年春天你来,我们一同到梅村墓上去看看。梦苕师的这一动议,我当然求之不得。梦苕师是当今词坛的祭酒、诗国的盟主。他当时已九十四岁,能去三百年前大诗人吴梅村的墓园,那当然是当今诗坛、词场的佳话了。

不料我自去冬一直到今春,都在病中,直到6月初,才觉稍稍好些。我原曾接受南京东南大学的邀请,去作一次讲演,就趁此机会到南京完此任务,随即转道去扬州、无锡。

我在无锡,给钱金泉兄通了话,请他转告梦苕师,我于6月16日清晨到苏州,在虹桥饭店吃早餐,然后即去拜望先生。请他问问先生是否能去梅村墓。很快金泉兄即来电话,说:"先生说去!"可见先生不仅记忆好,而且兴致甚高。

6月16日清晨,我准时到苏州,早餐后,即同内子夏箓涓和钱金泉先生一起到钱老家。钱老早已端坐等候,见我去非常高兴,坐定后,钱老即将香港天地图书公司新出的由钱老选注的《近代诗三百首》送我,并认真地说:"书是天地图书公司送的,要我签名送你,现在已签好名哉!"我当然欢喜无量,没有想到他说,"还有一件东西送你,是我赠你的一首词,已写成小幅。"说完,他就把词幅展开,原来是先生写的一首《水龙吟》,词云:

飞天神女何来?明珰翠羽全身宝。东流不尽,一江春水,较才多少。红学专门,画禅南北,慧珠高照。看鹏图九万,风斯在下,有斥鷃,供君笑。　昆阆早曾插脚,下天山,气吞圆峤。碧霄下顾,苔痕帘室,几人来到。把拍儒玄,步君趋尚,聆君清教。望所向,诗城蹴踏,踢千夫倒。

词后落款云:"水龙吟,敬贻　其庸学人两正。壬午夏,钱仲联,时年九十五。"这完全是我意想不到的厚赐。特别是去年先生患病入院手术,手术后一星期,竟自己坚持回来,说还有一件事要做。不想他竟用两个晚上写了一首赐我的七百余字的长诗,并为我写成了手卷,现在又赐词,真是无上之赐了。尤其是诗中对我的夸奖,使我十分汗颜,这是长者对晚辈的勉励和厚望,还有先生的自谦和对我的赐称,也只能作为晚辈学习的楷模,我自己当然不能当其一二的。

我在拜领了先生所赐后,即将新出的《剪烛集》奉呈给先生斧正。另外,我的学生纪峰前不久特地到苏州为先生作了一尊塑像,极其传神。塑像是铜铸的,先生深为满意。我为先生的像题了一首诗,诗云:

　　诗是昆仑郁苍苍。文是黄河万里浪。
　　平生百拜虞山路,今日黄金铸子昂。

此诗未按诗律,所以事先我寄给先生请教。先生复信说:"诗极好,只是我不敢当!"这次我用绢本写成一个小幅装裱后带来,一并奉献给先生,先生看后极为高兴。因为要到邓尉石壁山下去看吴梅村墓。从先生住处到石壁山,约有一小时汽车行程,所以我们不敢多耽搁,很快由先生的研究生陈国安君扶先生上车,直开石壁山。到吴墓前已接近中午,大家簇拥先生踏上通吴墓的小路,直到墓地。墓在万树丛中,是在吴梅村旧墓的墓基上重建的,旧墓周围原有很大的墓地。八十年代我来调查时,周围还很宽畅,现在墓地都已种满梅树了。先生到梅村墓前时,立即对着墓碑后的圆坟深深地三鞠躬,我们也随着先生行礼。礼毕,先生仔细看了由我新题的墓碑和两旁新刻的《吴梅村墓重建记》和《吴伟业传》。后两碑只是匆匆一览,事毕我们就扶先生登车。先生说:应该建议开一墓道,立一墓门,便于后人凭吊。我想,先生的建议是十分中肯的,我还想应该将墓地适当扩大,现在,实在太小了!车子回程时,竟直开苏州的老松鹤楼,原来先生已命人安排在松鹤楼吃饭,先生还嘱咐说一定要在苏州最好的菜馆请我吃饭,我得知后,深为不安,但也只好恭敬不如从命了。

到了松鹤楼坐定后,我侧坐陪侍先生。先生忽然问我说:"你认为吴梅村的《圆圆曲》哪几句最好?"对这突如其来的问话,我竟不知如何回答。因为"冲冠一怒为红颜"是当时就盛传的名句,连吴三桂都"赏重币求去此诗",可见这句诗的分量了,先生当然不会是问此句,必定是先生另有妙解。所以我只好问先生是哪几句最好,先生随口就回答说是"当时只受声名累,贵戚名豪竞延致。一斛明珠万斛愁,关山飘泊腰支细。错怨狂风扬落花,无边春色来天地"这几句最好。我怕先生九十五岁的高龄,长途归来太累了,不敢再问。以免他再讲下去。但这六句,尤其是最后两句,实在是全诗的转折点,上句是悲,下句是喜,上句是合,下句是开。我这样理解,不知是否能得先生之意,只好等下次再拜先生时叩问了。

到饭罢,已近两点了,我问先生累不累,先生却说:"不累!"看他的神态也确实不像累,但不论如何,该让先生休息了,于是送先生上车,我也回虹桥宾馆休息。第二天清早我即去上海,一宿即回北京。

去年,先生约我去看梅村墓时,我曾对先生半开玩笑地说:"先生拜吴梅村墓,应有词以纪其盛!"这次从吴墓回来时,我又提此事。果然,到7月1日,先生就寄出他的新作《贺新凉》词,但此信我一直未收到。7月9日,我又因急病住进医院,我在医院里十分惦记先生的新词,打电话告诉先生他寄的信没有收到。先生在电话里说:"没有关系,我再寄,你一定要好好治病!"我真为先生的这种精神所感动,果然,没有多久,重写的信托钱金泉兄快件寄来了,词云:

贺 新 凉

其庸诗人偕谒吴梅村墓。墓为君新考定核实重建者,颇为壮观。

诗派尊初祖。数曼殊、南侵年代,梅村独步。姹紫嫣红归把笔,睥睨渔洋旗鼓。彼一逝、早如飞羽。东涧曝书差把拍,问他家、高下谁龙虎?输此老,自千古。　　娄东家衔吴东旅,诉衷情、淮南鸡犬,不随仙去。遗冢堂堂斜照外,今有冯唐频顾。把当日、丰碑重树。我客吴趋同拜谒,仰光芒、石壁山前路。伟业在,伟如许!

　　其庸方家两正

　　　　壬午夏九十五岁钱仲联未是草

我在病床上拜读这首词,心情非常激动。我情不自禁地反复诵读,很快就背熟了。更可喜的是原寄的那封信,也收到了,而且后寄的对初稿略有改动,于是这首词的两种版本都在我手里,这正是意想不到的喜事。

这几天来,我为先生的词所感动,不能安眠,竟也用先生的韵,学填了一首《贺新凉》。词云:

贺　新　凉

　　壬午夏,从梦苕师谒梅村墓于石壁山前,墓为予考定后募资重建于原址之上者。梦苕师作《贺新凉》词赐寄,因用原韵勉成此阕。

　　底事冲冠怒。为红颜、天惊石破,只君能语。魑魅魍魉同一貉,忍见故宫狐兔。天已堕、臣心如剖。故旧慷慨都赴死,问僇翁、何处逃秦土?天地窄,寸心苦。　　一枝诗笔千秋赋。捧心肝、哀词几阕,尽倾肺腑。我叹此翁天欲丧,幸有文章终古。更认得、松楸故堵。重树丰碑石壁下,仰词翁、百岁来瞻顾。魂应在，感知遇。

二〇〇二年七月十六日作，
七月二十二日改毕于三〇五医院

我这首词当然是呈给先生的作业，所谓"白头门生"，我去年已过了虚岁八十的生日，头发也确实白了，面对着老师，自然是名副其实的"白头门生"了！

梦苕师以九十五岁的高龄，不辞辛劳，远至邓尉石壁山下参拜诗人吴梅村墓，这是当今文坛的一段佳话，何况他还有词作。我在医院里病榻岑寂，因援笔作记，以谢世之关切钱梦苕师者！

2002年7月24日夜，写于三〇五医院

古梅奇记

我喜欢梅花,在我的小园里,十多年来,先后从远处深山里移植了六棵树龄在四五百年甚至近千年的古梅,至今这六棵古梅,每到春天,都是花开满树,春色无边。

可是这六棵古梅,有多种令人不解的奇处。

我最先种的一棵古梅,至今已有十多年的历史了,老干直径粗不足一尺,高约一米,主干已枯,旁生新枝,每年开极深的朱砂色花,所以大家都称它叫朱砂梅。但是,今年却出现了奇事,奇就奇在年年的朱砂梅,今年却开出满树白花,没有一朵是朱砂色。这种花色的突变,真是闻所未闻。是不是我们把花的颜色记错了呢?一点也没有记错。我有一幅国画梅花,就是画的这棵古梅,画上的古梅干,还可以与实物对证,而画上的梅花却是朱砂色,这幅画曾多次印在我的画册里,大家可以查证。

我种的古梅中,第二个奇点,是"缠枝"。所谓"缠枝",是直径七八寸粗的古梅枝,却相互纠结缠连在一起,有的部分竟缠长成一体,但仍可十分清楚地看到是两根古枝缠结一体,而不是无形无迹。我的这棵缠枝古梅,是连理并生的两干,并生到近二米高处才开始纠缠绞结,而且连缠两遍。它开始缠结,当然是在初生时期,后来愈长愈粗,所以才成现在的样子。

我园中的缠枝古梅共四树,其他三树皆缠枝而不连理,连理缠枝古梅仅此一树,至为可贵。

这些古梅的第三个奇点,是一棵树开红、白两种颜色的花。甚至有在一枝上开红、白两色花的情况。这两天正是梅花盛开的时候,这种红、白两色一树并开的奇景,引得亲朋好友都来参观,都为之啧啧称奇。

这些古梅的第四个奇点,是原先这些古梅上白花都只有一二枝,全树主要是红梅,如不细看,有时会忽略这一二枝白梅的存在。但今年却出现奇迹,有一棵古梅原先主体全是红梅,白梅只有极小的不显眼的一两枝,今年却变成白梅成主体,红梅只是在树的中心部位有两丛,红色鲜艳,但周围却都是白梅。明明去年这棵梅树在一些主干上开的是红梅,今年开的却都是白花,真是匪夷所思。

前些年,我曾就缠枝问题请教过社科院的梅花专家,承他告诉我,梅花在原生状态时,是缠枝的,经过极长时间的衍变,梅花就不缠枝了,他说现在还有缠枝古梅,那无异是活的文物了。

关于红梅树上开白梅的问题,有的专家曾说这是花农嫁接的。但后来有专家告诉我嫁接说是不能成立的,因为几百年的古树上,不可能再嫁接新枝了。我的连理缠枝古梅的新生枝开红、白两花和另一棵古梅原开红花的老枝,今年忽开白花,它们都未嫁接,这就是最现实的证据。何况还有我的一棵长了十多年的朱砂古梅,今年忽而变成纯白雪梅的事实摆在面前,可以证明红梅树上开白花,不是嫁接的,是一种值得研究的植物现象。

我园中的六树古梅,只有一树是独干,其余都是从二干三干直到四五干合生,而且每干直径都在六七寸以上或近尺,所以有人称它是千年古梅,此话虽有过誉,但用它来形容它的古老是可以理解的。

以上这些奇事,我是第一次遇到,以前有点熟视无睹,那时白花极少,未引起注意,直到今年一树朱砂全成白雪,而其他几树红梅的白花忽然增多,才引起我的特别注意,也希望得到高人的指教。

2014年3月26日夜宽堂九十又二书此志奇

山水会心录

——大红袍山水画册后记

  我从小就喜欢学画，1945年秋，我考入苏州美专国画系，受到老师、同学们的特别重视，但因经济原因，我还是失学了。幸得无锡著名老画家诸健秋先生的多年指点培育，使我略窥山水画的门径。但我毕竟几十年来，一直从事传统文化的教学与研究。作画只是研究之余兴到为之。然而从小到老，我却一直没有停止过作画。尤其是从1996年离休以来的近二十年间，我更专心于山水画的探索，我从临摹入手学习古人的山水皴法构图以及题记。同时我又重视实地观察游览，我一生所经的大山大水真是不少，石涛说"搜尽奇峰打草稿"，我三上昆仑，两登太华，历游中原和南部诸名山，也可算是"搜尽奇峰"了，特别是西部山水之奇，大大开阔了我的视野，我才于传统山水画法之外，根据西部山水的特殊面貌，另辟蹊径，用干笔重彩来表达西部山水的特有风貌，这种特色最具代表性的是库车，即古龟兹国。但是我的学习，却没有放松对传统山水的学习，其中主要是宋元两代的山水，我除认真临摹外，还仔细研读宋元山水的笔法，因为我所历山水较多，我能从古人的皴法中解悟出这种皴法的依据。例如我从山东邹县的一座山，看到逼真的石溪的皴法。我有一次在浙江梅城，正是春初嫩绿初放的季节，却遇到一场大雨，雨后我坐车出去，只见两边的山色如新黄，每个土山的顶上都能纷披出一道道纠结奔流的水道，我不禁大叫，说这不是天然的披麻皴吗！我到华山，看到了真正的斧劈皴。总之，我从大自然的真山真水，解悟了古人的种种笔法的根据，我临《富春山居图》，不仅是临摹，我还到富春江去看真山真水，所以我从八十岁到九十岁，这十年间一直在用心读古人的山水名作并不断寻求他们笔法的依据，从纸上到现实，再从现实到纸上，这样反复地推求，以求解悟古人。

但是，死看死求是没有用的，因山水烟云缥缈是灵动的，不是死板的，所以到了画家的笔下，必须要让笔下的山水灵动起来，这就不能死学古人的山水，也不能死看眼前的真山真水，一切都在变化灵动中，关键是你对这两者都要能化，化是你苦学古人、苦学造化以后的一个至高至要的境界。八十以后，我作山水，渐渐地自己感悟到了这一点。

我作西部山水，用色和笔法都是我自创的，当然是试探性的。西部山水的特点，以库车为例，第一是干，数千米的一座高山，完全是红土，却寸草不生，只是一座光秃秃的红土或黄土高山。第二是色彩对比强烈，有的山是赭红色，有的山又是黄色，而有的山又是白色。有一处当地人叫它五色山，我去时阳光正好，在日光的照射下真是五彩斑斓，叹为奇观。第三是山的形态奇特,奇特到让你感到有点神秘,有的山如浪卷云飞,有的如刀排剑列,有的又如千门万门,琳宫仙阙。

我对盐水沟一带的奇山反复看过不少遍,二十年间,我去过六次,每次要停留二十天到一个月。我还进入盐水沟群峰深处,有的山峰如倒卷的巨浪,而且前浪、后浪一排排奔涌而来;还有的山峰,竟如刀山剑林,密密排列而指向青天,放眼看去,这种剑林式的场面竟无有尽头。我曾大着胆子下到深谷,往深处走,只是看不到头。同游的人大声呼我回来,说这样的深山秘谷从来无人进去过,说不定还有野兽,我被他们催促只好回来,但此情此景,却毕生难忘。

我深深感到作山水,是要以实际的生活为依据的,不是照古人的样子就算数,也不是照着大自然的真山真水拍照式的画下来就算数,最关键的一点是你自己的感悟,也就是你的悟境和化境,还有特别重要的一点,是你的笔墨,如果你的笔墨不到家,也就表现不了你的感悟。

我画库车山水,用干笔重彩既是从自然中来,也是从古人中来,而又是经自己的变化生新的结果。

我喜欢画大幅的水墨山水,因为我看了数不尽的大山大水,总觉要一吐为快。我临摹古人的作品,但常从古人的作品中走出来,忽然到了自己向往的真山真水中去。有时,我自己创作山水,笔头上却忽然出来古人的意境,这种交叉的变化,是我常常经历的,我已成习惯不以为怪。我学习古人,除了古人的结构意境外,更着重学古人的笔法,黄公望的《富春山居图》,用笔的潇洒简净而有书卷气,笔笔恰到好处,笔笔交代清楚,而用笔自然,随意挥洒,真是意到笔随,这是我梦寐倾倒的。

然而,这一切,都只是我学习中的点滴体会,如果我身体健康的话,我会继续往前走,继续探寻绘画的新境界的。

2013年11月25日夜11时
记于缠枝古梅草堂

读书·游山·看画
——《历代游记选》序

古人说:"读万卷书,行万里路",这两句话,把读书和行路联系了起来。这里的行路,用现代的话来说,叫作旅游,或者也可叫作考察、调查等。古人是很重视这一点的,试看古代的大学问家、大诗人,大都经历过所谓漫游的生活,司马迁是如此,李白、杜甫、苏轼、陆游等等也无例外。

上面两句话,最重要的是两个"万"字。所以强调"万"字,意在多也。因为书读得少了,难以融会贯通,无从援古证今,也就不能充分开发智力。行路少了,局促于一隅,见闻隘陋,如吴牛之喘月,蜀犬之吠日,人以为常者,他以为奇,这样自然也就处处碰壁了。

上面这两句话,还有更重要的一层意思,这就是读书与行路的关系。我自己多年来的体会是读古人书,就像与古人对话,听他向你倾诉,或者是欢乐的高唱入云,或者是哀愁的峡猿啼血,或者是丝丝入扣、曲折动人的哀诉,或者是奋臂戟指、扼腕捶胸的愤慨,总之,古人的书里各有各的心声,真是千奇百怪,千腔百调,你愈是细心去领略,你就愈会感到其味无穷。但是当你领略古人的心意,感受他的悲喜,了解他所反映的生活的时候,你就会感到这万卷书里,包含着万里路在。试想,一部太史公的《史记》,上下古今,纵横东西南北,光从地域上来说,其所包括的,岂止万里路而已。如果有那么一位痴人,或者叫作笃行君子,按照《史记·项羽本纪》所记的路线走一转,就得从项羽的老家宿迁(下相)开始,先到吴中,然后渡江而西到广陵,到盱眙、东阿、定陶、彭城、安阳、巨鹿、殷墟、新安、咸阳。项羽在咸阳分封诸侯以后,诸侯军又开始了反项羽的斗争,经过多次重大的战役,项羽又节节东归,最后到安徽灵璧附近的垓下才彻底失败。以上还只是极简单的一个路线,但是这样一个路线,就要包括多少的路程!再如我们读杜诗,从杜甫的老家河南巩县开始,到洛阳、到长安,以后又经过甘肃秦州入川到成都;杜甫在成都时期又流浪过几个地方,一直到最后出峡,还在夔州、忠州等地停居,最后死在湘江的船上。如果按照杜甫诗里所反映的这些地方都跟着走一转,又要走多辽远的路程。所以这万卷书里,确实又包括着万里路在。古人读书,讲究"左图右史",这就是说读书时,一边放着地图,从地图上寻找引证书中所涉及的路线及地理环境,从而加深自己对文章或书本的地域观念的理解,这等于是依据书本在地图上神游一遍,特别是当你读《水经注》《大慈恩寺三藏法师传》《徐霞客游记》这类书时,更会尝到这种神游的滋味。

这就是说,当你读万卷书的时候,也就从书本上行了万里路。

然而,书本上行万里路,并不等于真正在地球上行万里路。陆放翁说:"古人学问无遗力,少壮功夫老始成。纸上得来终觉浅,绝知此事要躬行。"他讲出了一条真理,光有书本知识,不身体力行地进行实践是不行的,特别是就旅游而言,绝没有光从书本上旅游的旅游家。因此,除了从书本上行万里路外,还必须真正地行万里路。

对于这方面,我是深有所感的。我喜欢旅游,就是在"文革"期间的干校里,我也是常常利用假期,悄悄地独自一人出去旅游的。所以没有结伴行动,是因为当时对所谓的游山玩水是禁止的。三年中,我两上黄山,两上庐山,一到雁荡,一登泰山;我还游过桂林、阳朔,游过富春江;我从新安江到梅城,然后登舟顺流而下,游了富春江七里泷、严子陵钓台,然后直到杭州,泛舟西湖后登上北高峰、南高峰;我还到过绍兴,饱赏过山阴道上的风光,找到了著名的兰亭,还寻访过诗人贺知章的遗迹以及秋瑾女士以之为号的鉴湖,还登临了大禹陵,这是司马迁游历过的地方。在苏北,我还到过古黄河入海处的滨海。总之,我"乘危远迈,杖策孤征",有时到天黑还在深山里,如我游雁荡山的一次;有时遇到大暴雨,如我游黄山的一次,从后海冒着倾盆大雨下山,一直走到温泉住宿,浑身就像从水里出来一样,虽然有点艰苦,但一路上"有山皆喷泉,无处不飞瀑"这样的奇异景色,也实在是不容易遇到的。

我为什么那么喜欢游山玩水,说实在话,有自己的目的。我认为从广义来说,天地皆文章,宇宙一大书。因此,游山玩水,也是另一种方式的读书。譬如游黄山,从历史的角度讲,你可以知道,黄山古称黟山,因传说黄帝到过,所以从唐以后,改称为黄山。从旅游的角度来说,你可以联系徐霞客的《游黄山日记》前后篇来读,也可以参考石涛、梅清等人画的黄山图去看,如石涛画黄山汤池有一图,并题诗云:"游人若宿祥符寺。先去汤池一洗之。百劫尘根都洗净,好登峰顶细吟诗。"这个古汤池,现在已被改成黄山温泉浴室旁的一个仓库,而祥符寺就是对岸黄山管理委员会的所在地,至于现在的玉屏楼,则是当年的文殊院。如果细心地寻找,我们还可从黄山人字瀑"人"字的中间的悬崖上,看到当年登山的石壁古道,这隐隐的石级都是开凿在悬崖上的,可见古人登山之难。徐霞客《游黄山日记》说:"过汤池,仰见一崖,中悬鸟道,两旁泉泻如练。余即从此攀跻上,泉光云气,撩绕衣裾。"可见当年的徐霞客,正是从这条鸟道攀登而上的。

我游四川广元,参观了皇泽寺内武则天的塑像,参观了附近的摩崖造像,这就是杜甫入蜀经行之处,杜甫诗中曾有记载。我还沿着嘉陵江上游上溯,经青风峡、明月峡,一路细雨濛濛,山色迷人;在两峡的峭壁上,找到了古代栈道的遗迹,那悬岩上一孔孔一尺见方的孔穴,依次排列,就是当年栈道横梁插入处,栈道就是悬跨于嘉陵江上。过两峡再往前,就接近诸葛亮当年屯兵的筹笔驿,李商隐那首著名的《筹笔驿》诗,实在把诸葛亮的神威写得太好了,可惜因为天雨难行,只得退回。一路重看这嘉陵江的山水,确实峰峦重叠,碧波萦回,境界既幽且秀。唐代李思训曾在大同殿上画三百里嘉陵江山水,金碧辉煌,自然包括这些山水在内。我到了剑门关,距关数里即下车步行,为的是看看这天下闻名的雄关,并且要寻找陆游当年骑驴而过的古道。放翁诗云:"衣上征尘杂酒痕。远游无处不销魂。此身合是诗人未,细雨骑驴入剑门。"这条古道,居然还在,是一条用大约一尺宽、三尺长的石条连接起来铺成的,斜斜地通向这天下雄关。走在这条古道上,仰视两旁悬崖壁立,剑关的雄姿依稀可见,心胸为之一阔。

总之,我一路经行之处,与历史联系起来,与书本联系起来,与古人的诗词联系起来,便增加了不少旅游的乐趣,更深深地感到,行万里路,实际上也就是从另一角度,用另一方式读万卷书,而且是读活的书,而不是死书。因为古人的书是死的,不会变动了,而历史是不断发展变化的,同一个地方我们可以看到古今历史的变迁,可以看到古代各个时期名人的题跋或记载,这就增加了我们的历史感,懂得了事物的变迁发展。

"江山如画","天开图画即江山",确实,这种"江山如画"的感受,任何一个稍有旅游经验的人都是会有同感的。事实上,只有真山真水,即大自然的美,超过了画图的美,也即是大自然还有画图所难以完全表达的美。我相信任何一个伟大的山水画家,他终究不能穷尽天下山水之美。我的家乡有这么一则故事:明代的画家唐寅坐船去无锡游龙山(即惠山),在船里对着龙山写生,一连换了几十个稿子,终于没有画成。为什么呢?据说是龙山变化太多,只要稍走几步,山的神态就变了。这则故事正好说明了画图难以穷尽真山真水的美的原因,因为真山真水的美是活动的、变化的。例如1964年冬天雪后,我登上了终南山顶,遥望秦岭,峰峦连绵起伏,一碧如蓝,在太阳光的照耀下,蓝得几乎像是透明体,又像是它自身也要发出蓝色的光芒来,那种美景确实是令人难忘的。还有一次我在黄山玉屏楼上,早晨太阳刚刚露脸的时候,霎时间对面的天都峰、旁边的莲花峰都同时披上了一件紫红色的外衣,真是好看极了。但真正只有一瞬间,山色立即又变幻了。据玉屏楼的工作人员说,这样的奇景他们长年住在山上的人也难得一见。

但是,山水画自有它自身的美。它的美虽然来源于大自然的美,但它又具有真山真水所没有的美。例如画家笔墨气韵的美,画家把万里江山移置于几案之间,悬之于墙壁之上,使人们如置身于千丘万壑之中,令人产生美感,这样的美,又是与真山真水的美不同的,也是真山真水所不可能有的。正是由于上述这种关系,所以我们一方面会产生游山如读画,即"江山如画"的感受,例如上面举到的种种情况;另一方面,我们也会产生读画如游山的感觉。古人常常喜欢把天下佳山水收入纸墨间,借以神游,或者叫作"卧游"。《宋书·宗炳传》:"炳好山水,爱远游。有疾还江陵,叹曰:'名山恐难遍睹,惟当澄怀观道,卧以游之。'凡所游履,皆图之于室。"这就是卧游的一例。

所以,我感到读书、游山、看画这三种事是有密切关系的,是可以联系起来的,如果把这三件事联系了起来,反复实践,互相印证,那么,无论是对书本的认识,对大自然的认识,对山水画的认识就一定能更加深入,了解得更加透彻。

特别要指出,"好书不厌百回读",游山也是如此。我已经五上黄山,深深感到每登一次山,就会对大自然、对祖国的文化历史以及对祖国山河美的认识深入一步,同时也是对自己意志力的一次考验和锻炼。每次上黄山,我都要登上天都峰和莲花峰。陆游说:"历险心胆元自壮。"我感到这句话讲得十分确切。我两次上华山,第二次是在1981年10月,再过苍龙岭时就不像第一次那样感到危险,走完苍龙岭时,月亮已经升上来了。我与另外两位旅伴从苍龙岭口走到金锁关,从金锁关走到玉女峰(中峰),再从玉女峰走到南峰,一路上两山夹峙,古树参天,月光透不到路上来,只能在黑暗里摸索前进;好不容易走到南峰,在南峰旁的一片松林里坐下来休息,只见松间明月如水,远处群山起伏,蓝色的夜空中疏星点点、纤云不卷,整个山头除了风声外,别无他音,四周围的山峰都静静地蹲在那里,好像是在环侍着我们。对此情景,我们顿时忘记了疲倦,或坐或卧,都不愿马上离去,停留了很久;后来,当我们借着月色穿过松径,向南峰草庵敲门问宿时,庵中老道却不敢贸然开门,经说明情况后,才被接纳。这确实是一次难忘的夜游,之后,我每每提到此事时,总爱开玩笑地称这次游山叫"夜走苍龙岭"。这次同游的,有我的老同学陆振岳和老朋友陕西人民出版社的姜民生。这次"夜走苍龙岭",料想他们两位也是毕生难忘。

我每游一次山,就像重读一遍书,重新考验一次自己的意志力。我每读一书,总要从头至尾读完;每游一山,也总要直上顶峰,才算快意。否则总觉得书未读完山未尽,意犹未惬,总会使你感到遗憾。

以上,算是我对游山玩水的一点体会。

近几年来,林邦钧同志应约在从事山水游记的选注工作,常常到我处来谈论此事,也常常向杨廷福兄请教。最近他的稿子已完成,要我写一篇序。我看他的工作做得很扎实,选文精当而注释又很切要。山水游记注释之难,在于没有身历其境的人,很难确切地把握文章中的具体描写,如果是有名的风景点或名胜古迹,还好捉摸一些,最难的是对山水的某些描写,如果未经其地,就很难捉摸。这一点我也是很有体会的,如我早先读李孝光的《大龙湫记》,读到下面这段文字:

> 望见西北立石,作人俯势,又如大楹。行过二百步,乃见更作两股相倚立。更进数百步,又如树大屏风,而其颠谽谺,犹蟹两螯,时一动摇,行者兀兀不可入。转缘南山趾稍北,回视如树圭。

对这段文字我就一直捉摸不准,不明白写的是什么,及至我到了雁荡山,去大龙湫时突见路前远处的剪刀峰,初见时确如一根笔直的大柱子(大楹),再往前走,渐渐看出"两股相倚",再往前走,角度又有变化,则确是看到"其颠谽谺""犹蟹两螯",很像是一把大剪刀了。但再往前走,离得远了,角度又有变化,回头再看,则又确实像是竖立在那里的一块上尖下宽的大玉圭。所以李孝光的这段文字,其实是写出了从不同角度观察剪刀峰所见的不同姿态。不是身历其境,要透彻地了解这段文字,就会感到没有把握。我看林邦钧同志的注释,遇到类似这种情况,他一方面是广搜各种资料,另一方面是尽可能地请教到过这些地方的人,这样虽然不能身经天下,但也就注释得比较切实了。所以我认为邦钧同志是做了一件大有益于社会的工作。

游山玩水的名声似乎一直不大好听,但是孔老夫子倒并不那么古板,他说:"知者乐水,仁者乐山。"(《论语·雍也》)他把喜欢山水的人看作是"仁者"和"知者"。其实,这倒也不可一概而论,如果认真地把游山玩水当作读大自然的书,对它进行社会的、历史的、地理的、自然的考察和调查,那不仅是好得很,简直是不可缺少的一课,至于是否算"仁者"或"知者",那倒不必斤斤于此了。如果做不到这一点,退而求其次,欣赏欣赏祖国的壮丽河山,看看祖国雄伟壮阔的气魄,增加一点爱国主义感情,这又有什么不好呢?

所以我觉得邦钧同志的工作是有意义的,是做得很及时的。

1984年3月1日凌晨于宽堂

剪燭情深

画苑神仙　人间寿星
——祝朱屺老百五画展

屺瞻老人百五画展，为古今所无，奉题二绝，敬贺：

风雨纵横百五春。沧桑阅尽眼更新。
江山万里如椽笔，卓立乾坤第一人。

移山有腕笔生花。四海烟岚聚一家。
画到匡庐飞白玉，无边清气满中华。

今年5月5日，上海"朱屺瞻艺术馆"将隆重举行"朱屺瞻百又五岁画展"。

百又五岁画展，这是中外画史上从未有过的，有之，就是这一次。这是创中外历史纪录的第一次，更是神圣的第一次！这是中国画界的荣耀，上海人民的荣耀，中国人民的荣耀，也是全世界艺术界的荣耀！

这次画展，将如一颗明星，她的光芒将射向全世界！将温暖和照亮每一个艺术家的心灵!

我拜识屺老,是在1977年的秋天。那时屺老来北京,我得到屺老自北京饭店发来的信,当天下午就去拜见了屺老。虽然是初见,因为早已有翰墨往来,所以欢然如故,大慰平生。不久我就陪同屺老、朱师母同游长城,那年屺老已是八十六岁的高龄,但屺老却是关山健越,直上八达岭的第二烽火台。游人忽见须发如银的老人出现在长城之巅,都惊诧得以为是神仙!我满以为如此壮游,对于八十六岁高龄的屺老来说,总是可一而不可再了,哪知过了几天,屺老却告诉我,他又去了一次八达岭!屺老的这种雄视阔步的精神,使周围的人无不既惊且佩。

更加惊人的是1983年7月,屺老应邀去美国。此时屺老已是九十二岁高龄,白发银髯,健笔挥洒,使彼邦人士皆惊以为神仙中人。昔齐白石以八十六岁高龄乘飞机到上海,已传为佳话,其自署亦称"丙戌冬八十六岁尚飞机来上海之白石"。现在屺老竟以九十二岁高龄飞越重洋,远抵地球彼端,此种豪迈气概,自足惊世骇俗。岂知屺老回国后不到两月,又作滇南之行,览滇池,登龙门,访鹿城,至苍山洱海,复至楚雄温泉,游黑龙潭,参曹溪寺,再览石林天胜,其高怀阔步,披襟当风之概,正足以雄视一世!

屺老的这种豪迈雄健的气概,反映在他的画上,就是风格的雄浑高古。读屺老的画,无不感到他早已超然于笔墨之外,传统山水画的各种皴法,早已被他融化生新,成为无法之法,法外之法了。司空图的《诗品》解释"雄浑"这种风格时说:"返虚入浑,积健为雄,具备万物,横绝太空。"又说:"超以象外,得其环中。"我看用司空图的这几句话来评价屺老的画风,是最确切也不过了。清人杨振纲又引《皋兰课业本原解》来诠释上面这几句话,更显得通俗而易懂,他说:"此非有大才力大学问不能,文中惟《庄》《马》,诗中惟李、杜,足以当之。"这就是说,所谓"雄浑"的风格,文章中唯有《庄子》和司马迁的《史记》,诗中唯有李白、杜甫的诗,可以称得上"雄浑"。那末,当代的画家之中,唯朱屺老的画足以当之,这是毋庸置疑的了!

屺老所作无论是山水还是花卉,无不是凌云健笔,意态纵横。他并不以琐屑的笔墨情趣来让你满足,他给你的是汪洋恣肆、淋漓尽致的感受,是艺术的浑朴,是无始无终,而不是艺术的纤巧雕琢。"大匠示人以璞",朱屺老给你的感受,就是元气淋漓的真和朴。

与此同时,朱屺老另外给你的是艺术的活气、生命、脉搏,也就是"神"。一切艺术的至高境界就是"神"。没有"神"的艺术,就是死的、没有生命的东西。好比一束鲜花,刚摘下来带着朝露,那就是活的,有"神"的;如果是一束塑料花,那就是死的,没有"神"的。屺老笔下的山和水,初看浑浑噩噩,无际无涯,是一种雄浑的气象;但细看,透过这雄浑的气象却同时让你感受到这山和水是活的,是有灵气的。何谓"活的"?就是山上的草木,郁郁葱葱,有生气的;山上的烟雾,蒸蒸腾腾,是在蒸发,是在飞动的。而山下的水,细听似可闻潺潺之声,细看似可见微波曲折。总之,初看是静的,细看是动的。初看见形,再看则形神俱到,形神俱备。

  屺老艺术的另一特点,就是他的艺术内蕴的"力"。屺老静处独坐时,如古佛,如真仙,其静也与万象同默,其气也仙。屺老行动作画时,如壮士拔剑,如勇夫扛鼎,其动也山摇地动,其气也雄。屺老在所著《癖斯居画谭》一书里说:"陆放翁草书诗:'提笔四顾天地窄,忽然挥扫不自知。'提笔之前,胸有浩然之气,塞乎天地之间,动起笔来,竟是笔动我不动。在创作得意时,物我浑忘,其乐融融如也。"又说:"回忆用笔之顷,气从脚发,如歌似舞,确有竹啼兰笑之感觉。"这一段话,正可印证屺老艺术中所内蕴的"力"。我曾拜读过屺老所作的兰竹长卷,其笔阵纵横,如排山倒海,如万马奔腾,自始至终,一笔不懈,一气呵成,如要从"力"的角度来看,则整个一幅长卷,恰是"力"的各式各样的表现,而又表现得有时含蓄浑成,引而不发,有时又奔腾万里,一泻无余。我曾多次看过屺老作画,那种全神贯注、解衣般礴的气概,你可以感到此时的宇宙已经与他合为一体了。

  与此相联系的是屺老的另一艺术特色,这就是粗服乱头,不掩国色。屺老所追求的是宇宙间大自然的自然真美,不是人工修饰以后的美,更不是园林盆景式的做出来的美。所以屺老无论是作山水、花卉,都具有这种粗犷的自然真美。看了盆景式的纤细的人工雕琢美,再看屺老的狂飙式的强有力的粗服乱头式的自然真美,自然会感到后者是万顷太湖,前者只是园池一角了。

  屺老的画,是一份无价的精神财富和物质财富,更是一个艰深的研究课题,是需要我们今后用很长的时间、很多的人力来认真研究的。本文只能算是一点个人的感受。

尤其难得的是,屺老至今仍笔耕不停,连星期天也不休息,这个画展中,有不少作品,是他百岁以后一直到今天的新作,这又是多么难能可贵啊！所以这是一个真正名副其实的"百又五岁"画展。更为值得庆贺的是屺老依旧神清气爽,我去年拜访他时,他还能记得二十年前在北京作画的细节。

古人云:国之大昌,必有人瑞。屺老是真正的"人瑞",是国家昌盛、人民幸福安定的象征！

再过几天,屺老的百五画展就要隆重揭幕了,我谨以此文,敬颂屺老海屋添筹。寿艺更高！艺寿无量！

1995年4月20日于京华瓜饭楼

回忆郭沫若院长

我与郭老认识,是在1961年5月。那时郭老正在研究《再生缘》并加以校点,他找不到《再生缘》作者陈端生的资料,有一次在文章里说相信国内总有人掌握这方面的资料的。我看了他的文章就想起我从小就熟读的陈云贞的《寄外书》来。我小时候不知从哪里获得一个抄本。这个抄本的小楷好得不得了,凭我的直觉,我认为比当时流行的小楷帖如《星录小楷》,如《灵飞经》等都好,因此我一直以抄本《寄外书》作为我的小楷帖加以临摹,在临摹过程中,我反复读《寄外书》,觉得文章十分动人,久而久之,我竟能全文背诵。特别是书后的八首律诗,我至今还能背诵。这个抄本我一直带在身边,记得1954年找到北京时还带着它,但到郭老提到此事时,我却遍找不见了。但我熟悉《寄外书》的文字,也知道在别种本子里收有此信,所以我很容易地就找到了。当时我们单位的罗鬈渔同志是郭老的老同事,我就写了一封长信交罗鬈渔同志转交郭老,郭老收到我的信后,就立刻派人来找我。我恰好不在家,来人就留了字条,要我到郭老住处去。我回来见到字条后,立即就去看郭老,恰好又碰上他会见德国友人,我就告诉传达室的同志我先回去了。郭老知道后,立即叫他的秘书留我,说他的会见马上就结束了,叫我不要走。果然不到几分钟,郭老就送客出来,见到了我就同我一起到他的书房,讨论起《再生缘》的作者陈端生即陈云贞的身世来了。那次谈的时间比较长,反复论证的是陈云贞是否就是陈端生,我当时觉得证据不足,郭老觉得可以确认无疑,临别郭老谢谢我为他提供的重要资料,还送我一本他刚出的《文史论集》。他在书上写了"其庸同志指正",我说郭老是史学前辈权威,"指正"我不敢当。他说:"在学问上不存在前辈和后辈,谁说得对就要尊重谁。"说罢一直把我送了出来。

这次会见,给我突出的印象是郭老平易近人,一点也没有架子,尽管我说的意见是怀疑他的考证,但他仍然耐心倾听,并反复为我申述他的见解,简直就像对平时的熟人一样。

更想不到的是自此以后,郭老就不断给我来信,有一次来信说:我刚从飞机上下来,已写了一篇文章,是驳某某的(名字我想不起来了——庸),很快就发表,请你看看有什么意见(原信已失,大意如此)。还有一次,他写给我一封长信,有好多页,字特别漂亮。他写给我的信,我一直都保存得好好的,但"文化大革命"中,红卫兵抄家,竟将这些信统统抄走了,只留下一个信封和一纸短信,现在连这点劫余也找不到了。

前些时候,天津的魏子晨同志却忽然来信告诉我,他在天津发现了郭老给我的一批信,并且可以帮我复印回来,这当然使我喜出望外了。果然过了些时候,他就把复印件寄来了，一共五页，其中一页是信封，其他四页是四封信。我看到这些信时，又是高兴，又是感慨，想不到在隔了三十五年后，这些信件居然还能重见。我不仅要感谢魏子晨同志，还要感谢保存者，他不仅保存完好，还同意让复印，真是欢喜无量。这些信当然是研究郭老的重要资料，尽管仍不全，特别是那封长信不见了，还有我上文复述的那封信也不见了，但一下能重见四封信，也够幸运的了。为了便于别人研究，现在就依次抄录在下面：

第一封信是：

冯其庸同志：

您的长信我昨晚返（反）复读了两遍。陈云贞的《寄外书》又提供出了新的资料，谢谢您的帮助。

关于范荧遇赦之年恐怕还要推迟。在1790年乾隆八十岁时大赦后，在1795年乾隆

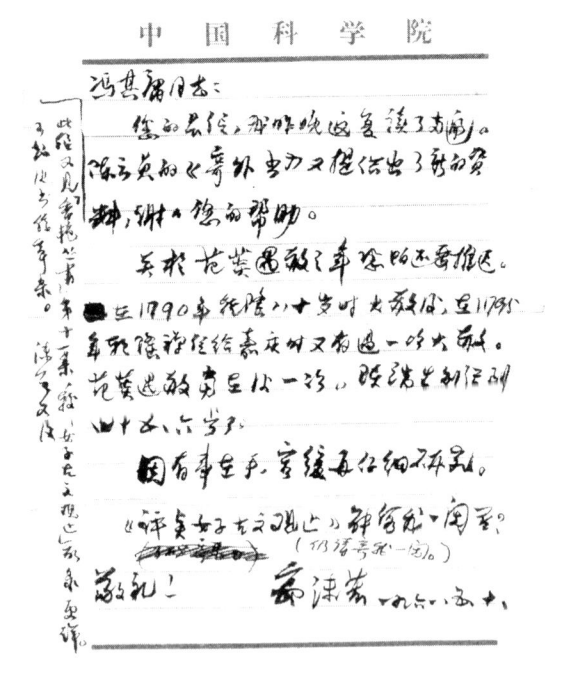

郭沫若先生信一

禅位给嘉庆时又有过一次大赦。范荚遇赦当在后一次。陈端生则活到四十五、六岁了。

因有事在手,容缓再仔细研究。

《评点女子古文观止》能假我一阅否?(仍请寄我一阅)敬礼!

郭沫若

一九六一、五、十

在信中写到陈云贞的《寄外书》时,在旁边又加了两竖行:"此信又见《香艳丛书》第十一集,较《女子古文观止》所录更详。可知后书系节录。沫若又及。"

第二封信是:

冯其庸同志:

　　惠借的两种书奉还。

　　经过研究

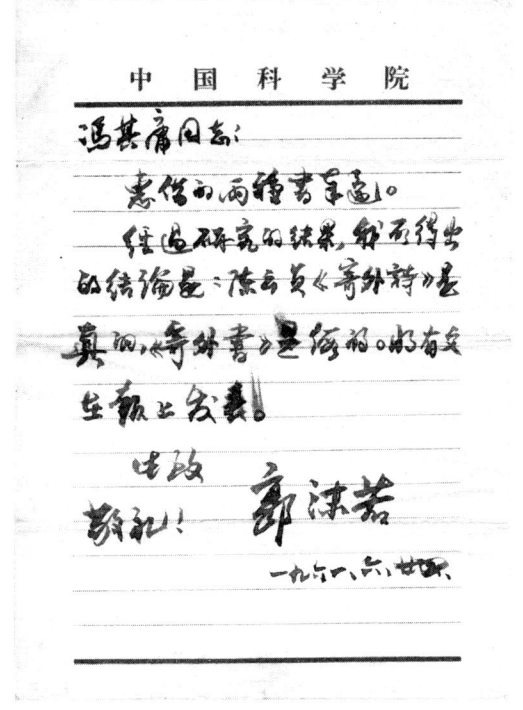

郭沫若先生信二

的结果,我所得出的结论是:陈云贞《寄外诗》是真的,《寄外书》是假的。将有文在报上发表。

    此致

敬礼!

郭沫若
一九六一、六、廿四

第三封信是:

冯其庸同志:

    谢谢您送来的《铜琶金缕》。我已经看过了,送还您。文章已在光明日报上发表,想已见到,愿听听同志们的意见。

敬礼!

郭沫若
七、一

郭沫若先生信三

剪烛情深

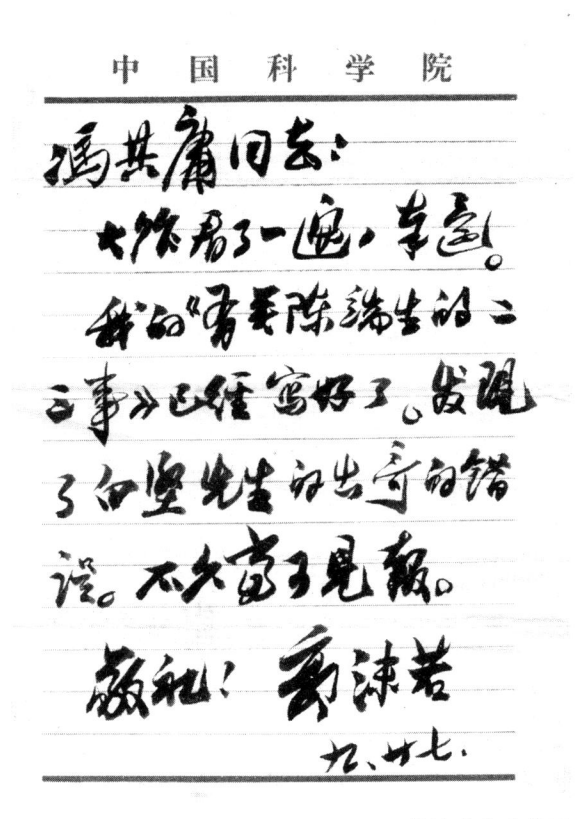

郭沫若先生信四

第四封信是：

冯其庸同志：

  大作看了一遍，奉还。

  我的《有关陈端生的二三事》已经写好了。发现了白坚先生的出奇的错误。不久当可见报。

敬礼！

郭沫若

九、廿七

以上是郭老给我的四封信，我希望还有几封信如还在的话，能把复印件给我，这就非常感谢了。

在"文革"中，我校有同志去看郭老，郭老竟然还关心我，问我的情况，并嘱问候我。那时我正在挨批斗，罪名是写了不少"大毒草"文章。当时我心中非常清楚，就在心头默默地写了两首诗，记在心里，诗云：

　　千古文章定有知。乌台今日已无诗。
　　何妨海角天涯去，看尽惊涛起路时。

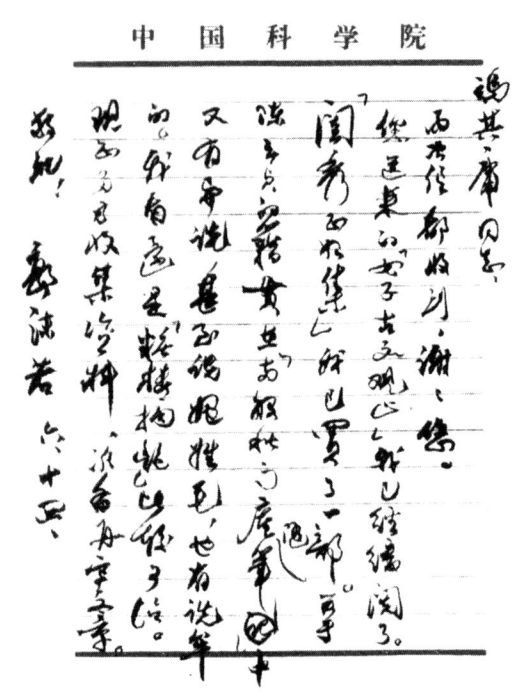

2005年9月，山西太原发现的郭沫若先生致冯其庸信件照片

漫天风雨读楚辞。正是众芳摇落时。

晚节莫嫌黄菊瘦，天南尚有故人思。

"文革"以后，到1975年左右，我为了要弄清郑州博物馆藏所谓的"曹雪芹小像"的真伪，就写信给郭老，问他的意见。他很快回信说，对这个小像"我也是怀疑派"。此信全文已收录在拙著《梦边集》里，我目前手头无此书，不能全引。

后来，郭老又写文章否定王羲之《兰亭序》是真迹，坚持说王羲之的字应如南京出土的王兴之、王丹虎的墓志那样是方笔，当时我非常不同意，并请友人吴君转告郭老，吴君说其中另有原因，你就不要管了。但我当时是非常同意高二适先生的看法的。后来我间接地获交高老，高老还题一首诗书写后赠我。又过几年，高老病重去世前，还让他的亲属将他另一首诗的诗稿交给我，让我保存。

现在郭、高两公都已经去世多年了，郭老对陈端生即陈云贞的考证看来是对的，但对《兰亭序》的真伪的看法，则应该说高二适先生是正确的，尽管高先生当时处于论辩的弱方，但真理是不依地位的高低和权势的强弱为转移的，《兰亭序》真伪之辩的意义实在是很深长的！

因为郭老旧信的发现，忽然思绪纷纷，往事如云如烟，涌向心头，信笔书之，亦当山阳笛吹。

1996年11月26日夜1时于瓜饭楼

旷世奇人张伯驹
——丛碧老人诞辰一百一十周年纪念

张伯驹先生与夫人潘素

张伯驹先生离开我们已经整整二十二年了,文化界凡知道张伯驹的人都在怀念他,怀念这一位旷世奇人。张先生家乡的人更是怀念他,明年是张先生一百一十周岁,张老家乡项城准备出版《张伯驹先生追思集》以资纪念,属我写序。我拜识张老,已是张老的晚年,时间是在上世纪七十年代初,所以我与张老是最后十年的交往。

那时我在中国艺术研究院工作,院址即在前海西街,我下班从柳荫街走,可以过张老的门口,张老住在后海南沿,所以我经常可以顺道去看望他,有时张老有事,就叫一位女孩给我送信,所以回想起这十年,实在是非常珍贵,值得怀念的十年。

一

大家知道,张老是一位旷世奇才,他于书画琴棋无所不通,无所不精。而且还精于戏曲,于京昆两途,可谓当行出色。

令人最不能忘的是他的书画收藏。启功先生说他是"前无古人,后无来者,天下民间收藏第一人"。这是最确切的评断。试看他无偿捐献给故宫的书画,有:

一、晋陆机《平复帖》

这是中国历史上第一件文人手迹,作于晋武帝初年,早于右军兰亭百余年,是中国书法由隶变草之始。卷首有宋徽宗金字题签。曾经唐代殷浩、梁秀、宋代李玮等人收藏,后入宣和内府。

二、隋展子虔《游春图》

此是中国山水画最早期的作品。此幅前有宋徽宗题签,宣和内府所藏。①

三、唐李白《上阳台帖》

前有宋徽宗赵佶题签,卷后还有宋徽宗、元张晏、杜本等人跋,亦宣和内府所藏。大家知道,李白是中国诗歌史上伟大的浪漫主义诗人,他的墨迹也是稀世之宝。

四、唐杜牧《张好好诗》

杜牧也是唐代的大诗人,他的墨迹也仅此一卷,前有宋徽宗

---

① 此卷由张老让给国家文物局,由文物局交故宫收藏。

题签,亦是宣和内府旧藏。

五、宋徽宗《雪江归棹图》

前有宋徽宗瘦金书题签,后有"宣和殿御制,天下一人"朱文押。

……

张伯驹先生捐赠给故宫博物院和吉林省博物馆的还有很多,不能一一列举,具见《张伯驹潘素捐献收藏书画集》(紫禁城出版社),共二十七件。这二十七件,特别是我上举的几件,每一件都是无价之宝,尤其是张伯驹先生在集藏这许多书画珍宝的过程中,历尽艰难,变卖房屋还是小事,还经历了绑票撕票的凶险,但当此生死关头,张伯老竟置自己的生死于度外,反而嘱咐潘夫人:宁死魔窟,决不许变卖所藏古代书画赎身!这是两句铁骨铮铮,掷地有声的话。我每次读到这两句话,总觉如读《正气歌》,一种大义凛然,豪气贯空,不向邪恶势力低头的浩然正气令人肃然起敬,然而,张伯老用自己性命保护下来的这批国宝,解放以后,他却无偿地捐献给了国家,正是"分手脱相赠,平生一片心"。这又是一种什么样的境界!对于邪恶势力,寸步不让,一丝一毫也不给;对于自己的祖国,虽连城之宝,也可以脱手相赠,毫不介怀,这样的浩然胸襟,这样的大气磅礴,这样的大手笔、大气魄,求之古往今来的大藏家,能有第二人么?我深深感到张伯老境界之高,胸襟之洒脱不凡,襟期之磊落光明,举世无第二人,正是"素月分辉,明河共影。表里俱澄澈"。遗憾的是张伯老以如此坦荡磊落的胸襟,为祖国的文化事业做出了如此无可估量的奉献,到头来,却给他一顶"右派"的帽子。当陈毅副总理关心张伯老,问起此事时,张伯老回答说:"我老老实实地说:此事太出我意料,受些教育,未尝不可,但总不能那样超脱,做到无动于衷。在清醒的时候也能告诫自己:国家太大,人多,个人受点委屈不仅难免,也算不了什么,自己看古画也有过差错,为什么不许别人错送我一顶帽子呢?……我只盼望祖国真正富强起来!"我读到这段话,总禁不住潸然落泪。一个受了如此之大的冤枉打击的人,却还在为别人解释,还念念不忘祖国的富强。鲁迅说:"我以我血荐轩辕",这句话正好是张伯老崇高爱国精神的真实写照。但是他哪里知道,他这顶帽子,哪里是党和祖国错给他的,这是大奸大恶的康生想攫取他的国宝,他坚决不允,并托周总理去索回,以致后来康生趁反右之机,指令他的单位把他划成"右派"!这真是活生生的一出现代的《一捧雪》。但当时的张伯老哪里会知道这些阴贼的勾当呢?难得陈毅同志在听了张伯老上面这段话后说:"你这样说,我代表党谢谢你了。你把一生所收藏的珍贵文物都献给国家,怎么会反党呢?……我通知你们单位,把结论改成拥护社会主义,拥护毛主席,拥护共产党。"这才是真正共产党的声音,国家的声音,总算当时张伯老亲耳听到了这几句金声玉振的话,也勉可稍慰他一颗饱受沧桑破碎的心了。现在我们可以告慰伯老在天之灵的是我们伟大的祖国真正富强起来了,我们的嫦娥卫星胜利地到达月球了,欧洲不少国家人民的民意测验也把我们伟大祖国列为世界第二强国了,我谨以这一消息,并香花醴酒,敬献于伯老和潘夫人在天之灵!

张伯老的书画收藏,还有一个与别的藏家不同之处,他本身就是第一流的书画鉴定家,他眼光锐利,识力之高,为此行之翘楚,他著有《丛碧书画录》,现引录数则,以见他识见之高:

西晋　陆机　平复帖　卷

是帖作于西晋武帝初年,早于右军兰亭约百余岁,证以西陲汉简,是由隶变草之初,故文不尽识。卷首有宋徽宗金字标签。自《宣和书谱》备见著录。入乾隆丁酉,孝圣宪皇后赐予成亲王,后归恭亲王邸,为世传,无疑晋迹。金丝织锦,虾须倭帘犹在。宋缂丝仙山楼阁包首已无存。

隋　展子虔　游春图　卷

绢本,青绿设色。是卷自宣和以迄南宋元明清,流传有绪,证以敦煌石室,六朝壁画山水,与是卷画法相同,只以卷绢与墙壁用笔傅色有粗细之分。《墨缘汇观》亦谓山峦树石空勾无皴始开唐法,合以卷内人物画法皆如六朝之俑,更可断为隋画无疑。按中国山水画,自东晋过江,中原士大夫见江山之美,抒写其情绪而作。又见佛像画背景自以青绿为始。一为梁张僧繇没骨法传自印度。是卷则上承晋顾恺之,下启唐大李将军,为中国本来青绿山水画法也。

唐　李白　上阳台帖　卷

太白墨迹世所罕见。《宣和书谱》载有《乘兴踏月》一帖,此卷后有瘦金书,未必为徽宗书。予曾见太白摩崖字,与是帖笔势同。以时代论,墨色笔法非宋人所能拟。《墨缘汇观》

断为真迹,或亦有据。按《绛帖》有太白书,一望而知为伪迹,不如是卷之笔意高古。另宋缂丝兰花包首亦极精美。

略举以上三则,亦足可见伯老识见之精,第一则论《平复帖》以西陲汉简相比,指出是书法史上由隶变草之初,可谓一语破的。第二则论《游春图》,证以敦煌画六朝山水,更以六朝俑证以卷内人物画法,尤见识见精到。第三则论《上阳台》,以所见李白摩崖笔势,墨色笔法大体作了肯定,更以《绛帖》伪书作为反衬,更加重了此帖是真的分量。但中间说"《墨缘汇观》断为真迹,或亦有据。"著一"或"字,则可见此帖虽大体看来是真,终因旁证不足,不能绝对定谳,著一"或"字,仍留有余地。①

即以此数段著录,可见伯老鉴定古字画识见之精之高,文字之精而且要,用字之分寸丝毫不爽。证之当世之收藏家,几人能有此功力!

特别是伯老《丛碧书画录序》,文短而精,可比精金美玉,不可不引录:

东坡为王驸马晋卿作宝绘堂序,以烟云过眼喻之。然虽烟云过眼,而烟云固是郁于胸中也。予生逢离乱,恨少读书,三十以后嗜书画成癖,见名迹巨制虽节用举债犹事收

---

① 启功先生有论《李白〈上阳台帖〉墨迹》,定为真迹。见《张伯驹潘素捐献收藏书画集》,紫禁城出版社1998年版。

蓄，人或有訾笑焉，不悔。多年所聚，蔚然可观。每于明窗净几展卷自怡。退藏天地之大于咫尺之间，应接人物之盛于晷刻之内，陶熔气质，洗涤心胸，是烟云已与我相合矣。高士奇有云："世人嗜好，法书名画，至竭资力以事收蓄，与决性命以饕富贵，纵嗜欲以戕生者何异。"鄙哉，斯言直市侩耳。不同于予之烟云过眼观，矧今与昔异，自鼎革以还，内府散失，转辗多入外邦，自宝其宝，犹不及麝脐翟尾，良可慨已。予之烟云过眼所获已多。故予所收蓄不必终予身为予有，但使永存吾土，世传有绪，是则予为是录之所愿也。

岁壬申中州张伯驹

请看这不足三百字的短序，其含义有多深！一是收录书画要"陶熔气质，洗涤心胸"，使自己的胸襟与烟云相合。这一点，伯老讲得多么精警！我以往教书，常常教导诸生读书首先是改变自己的气质，使自己的见解、志向、学识从不高到高，从不能到能，总之，我认为读书首先是改造自己，不要以为"改造"两字是坏字眼，要善于用在自己身上，是非常好的字眼，只有恶意地对待别人而用这个字眼，才具有不好的含义。不意我的这层意思，伯老早已讲在前头了。这篇序的第二个耀眼之点，就是"予所收蓄不必终予身为予有，但使永存吾土，世传有绪"。这样的思想可说是光芒万丈的思想。大家知道，收藏家的一个共同点是"子子孙孙永宝之"，从古到今是如此，过去人说"烟云过眼"是说自己不可能永远保住它，终要流入别人手里的，所以只是"烟云过眼"，并不是说因为只是"烟云过眼",就自觉地无偿地去捐赠给国家。当然历史上也有过类似的事情,但也不可能如此之重和如此之多。读了这段话,我们才能十分透彻地看到伯老冰清玉洁的高尚情怀。也更可以看出,伯老之作为收藏家,与历史上的和当今的收藏家胸次境界的区别。

二

伯老毕生第二个重点是他的填词。王国维说:"词人者,不失其赤子之心者也。……故后主之词,天真之词也。他人,人工之词也。""不失其赤子之心"一语,真是说到了伯老的关键处。伯老出身于贵胄公子,从军不成,从商又不成,却全身心投入了文学和艺术。人们常说,顾虎头痴绝,又说米颠痴绝,到了《红楼梦》里的贾宝玉,人们又称他"痴公子",也有说他"似傻如狂"的,什么叫"痴"?用李卓吾的话来解释,就是"绝假纯真"。也就是说张伯老是一个无半丝虚伪造作,是一个纯而又纯的真人。只要想想别人用阴贼的手段把他打成"右派"的时候,他想的却是国家大,人多,难免搞错。这是何等的善良天真啊!他胸中无半点机心,也就想不到别人会有坏心。当他把自己用家产、性命换来的国宝统统无偿捐献给国家时,别人说他"傻",他却心安理得地说:"予所收蓄不必终予身为予有"。这就是王国维说的"不失其赤子之心",也就是李卓吾说的"绝假纯真"的"真人"。读张伯老的词,首先必须了解这一至关重要的一点。

伯老从三十岁开始作词,先后有《丛碧词》《春游词》《秦游词》《雾中词》《无名词》《续断词》各集,到八十五岁临终前还填了一首《鹧鸪天》,所以实际上,从五十岁以后他从未停止过他的词笔,五十余年间,作词数千首,最后由他亲自删定的《张伯驹词集》尚存千余首,实为精华所存。

从伯老删定的词集来看,伯老的词,出入于五代两宋,而以清真、梦窗、白石的影响较多,其他各家,如李后主、晏小山、秦少游、周草窗、贺方回、史梅溪、柳永、苏东坡、黄山谷也都有浸润。

张伯老的《丛碧词》,起于三十岁(1927),止于五十三岁(1950),历时二十三年,是他的前期之作。但从他集中的第一首《八声甘州》三十自述,已可以看出他出手不凡,气势开张,而另一首《八声甘州》则更能反映出他前期诗酒豪纵,裘马清狂的生活。词云:

> 忆长安春夜骋豪游,走马拥貂裘。指银瓶索酒,当筵看剑,往事悠悠。三月莺花已倦,一梦觉扬州。襟上啼痕在,犹滞清愁。　又是登临怀感,听数声渔笛,落雁汀州。看残烟堆叶,零乱不胜秋。碧天长,白云无际,盼归期、帆影送轻鸥。倚阑处、才斜阳去,月又当楼。

《丛碧词》既是展现他的少年才华,也是展现他少年功力的集子,集中多依韵之作,其中尤以和周清真、吴梦窗、姜白石之词为多,而这三家都是词史上最重音律者。周清真主大晟乐府,于词律更有精研,他的《兰陵王》词是格律派的代表作。毛升《樵隐笔录》说:"绍兴初,都下盛行周清真《兰陵王慢》,西楼南瓦皆歌之,谓之渭城三迭,以周词凡三换头,至末段声尤清越,唯教坊老笛师能倚之,以节歌者。"这首词,末句连用六个仄声字,更需功力。而张伯老竟有《兰陵王》"金陵客中,依清真韵"之作。词云:

晚烟直,春草无人自碧。吴门外,官道夕阳,怕见青青柳丝色。红尘望故国,谁识?飘零归客。来时路,天外片帆,不尽江流泪千尺。

萍踪问前迹。又酒剩空尊,花落残席。小楼夜雨过寒食。忆十里迢递,几番寒暖,亭长亭短又一驿。念家在天北。悲恻,恨凝积。叹客意阑珊,归梦沉寂。芳春有尽愁无极。听卖杏深巷,唤饧长笛。寒宵孤枕,更漏断,似泪滴。

这首词,不仅是用周清真原韵,而且是次韵,即依清真原词的韵次,逐句逐韵填押,用韵的次序丝毫不乱。而词作本身,依然一气呵成,天然浑成,无丝毫勉强凑韵之感,这可见他的才气大功力深。这首词凡字下加重点处,即是押韵处,读者可与周清真原词对读检核,即可见予言不谬。大家知道,苏东坡的《水龙吟》"次韵章质夫杨花词"是一首咏柳絮的千古绝唱,南宋张炎《词源》说:"词不宜强和人韵,若倡者之曲韵宽平,庶可赓歌,倘韵险,又为人所先,则必牵强赓和。句意安能融贯,徒费苦思,未见全章妥溜者。东坡次章质夫杨花《水龙吟》韵,机锋相摩,起句便合,让东坡出一头地。后片愈来愈奇,真是压倒今古。"东坡的和词已经把章质夫的原唱压倒,如今要再和此词,则同一个韵脚,已有两句在先,而且东坡已"压倒今古",后人确是难乎其难了。但是张伯老不仅和了,而且一和再和,都是用"章质夫、苏东坡唱和韵",这需要多么大的才气和功力?但是伯老对唐宋诸家的次韵和词,并不仅仅上举几首,在《丛碧词》里可以举出好多,特别是他还专挑古人的名作来次韵唱和,例如他唱和姜白石的《扬州慢》《淡黄柳》《惜红衣》《角招》《征招》《暗香》《疏影》《琵琶仙》等等,和吴梦窗的《双双燕》《秋思》《新燕过妆楼》《西子妆》《拜星月慢》《玉京谣》《莺啼序》《夜合花》《金缕曲》等等,和周清真的《尉迟杯》《兰陵王》《西河》《浪淘沙慢》《绕佛阁》《花犯》《踏青游》《庆宫春》等等,和秦观的《鹊桥仙》(连和三首),和周草窗的《瑶华》《一枝春》《醉花魂》,和柳永的《八声甘州》,和贺方回的《青玉案》等等。这足见伯老的早期,是有意用这种方式来训练自己、考验自己的。

从以上这些和词来看,伯老的词,确是地道的词人之词,是承唐五代及两宋格律派词人的传统,这就显得需要功力和才气。写到这里,我实在不能不再引一组《浣溪沙》咏秋(共六首),看看伯老小词的风致。

浣溪沙

秋　意

黯淡云山展画叉。笛声楼外雁行斜。镜中容易换年华。　庭际渐衰书带草,墙阴初放玉簪花。西风昨夜梦还家。

秋　梦

砧杵声声万里思。西堂虫语沸如丝。轻随落叶只灯知。　偏是乡遥嫌夜短,多因醒早恨眠迟。刀环盼寄总成痴。

秋　心

孤客沉吟意暗伤。春人憔悴况冬郎。客中偏是觉秋长。　碎绿蕉声摇夜雨,怨红草色送斜阳。眼前愁绪太凄凉。

秋　声

听到无声更可怜。长宵未许教人眠。客魂销尽一灯前。　风析怕惊愁里梦,霜钟欲破定中禅。开门只见月当天。

秋　影

霜鬓萧萧独倚栏。帘波掩映夕阳前。西风相对总无言。　一夜桐飘穿月破,数行雁过印江寒。画桡不点镜中天。

秋　痕

　　　新月掐成爪样钱。海棠欲湿泪阑干。眉峰暗锁小屏闲。　　凋碧欲迷烟外路,残青难画雨中山。看来都在有无间。

请看这些短调小令,多有风致,其意境都在五代宋初之间,置之古人集中,何用多让!

通过以上这些介绍,我们基本可以看到作为一位杰出词人的张伯老,他在早期所用的功力和所呈现的才华、气质和境界了。论气质和境界,我认为只有后主、小山、道君、纳兰、梁汾可以气脉相通,但伯老毕竟有自身的经历和特点,所以他在以上诸人之外,还深受格律派词人的熏陶,因此他还有许多依韵之作。所以伯老者,不失其词人之真而又苦经锤炼者也。

伯老的《春游词》始自辛丑(1961),止于乙巳(1965),这是他中期的词作,这已是他在饱受摧残打击,生活上又迭起波折,直到流居塞外之作。他有一篇序言,对了解这一段的词极有裨益,序说:

　　　余昔因隋展子虔游春图,自号"春游主人",集词友结"展春词社"。晚岁于役长春,更作《春游琐谈》《春游词》,乃知余一生半在春游中,何巧合耶!词人先我而来者,有道君皇帝、吴汉槎。穷边绝塞,地有山川,时无春夏,恨士流人,易生离别之思,友情之感,亦有助于词境。彼者或生还,或死而未归,余则无可无不可。沧桑陵谷,世换而境迁,情同而事异。人生如梦,大地皆春,人人皆在梦中,皆在游中,无分尔我,何问主客。以是为词,随其自然而已。万物逆旅,尽作如是观。

这篇《序》,写得多么漂亮,可作晚明小品看,但细味,实伤心人语也。他说,他得了展子虔的游春图,遂自号"春游主人",又结"展春词社",后来又到了长春,又写了《春游琐谈》《春游词》,总之,一生离不开一个"春"字,然后又说到词人中先他而来的有宋徽宗,有吴汉槎,有的生还(吴汉槎),有的未归(宋徽宗),他自己是无可无不可。实际上上面这些淡淡的话,却蕴含着多少伤心和凄楚,一直说到道君皇帝和吴汉槎之来北国。但道君是被俘,吴汉槎是被戍。伯老以此自拟,则其心底之苦可知矣。道君说:"易得凋零,更多少无情风雨?""凭寄离恨重重,这双燕何曾,会人言语。天遥地远,万水千山,知他故宫何处?怎不思量。除梦里有时曾去。无据,和梦也新来不做。"顾贞观寄吴汉槎的《金缕曲》说:"魑魅搏人应见惯,总输他覆雨翻云手。冰与雪,周旋久。"这些话,不也就是伯老心底里的话吗?当然这里说的只是比喻,不是说一定是原话。但转过来说,有哪一个词家没有熟读这几首词呢?只要不死板拘泥地理解,又有哪一句不切合伯老的身世遭遇呢?伯老不是自己也在《风入松》"题贯华阁图,阁在无锡,祀顾梁汾、纳兰容若"里说:"生死交情金缕曲,飘零涕泪玉关情,词人风义至今倾"吗?总之当时伯老之远赴北国,虽有友人宋振庭之邀,实为万不得已之事,不然何以会把自己与宋徽宗、吴汉槎相比,所以《春游词》实是叙他身世之悲的重要之作。因此词集开头第一组《浣溪沙》四首,就是咏出塞之作,词云:

浣　溪　沙

将有鸡塞之行,题秋风别意图。

野草闲花半夕阳。旧时人散郁金堂。如今只剩燕双双。　明月仍留桃叶渡,春风不过牡丹江。夜来有梦怕还乡。

马后马前判暖寒。一重关似百重关。雪花飞不到长安。　极目塞榆连渤海,回头亭杏望燕山。归心争羡雁先还。

自把金尊劝酒频。骊歌一曲镇销魂。回思万事乱纷纷。　镜里相看仍故我,人间那信有长春。柳绵如雪对朝云。

时盼南云到雁鸿。还将离恨寄重重。孟婆何日转东风。　万里边关鸡塞远,百年世事蜃楼空。天涯人影月明中。

"旧时人散郁金堂。如今只剩燕双双。""春风不过牡丹江。夜来有梦怕还乡。""时盼南云到雁鸿。还将离恨寄重重。"这四首词,词意黯淡惨伤,足见他出关时之心情。《玉楼春》说:"垂杨绿遍伤心树,都是前游曾到处。当时争自识生张,今日何人怜小杜。"末两句人情冷暖之况,昭然可见。所以他在同调下一首词里说:"机心常懔人言畏,世路如登鬼见愁。" 他真正体会到了世路的坎坷了。辛丑除夕,难得回北京一次度岁,有《定风波》词云:

> 辽海归来雪满身。相逢容易倍相亲。灯外镜中仍故我,炉火,夜阑灰尽酒犹温。 明岁天涯应更远,肠断,春来不是故园春。几点寒梅还倚傍,才放,也难留住出关人。

北京已没有他的家了,所以"春来不是故园春"了,尽管旧日的几点寒梅还在开放,但是"也难留住出关人"了。他在长春客居,见到了杏花,就想到了道君皇帝的《燕山亭》,填了一首"长春客邸见杏花和道君",词云:

> 楼外香融,初见一枝,淡粉浓脂凝注。碧玉盈盈,乍着新妆,羞怯倚门娇女。恨在天涯,恁禁得、黄昏残雨。离苦。忆别后旸台,几经春暮。 相对惟有斜阳,但独自凭栏,□□无语。青骢紫陌,侧帽垂鞭,忍思旧时游处。倒转东风,还欲倩、梦婆吹去。难据。断肠句,伤心怕做。

词意惨伤,欲语还止,最后是连词也怕做了,因为做起来都是断肠句,更触动伤心。他在北国的生活,词里也有反映,他的《浣溪沙》"出关后,家无能养花者,腊尽归来,盆梅只一花一蕊,憔悴堪怜,词以慰之"词云:

> 去后寒斋案积尘。庭除依是雪如银。小梅憔悴可怜人。　半笑半啼应有恨,一花一蕊不成春。那堪吹笛为招魂。

案上积尘,庭除雪银,小梅也只有一花一蕊,词意凄清冷落,词所慰藉的是憔悴堪怜的小梅,但实际上就是他自己。他在一首《鹧鸪天》"癸卯除夕"里说:"饱经世事梦催梦,痴望人情心换心。""浮生不必分真假,似醉如醒直到今。"在《庆宫春》"甲辰元旦,和清真"里说:"岁来年去,生别死离,常是牵萦。"在《眼儿媚》里说:"情深千尺,怜春是我,我是谁怜?"这些话,真是椎心泣血,一字一泪,令天下才人读之,能不放声恸哭!再看他的《浣溪沙》:

> 不是天生嗽与痴。秋痕春梦总成悲。此情欲诉少人知。　心痛有时非病酒,愁来无处可吟诗。南鸿却更到来迟。
>
> 似醉如醒过一春。残莺归去雁离群。浮云白日乱山昏。　味尽始知甘是苦,情真宁视酖如醇。待含眼泪问谁人。
>
> 马角乌头一面缘。去如流水又年年。明月那得几回

圆。　　岂待酒来才更醉,不须花落已先怜。有情只住奈何天。

　　怕到春来易断魂。满庭芳草立黄昏。落花无语似离人。　　九转肠回君念我,万分心痛我知君。红笺忍检旧啼痕。

读这些词,我禁不住热泪盈眶,读这样的词,难道不有点像读后主、道君、纳兰和顾贞观《金缕曲》的味道么?这些词已经无须解释,一字一泪,一声一咽,只要你真正体会到张伯老此时在北国冰天的苦难情景,你是控制不住你的眼泪的。

终于盼到1965年(张老六十八岁)的时候(一说是1970年,七十三岁),伯老得到回京的信息了,他的《鹧鸪天》"有入关信,牧石预为治'龙沙归客'小印以迓,赋此,喜告诸词侣"词云:

　　五国边城咽暮笳。斜阳西望是吾家。孟婆倒引船儿转,马上春风入琵琶。　　金缕怨,玉关赊。不须细雨梦龙沙。乌头未白人归去,老眼犹明更看花。

前　　调

　　有刀环信,愿随秋笳,而情怜道君矣。惜远人不知,词以见怀。

　　鱼雁多劳为作媒。他生缘种此生胎。贴金愿许偕潘步,留枕情因识魏才。　　桃脸笑,柳眉开。看人生入玉关来。胡笳休按文姬拍,青冢犹怜梦紫台。

请看这两首词,节奏轻快,词意欢悦朗畅,一变前调。然而,张伯老自1957年被康生陷害,划成"右派",受尽折磨。1961年出关到长春,1970年左右回京,戍边也已近十年,真是饱经了人生的苦难和波折,所以,张伯老的《春游词》,实际上可说是他的"断肠集"。古人云"词穷而后工",《春游词》确实无论是思想深度、感情深度和艺术的高度,更胜于《丛碧词》。然而这是以他的苦难、眼泪和性命磨炼出来的啊!从《春游词》起,以下诸集,应是他的后期词作,因为这篇文章现在的文字已经过长了,所以关于他的后期词作,只能另文再论,但是他在《雾中词》《无名词》《续断词》里的几首咏《红楼梦》的词,却不可不录:《雾中词》:

风 入 松

咏三六桥藏《红楼梦》三十回本,此本流落东瀛,步汝昌韵。

艳传爱食口脂红。白首梦非空。史湘云后嫁宝玉。无端嫁得金龟婿,探春嫁外藩。判天堂、地狱迷踪。宝玉曾入狱。更惜凤巢拆散,西施不洁蒙尘。王熙凤被休弃。　此生缘断破惊风。再世愿相逢。薛宝钗以难产死。落花玉碎香犹在,妙玉流落风尘。剩招来、魂返青松。总括《红楼梦》。多少未干血泪,后人难为弹穷。指后之红学者。

风 入 松

和邦达答玉言属画黄叶村著书图。

写来黄叶两图同。秋意笔偏浓。满林霜色斜阳外,似当时,脂面颜容。玉骨灯前瘦影,金声树里寒风。　是真是幻已全空。难比后凋松。千年窃得情人泪,病相怜,愿步前踪。都是一场痴梦,绵绵留恨无穷。(《无名词》)

浣 溪 沙

秋气萧森黄叶村。疏亲远友处长贫。后来人为觅前尘。　刻凤雕龙门尚在,望蟾卧兔砚犹存。疑真疑幻费评论。

乙卯八月晦日,往访西郊正白旗传为曹雪芹故居,北屋四间,墙壁上发现书联,书扇面诗,(中略)是日同游者有萧钟美、夏瞿禅、钟敬文、周汝昌、周笃文、李今及室人潘素等。时西风渐紧,黄叶初飘。

前 调

象鼻山西有小村。荒凉矮屋掩柴门。旧时居处出传闻。　天外飞霞思血泪,风前落木想神魂。伤心来吊可怜人。

村在象鼻山之西。曹雪芹居处虽出于传闻,而思及曹雪芹之身世,对景顾影,殊可怜也。

减字木兰花

和瞿禅同游西山,重访曹雪芹故居。

西来秋气。雁影霜痕黄叶里。情意酸辛,梦忆红楼吊恨人。　碧天如浣,衰草连天天更远。南望湖山,销也无金去也难。

临 江 仙

立冬日,董意适邀游黑龙潭看红叶,并访白家疃传说曹雪芹故居。

西北重峦迭嶂,东南沃野平川。九重阊阖隐云烟。寒鸦残照影,霜叶晚秋天。　斯地或非或是。其人疑佛疑仙。痴情千古总缠绵。心花生梦笔,脂砚写啼笺。(《续断词》)

伯老后期的词集里,还有多首咏《红楼梦》的词,这里无法一一尽引。所谓三六桥本,是说流传到日本的一个本子,情节与今传有异,但此本后来一直未见音讯。伯老所填有关《红楼梦》的词,情真意切,而有些话是词意双关,既是咏红咏曹,也关联着自己的心声,如"天外飞霞思血泪,风前落木想神魂。伤心来吊可怜人",如"情意酸辛,梦忆红楼吊恨人"等等。真是"既痛逝者,行自念也"。为什么这样说?首先张伯老是一位"绝假纯真"的"真人";二是张伯老也是公子前身,黄金散尽,"落了片白茫茫大地真干净";三是张伯老是一个"恨人","痴人","伤心人","可怜人";四是张伯老是一个真词人。有这许多共通点,难怪张伯老要"对景顾影"了,以自己的身世,到了北国,想到了道君皇帝和吴汉槎,这是极自然的事。那么,面对着《红楼梦》的悲剧情节,面对着曹雪芹的绝世文采,面对着传说中的曹雪芹遗迹,能不发生共鸣吗?我觉得真是因为张伯老也是身经大故,又具有"惊才绝艳"的才华,所以他对《红楼梦》及其作者会体会如此之深,但是他是通过词,用自己的生活和感情来体会的,不是理论的阐说。

三

大家知道,张伯老是京剧专家,特别是余派艺术的传人,有人说得余叔岩真传者,只有孟小冬和张伯驹。我有幸于1947年在上海杜寿义演时看过孟小冬的《搜孤救孤》,但此后孟小冬就去香港和台湾,绝响于舞台。所以在大陆得余派真传者只有张伯老一人,他学到余派的戏有四十来出,前后从余苦学十年,余过世后,杨宝森、张文涓、李少春等都曾向张伯老学余派的戏。至于1937年为赈灾义演,大轴《空城计》张伯老饰孔明,杨小楼饰马谡,余叔岩饰王平,王凤卿饰赵云,程继仙饰马岱,成为当时的空前盛会,更是戏剧界数十年传颂不绝的盛事。上世纪五十年代,张伯老还组织了"京剧基本艺术研究社",以培养京剧的爱好者和继承人,为纪念余叔岩逝世二十周年,还把他与余叔岩合著的《乱弹音韵辑要》改订为《京剧音韵》出版。他在七十七岁高龄时,还写了《红毹纪梦诗注》,全书收七绝一百七十七首,又补注绝句二十二首,成为研究京剧史和京剧艺术的必备之书。张伯老对京剧从三十一岁起,不仅是苦学苦练,还不断演出,积累了丰富的舞台实践经验,而且还不断研究。所以有人说"他是继承余派演唱最准确的人",还有人说,从研究的角度来说,孟小冬也不如张伯老。这些说法,都不是毫无根据的,所以可以说,张伯老一生的功绩中,振兴京剧,他是有卓越的贡献的。

张伯老对古琴和围棋,也是行家,现存吉林省博物馆的古琴"松风清节",先为王世襄先生所藏,后经张伯老之介,转与吉林省博物馆。

张伯老还精通围棋,陈毅元帅也有棋癖,所以他们两人成为至交和棋友,陈毅去世前还嘱咐将他的棋盘送给伯老。

张伯老自己的书法和画,也是别树一帜,堪称一绝。对此,刘海粟老人有非常精到的评语,他说:"张伯驹爱画梅兰竹菊。再用鸟羽体写上自己的诗词,别具一番风韵。"他还说:"运笔如春蚕叶丝,笔笔中锋,夺人视线,温婉持重,飘逸酣畅,兼而有之,无浮躁藻饰之气。目前书坛,无人继之。"他还说:"丛碧兄是当代文化高原上的一座峻峰,从他广袤的心胸涌出了四条河流,那便是书画鉴藏、诗词、戏曲和书法。四种姊妹艺术互相沟通,又各具性格。堪称京华老名士,艺苑真学人。"[①]我觉得刘海老的

---

① 见《张伯驹先生追思集》。

这段评语简而精,是对张伯老毕生成就的最好的概括。张伯老的书法确是前无古人,海老称之为"鸟羽体"也很得其神。大家知道,宋徽宗的书法叫"瘦金体",这也是他的独创,也是前无古人的。至于张伯老的兰花,我认为上可以继武赵孟頫、文徵明,下可以并肩薛素素。他的梅花画法,也是另辟蹊径,与众不同。总之,张伯老在书画方面也是个性鲜明,成就突出的。现在,哪怕是他的片纸只字,都已成为人们珍藏的文物了。

我拜识张伯老,是在上世纪七十年代初,那时他已从吉林回来,住在后海南沿。记得是为了筹建全国韵文学会,伯老让两位朋友来看我,与我谈这件事,我表示十分赞成,就随同这两位朋友到后海南沿伯老家里去看他。伯老家住房面积非常小,是一间南北的房子,窗口书桌上堆了一些书,伯老见我去非常高兴,但说话不多,都是同去的朋友闲谈。当时我住在张自忠路,离伯老住处不远,所以有时伯老常叫一个女孩子给我送信。1975年以后,我调到中国艺术研究院,开始校注《红楼梦》的工作。我下班时从柳荫街走可到后海南沿,所以经常有空时,就去看他,有一次他拿出早先珂罗版影印的《平复帖》送给我,还有一次,他拿出他原藏的脂砚斋的脂砚照片送给我,因那时我正在研究和整理《红楼梦》。1978年旧历戊午的元旦,伯老忽然给我写了一副对子叫人送来,对句是:

其鱼有便书能达;
庸鹿无为福自藏。

上款是:"其庸先生雅属",下款是"戊午元旦张伯驹时年八十又一",图章是"伯驹长寿"(阴文)、"丛碧八十后印"(阳文)。这是一副藏头对,我的名字藏在上下句的第一个字。上联的句意是说多通鱼雁,下联是祝福吉祥。我接到这副对子,当然非常高兴和感谢。又隔了一些时候,伯老又送了我一副对子,联语是:

古董先生谁似我;
落花时节又逢君。

上联用的是《桃花扇·先声》的第一句,下联用的杜甫《江南逢李龟年》中的最后一句。我仔细琢磨,这副对子用语更有深意,实际上上句是指他自己,真是贴切至极,下句是指我,但这个"落花时节"并不是指自然季节,而是指伯老的晚年。两句联起来,就是说我这样热爱古董的人(这里的"古董",当然是广泛的意义,是指传统文化,自然也就包含着古董和文物),到了晚年,又遇到了你。细味伯老这两句话,含有多少深意啊!我每次去看他,进门后我说了几句,一般就相对无言了,有时他翻出东西来给我看看。有时就相对默坐,潘夫人也不大插话,但这样习惯了,也就莫逆于心了,我体会到这副对子就是这种心理的写照。

伯老去世已经二十多年了,我一直未能认真地写一篇文章来追念他，前些年，写过一篇《文章尚未报白头》，总写了几位我交往的老前辈，其中有一节写到张伯老，但未能尽意。这次承伯老的家乡要我写这篇文章，并要作序。作序何敢，应该请现在健在的伯老的知友写，我只能算是敬以此文奠祭于伯老和潘夫人之前，藉抒我二十多年来对伯老和潘夫人怀念之心。

我填了三首词，作为本文的结束。

浣 溪 沙

读《丛碧词》《春游词》敬题张伯老。

绝世天真绝世痴。虎头相对亦参差。人间真个有奇子。　拱璧连城奉祖国，弥天罪祸判当时。此冤只有落花知。

才气无双折挫多。平生起落动山河。至今仍教泪滂沱。　国士高风倾万世，魍魉魅魑一尘过。春游词笔郁嵯峨。

读罢春游泪满巾。分明顽石是前身。黄金散尽只余贫。　眼里茫茫皆白地，心头郁郁唯情醇。天荒地老一真人。

2007年12月24日至2008年元旦后一日于瓜饭楼

悼念俞平伯先生

前些时,我出差到兰州,因为工作忙,连报纸都看不到,10月16日那天,无意中见到了报纸,随手一翻,却看到了俞平老不幸逝世的消息。平老卧病已甚久,在北京出来前,我想去看他,朋友说你回来去看也不迟,他目前已不清楚了,去了也不知道是谁,就这样被耽误下来了。

这个不幸的消息传来,引起了我种种的思绪。

我小时家境贫寒,抗战开始我小学五年级就失学了,当时除了读《水浒》《三国演义》《聊斋》之类的书外,就没有其他书好读,有一次,偶然得到了《读词偶得》和《清真词释》,这是俞平老的著作,但我也不知道俞平老是何许人,只是觉得他讲解词意,层层剖析,使我慢慢地有些懂了,也慢慢地悟到如何来读词。但实际上我懂得的还是极肤浅的,只好说有点启蒙而已。

那时,我还得到一部《水云楼词》,也是这样半懂不懂地读下来的,后来我却一直喜欢读诗词,应该说俞平老的著作是我的启蒙老师。

我还喜欢读小说,《三国》和《水浒》是不知读了多少遍了,连里头的一些回目和句子,都能背诵一些,还有《西厢记》也是这样似懂非懂地读下来的。有一次,无意中得到了一部《浮生六记》,是俞先生整理的本子,记得前面还有一幅沈三白的画,还有一张沈三白住宅的照片,现在再要找这个本子已经不大容易了,可当时这个本子我珍藏了很多年。我非常爱读这本书,沈三白的文笔,我也不知不觉地受他的影响,但这一切,都是从俞老的这本书来的。特别是书中讲到沧浪亭,这是苏州的一处名迹,我曾多次去寻访,企图找到沈复的住处,但终究渺不可得。书中还讲到东高山,这离我家只有五公里,我也去寻访过,当然也是一片迷茫,我还去过扬州,到过金匮山,企图寻找沈三白可怜的夫人陈芸的坟墓,但荒烟蔓草,早已无可踪迹了。

去年,上海博物馆举行冒辟疆文物展览,我意外地见到了沈三白的一幅册页真迹,画的是冒家水绘园,并有三白的长题,这是我数十年来第一次见到沈复的真迹,比俞老整理的《浮生六记》前面附的照片,更加来得真切入味了。

这一切,我都想找一个空闲的时间与俞老聊聊天,他一定会非常有兴趣的。犹记数年前,我同上海老友陈从周一起去看俞老,从周兄是俞老的老友,我们到了三里河俞老的家里,俞老很高兴地从房间里一个人扶着墙壁慢慢地走出来,然后又从墙壁摸到椅子,再从椅子摸到八仙桌,然后一步步挪过来。并不是俞老眼睛看不见,眼睛是看得见的。他一面摸着墙壁椅子走路,一边还给我们说话,他说这样比别人搀着还要可靠,可以自己做主,不让人牵着走。

俞老见到我们去，非常高兴，几十年的往事和家常，以及苏州故家的种种往事，谈得十分亲切有味。俞老已经重听了，有时他听不清我们的话，就自己说开来了，现在想想当时的生活情趣，多么有真味啊！

我还记得第四次文代会的时候，俞老出席了会议，我们去看望他，他非常高兴，还一起拍了照。

1979年《红楼梦学刊》创刊的时候，不少学术界、红学界的著名人士都到了，周扬、茅盾、叶圣陶、顾颉刚、王昆仑、俞平老、启功、吴组缃、吴恩裕、吴世昌、周汝昌……统统到了，这真正是学术界的一次盛会，现在当年参加这个盛会的老一辈学者已经有好多位去世了，真正是盛会难再了。

1980年6月，美国威斯康辛举行国际红学研讨会，俞先生是被特别邀请的一位，我受大会的委托去面请俞平老，平老很幽默地说，我习惯光着脚不穿袜子的，怎么能去美国呢！但是后来俞老还是带去了一封大会的贺信，可见俞老对这次学术会议还是十分关心的。

1979年4月，我记不清为了什么事要去看俞老，怕干扰他，我先请王湜华同志约定时间，俞老很快就写信给王湜华，说："其庸先生有惠来之意，感谢，盼约良晤。匆复，即颂文安。平伯　四月六日。"后来我即去拜望了他，当时谈了什么事，现在竟记不起来了。

还有一次，俞老托人转送我两幅他的法书册页，是俞老的词作。这真是望外之赐。我是很想请俞老写字的，但考虑到他年事已高，再去烦劳他，实在心里过意不去，故而一直没有提出请求,不想俞老竟会有此意外之赐,亦可见长者之深情。

前些年法国学人、红学家陈庆浩兄要拜见俞老,我陪同他一起去拜见了他,晤谈也很高兴。

特别是前两年德国汉学家史华兹先生翻译了《浮生六记》德文本,在翻译过程中,史华兹先生常来与我商量,并请我为德文本写叙,我同时建议请俞平老题"浮生六记"四字,印在扉页上。史华兹先生非常高兴,即委托我去求俞老,俞老欣然命笔,即由俞成同志寄给我。谁知这个德译本刚刚出版,俞老的题字即印在扉页上,等到这个本子寄来时,俞老已经逝世了。我只好拿着这个本子,到俞老的灵前向他行礼默告,将书请俞成同志安放在他的灵前!

听俞成同志说,俞老自己还是很清楚的,去年九十岁与他祝寿的时候,他就说过了九十岁,就不会太久了。这次卧病以后,他更十分清楚,说一定要等亚运会结束后自己再"走"。果然,亚运会结束不久,俞老就真的长行了。俞成同志说,俞老临终时,简直就像是安详地睡着了。是的,我想俞老也真的是睡着了!

这使我想起俞老在下放干校期间,人不堪其忧,俞老却在劳动之余,依然照样唱昆曲。局外人以为是幽默,我私心以为这才是俞老的本色,至于是歌是哭,只有俞老心中自知了。

现在一切都已过去了,我心中永远感到遗憾的是没有能在他长行之前再见上一面。

1990年11月5日夜,
客兰州,时方从临洮归来。

哭王蘧常老师

王蘧常先生九十像

　　欢笑平生五十年，忽然归去渺云烟。
　　是真是幻谁能辨，毕竟先生是上仙。
　　平生知己是吾师，风雨艰难各皎如。
　　自信乾坤正气在，要为轩羲立丰碑。

1989年10月28日

怀念钱仲联先生

最近听说钱仲联先生病了,我打电话到他家里去,接电话的人说:钱老病了,在医院里。我立即打电话给苏州的朋友钱金泉先生,请他代我到医院去看望钱老。钱先生从医院里给我来电话说:钱老是病了,医生说是胃病,不准吃东西,可钱老饿得顶不住了。……又过了几天,钱先生又来电话说,钱老的病,重新做了诊断,不是胃病,是肠子上的问题,要开刀切除。钱老已经九十四岁了,我真担心他的身体能否承受!一个星期过去了,今天一早,我给钱老家里打电话,想问问开刀后的情况,不想接电话的人说,钱老已经回来了,你自己给他说罢。接着就是钱老沉稳而响亮的声音,说:

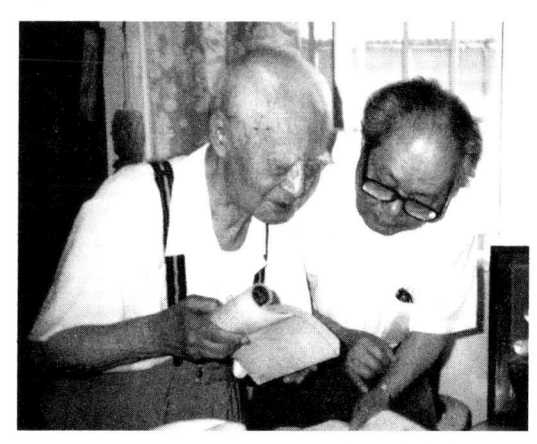

与钱仲联先生合影

谢谢你的关心,我已经从医院里出来个哉!钱金泉先生曾代你来看过多次,非常感谢。我开刀很成功,切除了一段肠子,现在总算一个大关过了。我听了非常高兴,不敢与他多讲,只说祝他健康长寿,下次去苏州时再去看他。这是钱仲联先生最近的情况。

回想往事,我是1946年春天拜见仲联先生的,那时我刚考进无锡国专本科,而仲联先生已不在无锡国专任教。我的好友,也是仲联先生真正的入室弟子诗人严古津,特别把仲联先生从苏州请来,约好在无锡公园茶室见面。我是以一个刚刚入学的青年学生来拜见这位鼎鼎大名的诗坛泰斗的。见面之后,我道了对先生的仰慕之忱,虽然仲联先生已不在无锡国专任教,但我是专诚来拜仲联先生为师的!古津兄也代道了我的诚意,仲联先生莞尔而笑。这是我拜识仲联先生的开始,那年我才虚龄二十五岁,仲联先生也才四十出头,可那时他已经是诗名满天下了。

第二年,1947年岁在丁亥,古津赠我仲联先生的亲笔新作《八声甘州》词,词云:

> 蓦桃花都傍战尘开,春风冷于秋。倚乱山高处,万松撼碧,如此危楼。望里浮云起灭,东海有回流。鬓底残阳影,红下昆丘。　　携手江湖倦侣,念南征岁月,歌哭同舟。更梦肠百折,夜夜绕峰头。算余生阅残千劫,甚重来、不是旧

金瓯。人双老,睇栏干外,来日神州。

丁亥仲春,偕内子登虞山望海楼,调寄《八声甘州》。

梦苕

这幅仲联先生的墨迹,我一直什袭珍藏着,前年我特地加以精裱,带到苏州去拜见钱老,我问钱老:还记得这幅字吗?他看后第一句话就说:这不是给你写的,这是给古津写的。我说真是这样,这是古津当时就送给我的,我一直珍藏到现在。他算算,说已经半个多世纪了,真是难得。他脱口就说,我当时就说:"东海有回流",不是现在日本人又用经济侵略的方式重来了吗?我惊叹钱老如此高龄而思路依旧那么敏捷,记忆力依旧那么好!

我从钱老问学的过程中,钱老曾给我写过不少信,这些信,都不是泛泛的问候,而都是有学术内容的,虽然经过半个多世纪的播迁,已经散失了一部分,但总算我还保存着一部分,现在重读这些信,真是如忆旧梦,如晤故友,会唤起你的许多历史的记忆,如1973年7月给我的信说:

其庸同志:

两次手教敬悉。尊诗格韵高绝,叹佩叹佩!放翁诗注事,姑俟一时间。原意欲存之于大图书馆,让人知有此书,得以查阅,不致区区苦心,湮没无知耳。瞿禅先生七十四高龄新婚,开古稀新例。古津曾约渠秋后游苏,未知其腰脚如何?古津同门为绘红绿梅为祝,命弟为诗,录奉粲正。

噀墨和香一写之。好春消息在高枝。
绿华新降红禅笑，正是孤山月上时。
匆匆即致

敬礼

          同门弟钱仲联顿首
          七月二十三日

信中所说放翁诗注事，钱老有《陆放翁诗全集注》稿本，"文革"前交上海中华书局编辑所，"文革"爆发，此书未能出版，并书稿也无法找回，后来我托了陈向平同志，查到了此稿，还给了钱老。1973年，钱老生活困难（当时工资未全发），想托我将此稿让给图书馆作为藏稿，以解决当时的生活困难。我得信后，力劝钱老取消此意，另想办法解决困难。"四人帮"垮台后，此书后来终于得到出版。

  信中提到的"瞿禅先生"，就是词学泰斗夏承焘先生，也是无锡国专的老师。夫人去世后，与吴闻女士结婚，吴闻是夏先生在无锡国专时的学生，诗词佛学都好，且写得一手好书法，能与瞿禅先生的墨迹乱真。后来瞿禅先生的许多书札和书法，都是吴闻代笔，几乎无法辨认是代笔还是原书。瞿禅先生晚年给我的书法和信札，有的是瞿老亲笔，有的是吴闻代笔，有的还写明是吴闻代书，关于夏瞿老，我当别有纪念文章。可惜瞿禅先生去世后不久，吴闻同志也去世了，这是无可奈何的损失！

  1973年8月，仲联先生又给我来一信，信里寄了两首为我题

画的诗,一首是题画墨荷的,诗云:

  涨天十丈墨荷工。百草千花孰与同。
  临水浑知珍惜意,不教摇落向秋风。
  其庸同志绘赠墨荷,小诗报谢,即请是正。
         弟仲联呈稿
         八月二十六
 先数日有谢函,谅达记室。

  另一首是题我画的墨葡萄的,诗云:

  马乳龙须墨晕香。扶来倒架意何长。
  分明璎珞诸天会,不待金茎肺已凉。
  其庸诗人同志画赠葡萄,小诗报谢,即请是正。
         同门弟钱梦苕

这两首诗寄来前,先生先寄我一信,告知我题诗事,可惜那封信现在找不到了,幸而第二封寄诗笺的信完好无损,我依旧珍藏着。

  1974年6月,钱老又给我一信,信云:

  其庸同志史席:
    手教奉悉已多日,知尊撰《红楼梦》研究(指当时我写的

《曹雪芹家世新考》)不日将修改告成,欣快无限,唯盼早日出书。贱恙天热后稍减轻,但发展到左臂剧痛,仍在服药中。五六天以前曾上一函,同时并邮呈《中国古代文学》第三册一本(未挂号,想不致遗失),此时谅达左右。渴望指正谬误。弟于小说戏曲都是外行,拟说中大胆妄论,自知未必是也。恩裕先生来时,弟曾赋《买陂塘》一词,兹录奉教正。

买 陂 塘

甲寅初夏(1974年)恩裕先生过访吴门,因同游织造局旧圃。

葑门西,苍烟乔木,余春和梦归早。七襄当日机声里,曾记补天人到。钗凤杳,剩一角红楼,妆点沧桑稿。云荒地老。看水涸方塘,苔封败砌,何况不周倒。　　畸笏叟,逢尔定呼同调,零编收拾多少?飘然青埂峰头过(池有石假山一,花石纲故物也),犹有幻尘能道。歌好了,为稗史旁搜,踏遍吴宫草。巢痕试扫。正燕子飞来,不应还问,王谢旧堂好。

恩裕先生在苏时,曾面诺书一小幅相赠,晤及时恳代为催索为感。并求公也写同样大小的一张(像见赠葡萄画幅大小足矣)见赠,内容乞写尊诗,如与《红楼梦》有关的尤妙。无餍之求,尚希谅而恕之。匆复,敬承道履

同门弟仲联顿首
六月二十四日

1974年，吴恩裕先生到苏州调查织造局旧址，由我写信给钱老，钱老欣然陪同前往，并填此《买陂塘》词为赠。足见仲联先生深情。后来此词钱老又用宣纸手书一幅赠我，并加跋云：

> 甲寅初夏，吴恩裕先生过访吴门，因同游织造局旧圃，池中矗立太湖石一，与留园之冠云峰并为花石纲故物，调寄《买陂塘》。
>
> 其庸同志诗人教正。
>
> 　　　　　　　　　　　　同门弟梦苕

这幅墨迹，我也于前些年同时装裱珍藏。吴恩裕先生回京后，曾为我盛称钱老亲为导游之盛情，不久即作书法一幅相谢。1975年，钱老又寄我一信，说：

> 其庸同志：
>
> 　　手示敬悉，知今春文旌有南来之讯，良为欣慰，扫榻以待。弟虽病足，尚能扶杖陪游，如有同来之人较多，则师院招待所亦可寄宿，虽□铺尚不恶。拙著承多方设法，深感不安。估计学报大概不大可能容纳此庞大体积，姑听之而已。
>
> 　　公为古津制遗像，足征风义，率成题诗一律，附呈教正。
>
> 　　匆上敬颂

新春万福

　　　　　弟仲联顿首　人日

　　其庸同志请张正宇先生绘古津遗像,为题一律,以当哀挽。

　　讲肆逢君卅载前。侵寻羸疾到华颠。年来正喜耽长句,冬尽谁知叹逝川(君逝于立春前一日)。苦为佳儿伤葛陂(用任昉儿事),不堪遗像对蒲禅(君耽内学,苏诗"坐依蒲褐禅")。平生风义犹龙子(冯梦龙字犹龙),遥想临风一泫然。

　　其庸同志正

　　　　　　　　弟仲联呈稿

信中所说为古津遗像题诗事,是因为古津于1974年端午前,携角黍去杭州探望夏承焘先生,当时还在"文革"中,夏老处境亦很艰难,所以古津特意去看慰他,携去粽子(角黍)因为是端午令节,又是纪念诗人屈原的民俗,而夏先生又是词宗,所以他特意带了粽子去,以表他对夏老虔敬之意。古津与夏老见面后,两人都很兴奋,快谈竟日,当天古津住到他弟弟处,不意竟大吐血,其实他的肺病已经很重了,次日即由他女儿接回无锡,到1975年立春前一日逝去。古津之逝,我非常伤痛,特为恳请大艺术家张正宇老先生为他画像,夏瞿老为他遗像题词,又请海上王瑗仲师写引首,再请钱仲联师题诗,装裱成卷,交其子乙苍以作永久的纪念，上面这首诗，就是仲联先生为此而作的。

此后，我有很长一段时间不去苏州，因此也少与仲联先生联系，但先生的健康和行止，却时萦心怀。

前些年，我为吴梅村墓事，常去苏州，因此得再拜先生于寓所。快谈间，偶及梅村《后东皋草堂歌》，原以为此诗已逸，不可得见。后予友尹光华君见告，此诗梅村原作在今上海博物馆，后歌并前歌均书于董其昌山水长卷之后，故目录失载。后予检《中国古代诗画图目》第三卷于280页至281页，果于董其昌山水卷后由梅村亲书此前后二歌，后歌末复有梅村跋云：

　　余以壬申九月游虞山，稼翁招饮东皋草堂，极欢而罢。已，稼翁同牧斋先生被急征于京师。予相劳请室，为作前歌。又十余年，再游虞山，值稼翁道阻不归。过东皋则断垣流水，无复昔时景物矣！乃作后歌，其长公伯申兄出董宗伯卷并书其上。登高望远，云山邈然，俯仰盛衰，掷笔太息。

梅村吴伟业

钱老听此消息，极为欣快，并已著论面世。但近日又有佳音，原传梅村《爱山台上巳宴序》早已佚失，但上月上海博物馆王运天兄忽来电相告，收到一卷梅村手卷，书《爱山台上巳宴序》，经鉴定，确为真迹。同时收进的还有一轴梅村的梅花图轴，亦为真迹。此两事，因为钱老在病中，尚未告知他。

去年10月，我在上海举行《玄奘取经之路暨大西部摄影展》，先一年，我把我的西部摄影《瀚海劫尘》集送给钱老消闲赏鉴，谁知钱老看后，为之兴奋不已。9月中，我托钱金泉兄去看钱老，告诉他我在上海办影展事，能不能请他题诗，他立即答应了，钱先生与他稍谈片刻即告辞回家，不想他刚回到家里，就接到钱老电话，说诗已写好，请你来拿罢。钱兄又立即再去把诗取回来，原以为是一个诗笺，谁想他老先生竟是写一个四尺整幅。诗云：

二〇〇〇年秋举行"冯其庸教授发现·考实玄奘取经路线暨大西部摄影展"于上海，闻讯神驰，以孱躯病后不克亲往观光，爰赋诗二首志贺。

一

七踏天山天外天。楞严中有地行仙。
慈恩归路君亲证，法相神光照大千。

二

红学专门众所宗。画书摄影更能工。
何人一手超三绝，四海堂堂独此公。

九十三叟钱仲联书于吴趋

钱老先生以九十三岁的高龄，诗思如此之快、之工，恐怕并世难得第二人。

展览开幕前,我专程去看钱老,一则谢他的赐诗,二则请问他如有兴趣,我用车接他去上海,看后再送他回来。他说看是很想看,只是年龄大了,深怕远出,只好多看看您的画册了!

　　刚写到这里,又接到苏州钱金泉先生的电话,说他刚去看过钱老,钱老刚入睡,未敢惊动他。但据家里人告诉说,手术后恢复得不算好,特别是钱老不大肯治疗。钱先生电话里告诉我说,他的肠病,不是一般的病,而是当前的剧疾。虽然手术成功,还必须加紧治疗,以收全效。

　　但愿这位诗坛的词宗,能够康复如初,让我们再去苏台听他论诗,再拜读他的迅若飘风,粲如春花的新诗长歌。

　　但愿他健康长寿!

2001年6月25日夜至26日晨写毕
于京东且住草堂

补记:

　　去年11月22日,我再去苏州看望钱老,钱老见我去,特别高兴,快谈一小时。他手术出院后,还为我作一长诗,700余字。此次见面,竟写一手卷见赠,足证钱老康复如初,故急补叙数语,以慰天下之怀钱老者。

宽堂谨识
2002年元月5日

怀念朱东润老师

朱东润先生,是我的老师,他离开我们已经两年又一个月了,我至今还未写悼念他的文章。然而,并不是我忘记了他老人家,更不是不想写——我至今还保存着那份令人痛苦的"讣告",而是我想多了解一点他后来的情况再写,因为我深深地尊敬他和怀念他。但同时又传闻他遭受了很多苦难,这就更使我想多知道他的情况了,然而这样的等待并没有得到什么。

我是1946年的春天,进入无锡国专以后不久才认识朱先生的。具体的日期自然已记不起了,可能朱先生是开学稍后一些才来的。当时同学中都传说着朱先生的学识,对朱先生的到来,大家怀着极大的兴奋和希望。

我当时听朱先生的两门课,一门是《史记》,一门是杜诗。后来又旁听过一段时间他开的《诗经》。朱先生极负盛名的"传叙文学"课,我反倒没有能听,不是不想听,而是与我的必修课冲突,所以不能如愿以偿。

朱先生讲《史记》,主要是据他的著作《史记考索》,但他特别重视原著的阅读和讲解。因为不阅读原著,根本就谈不上研究。印象最深的还是先生讲《项羽本纪》。当时我把《项羽本纪》几乎都背熟了,由《项羽本纪》联系到《报任少卿书》。我深深被司马迁的遭遇和他的"疏宕有奇气"的文章所震动了,他的"死有重于泰山,有轻于鸿毛"的震聋发聩的语言,启发着我当时的心灵。

想不到二十年后的"文化大革命"中,这句话竟成为我可以挡"横逆之来"的精神力量。当我听到老舍先生自沉、陈笑雨同志上吊等等惊心动魄的消息的时候,我常默念这句话,从中得到了激励。有一次,突然听到了一位好友自绝的消息以后,我痛苦地写了一首悼念他的诗:

哭君归去太匆匆。未必阮郎已路穷。
绝世聪明千载恨,泰山一掷等轻鸿。

这首诗,既痛这位朋友的死,又责备他不能如司马迁那样明生死,定去留。

朱东润先生书法

我所以特别受到司马迁的人格力量和精神力量的感化,不能不追思朱先生的教育。我深深感到朱先生开的这门课,使我终身受益,司马迁的精神将永远鼓励我明生死,定去留。

朱先生开的"杜诗"这门课,也是我十分喜欢的。事实上,无论是《史记》也好,杜诗也好,在以前我早已都粗粗地读过了,但听朱先生讲课就不大一样了,一则可以从朱先生的讲解中辨正自己过去的理解,误者正之,是者定之;二则是朱先生的讲解,可以顿开我的茅塞,例如我自己读杜诗的时候,只知道仇兆鳌的《杜诗详注》是集大成者,拼命死读;朱先生的讲解则不然,往往征引各家,细加评析,而且他特别推重浦起龙的《读杜心解》,讲课时常常引用,这样也就引起了我的兴趣,买了《读杜心解》的木刻本来认真阅读。而且,从此以后,我就广搜杜诗的各种注本,加以汇参,例如杨伦的《杜诗镜铨》、钱谦益的《杜诗钱注》等等,我都想法拿来阅读,这样使我眼界为之一宽。

在读杜诗时,杜甫坎坷的一生,杜甫执着的人生态度,通过朱先生的讲解,尤其深深地感染着我。我感到,从屈原开始的中国知识分子的命运和道路,总是很坎坷的。屈原是如此,司马迁是如此,杜甫也是如此。屈原是怀着一颗炽热的忧国忧民的心自沉于汨罗江的,司马迁则是为了直言,为了对汉武帝尽拳拳之忧,也是为了朋友,敢冒天下之大不韪,挺身而出。他终于受到了"极刑"。然而他却"就极刑而无愠色"!为的是要完成他的"究天人之际,通古今之变,成一家之言"的不朽著作《史记》。屈原和司马迁,都是用他们的拳拳爱国爱民之心,用他们自己的生命来进行写作的,可以说他们的著作就是他们的生命的象征,意志和精神的象征,也是他们的人格的象征。可是司马迁到底是如何死的,至今还不知道,可见得这位著作如日月、精神炳天地的震古烁今的巨人,在当时不过被当作无足轻重的小臣而已,以至于他的死,会如草木一样无声无息不为人知,更不会见之于著录。

至于苦念着"盗贼本王臣"的杜甫,他写出了"朱门酒肉臭,路有冻死骨"的名句,他怀着"致君尧舜上,再使风俗淳"的梦想,最后在写完了他最后一首诗《风疾舟中伏枕书怀》后,就死在"漂泊西南天地间"的湘江船上了,他仿佛走的是屈原的同一条道路。尽管杜甫去世的地点有种种传闻和怀疑,但是他的惊天动地的诗篇,他的忧国忧民的心是无可怀疑的,是千百年来人所公认的。

我怀念着朱先生,想着他开的这两门课,当时的情景如在目前,特别是朱先生能朗诵诗和文,朗诵时的音节、情韵都是随着不同的作品内容而有所不同的。朗诵时他的声音并不大,但却满室洋溢着诗人的情韵。他在朗诵《项羽本纪》时,不疾不徐,犹如侃侃而谈,但到激烈紧张处,则节奏随之变换,使你的情绪也随之起伏。尤其是他在朗诵杜诗时,更显得动听,至今我还十分清楚地记得他朗诵前后《出塞》《三吏》《三别》《同谷七歌》等诗的情景,有时如叙述,有时如哀叹,有时如呼号,有时也有点像啜泣。他朗诵《哀江头》《哀王孙》的时候,则又是一种声调和节奏,与朗诵前后《出塞》迥然不同。特别是他朗诵七律《秋兴》八首和

《诸将》五首等,真是感慨苍凉,一唱三叹,令人为之低回不已。还有他朗诵五律《别房太尉墓》也是令人难忘的。尽管他的嗓音不高,然而却满室可以听到。使大家感受更深的是一种诗人的情韵,是一种俯仰古今的感慨,是一种人生的咏叹!可惜现在已经再也听不到朱先生的声音了!

每当我想到朱先生,想到朱先生开的这两门课,想到他的朗诵,想到他的情韵的时候,我总是不知不觉地要把他与司马迁和杜甫融合起来;不幸的是听说他后来的情景也太凄惨了。是不是中国的诗人、学问家都命里注定要走同一条道路的呢?我当然不信,但我又找不到解释。听说"文革"中师母受刺激自杀了,房子也被造反派占领了,先生孤身一人。我所知道的先生的情况,就这可怜的一点点,因为当时我自己也不自由,更无法详细知道先生的一切。

我还记得大概是四十年前,我最初见到先生时,先生送给我的《公羊探故》这篇文章的油印本,上面印着先生的一首七律。这首诗我爱读极了,后来却没有见到先生在别处印出来。最近我在写这篇文章的时候,先生的这首诗又从我的记忆深处跑出来了,怕今后忘记,我赶快把它记在这里:

露气催寒入晓霜。萧萧鬓发又重阳。
下帷应使尘生甑,披衣始觉叶满床。
旧史湮沦存假马,大经寂寞有公羊。
千秋寤寐吾岂敢,披卷呼儿一与商。

先生的诗写得很好,但先生却从不轻易示人以诗,也因之我们很少能读到他的诗,这实在是很可惜的。

朱先生是一位了不起的书法家,这是大家都知道的,但是先生的书法究竟好在哪里呢?好到何等程度呢?依我看,朱先生的书法,篆书、隶书、行草都是第一流的。他的书法不但功夫深,而且情韵好,拙朴中有书卷气,法度中有流动的意态,安详沉静,书法的境界实在已到了炉火纯青,可以说"意之所致,笔力曲折无不尽意"了,因为我没有看过先生的楷书,所以不敢妄说,但以上三种书法,我是见得很多的,而且先生还给我写过好多幅字,我至今还珍藏着。

我最后见先生的一面,是1986年初夏。这年年初,正是朱先生的九秩大庆,但事先我并不知道,到上海后,我才得知。于

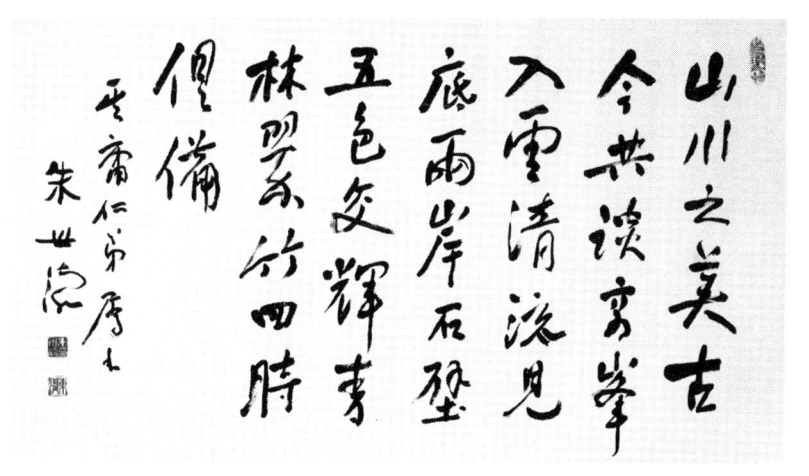

朱东润先生书法

是我请王运天兄陪同我一起去拜见老师,向他请安。我虽然已经有多年不见先生了,但我看他精神仍很好,他看见我去,非常高兴,十分健谈。我看到墙上还保留着记得是1946年君遂兄在无锡冷摊上买到的那幅边寿民的《芦雁》。我想到君遂兄的不幸早逝,特别是师母的不幸,面对着高龄的老师,真不知如何安慰他,只好尽量避开这些话题,拣别的讲。想不到这次见面后,不到两年,先生就逝世了。当噩耗传来的时候,我忍受着无穷的悲哀的袭击!

朱先生是留下了极其丰富的学术成果而离开我们的,同时也是满怀着他的爱国爱民的热情,带着自身的坎坷不幸和痛苦而离开我们的。我每次想起朱先生,就很自然地想起他所开的两门课《史记》和杜诗,也就很自然地把他的遭遇与司马迁和杜甫的悲惨遭遇联系起来了。

朱先生已经离我们而去了,人的一生究竟应该是欢乐的还是悲惨的呢?我至今尚未得到解答。

1990年3月27日夜2时写于扬州,
时距先生逝世已两年一个月又十七天矣

千秋长怀赵朴翁

佛学的一代宗师赵朴初先生不幸去世了,消息传来,举世为之震惊,为之痛悼:我是最早知道这个消息的一个,所以格外感到伤痛!

我与赵朴老认识已经很久了,但直到80年代我才有机会陪同老画家朱屺瞻先生去拜见朴老,那时两位老人互致景慕之情,朱老还向朴老赠送了他的画作,而赵朴老在新中国的宗教事业、文化事业、社会事业等方面所做的杰出贡献,早就为广大人民所崇敬了!

近几年来,我的乡友邱嘉伦先生常为佛学的事去拜见朴老,我也随着邱先生一同前去,因而常能与朴老晤谈。1998年8月,我第七次去新疆调查玄奘取经回国的路线,终于在帕米尔高原4700米的明铁盖达坂山口找到了玄奘归国的山口古道,回到北京,我写了一篇题为《玄奘取经东归入境古道考实——帕米尔高原明铁盖山口考察记》的文章,文章打出来后,恰值邱嘉伦先生来,我就将文章交给邱先生,请他代为转呈朴老审阅。我当时并没有作别的想法,只是觉得朴老是佛学的宗师,我对玄奘的调查与佛学有关,理应向他报告和请他审定,朴老长期住在北京医院,我并不敢想朴老会真的拿起文章来看,谁知邱嘉伦先生给我拿去后,只隔了一两天,就来电告诉我,说朴老看了文章特别高兴,说还要专门写信给我,希望能在佛协的专刊《法音》上发表。接着我就接到朴老秘书的电话,问我确切的通信地址,我将详细的地址告诉了他,过了几天,我就接到了朴老亲笔写的一封挂号信,信里说:

其庸先生:

承惠大作《玄奘取经东归入境古道考实》,具见跋涉艰辛,考察周详,不胜感佩。窃拟转载佛协会刊《法音》,不知能见许否。如荷慨允,更愿赐予有关照片,以满足佛教信众之瞻慕,功德无量。

顺颂　吉祥如意,并贺

新禧

赵朴初拜状

1999.1.8.

朴老九十多岁的高龄,学界的硕德,却给我写如此歉歉蔼然的信,真使我有不尽仰止之感。我立即遵照朴老的嘱咐,将文章和照片寄给《法音》,后来此文就在《法音》上首先发表。

去年2月4日,我与邱先生又去看望朴老,先是邱先生给我看朴老刚刚为无锡友人写的几开册页,其笔迹之潇洒随意,法度之谨严,俨然如看东坡妙迹,所以我对朴老说,看了你刚刚写的几开册页,意态自如,笔到神到,这是精力弥漫的反映,是长寿的象征。朴老笑笑说,我当然希望能多活几年。那天,我还带去一位年轻画家画的白描观音像,画得十分精细,朴老看了又看,赞不绝口,问我是谁画的,我说是我的一个姓谭的学生画的。他连忙就说:"这是极好的画家,应该是我们的朋友!"我说,想请朴老给她的画题几个字,不知可不可以。朴老连忙说"可以可以"。朴老对晚辈的这种满腔热情和真诚,再一次使我受到了深刻的教育。那时他已在准备去香港主持重要的佛事活动了,所以说,干脆等香港回来再写罢,他后来还与邱先生说,他要送一首诗给我,也一起等香港回来后再写罢。

我们每次去看朴老,朴老的夫人陈老太太总是热情接待,他的秘书也极为周到地照顾,尤其是朴老夫人,经常把我们说的话凑近朴老的耳朵转述给朴老,因为朴老重听,朴老听了她的转述,总是立即回应,尤其听到我七次去新疆,终于找到并考实了玄奘归国的山口古道,他连连跷起大拇指说:"了不起,了不起!"

去年5月20日,朴老去香港主持迎接佛牙回归的重大佛事活动,很明显这次活动不仅仅是佛事方面的活动,更有深意的是迎接香港回归的一次重大的爱国主义活动。可以想见,朴老在香港的任务的繁重。朴老于5月30日回到北京,6月2日,就开始感到不适。6月5日下午,我突然接到邱先生电话,说:"朴老病危!"这对我是一个晴天霹雳。但我们真是束手无策,幸亏有中央的深切关注和北京医院专家护士们的紧急抢救,经过长期的努力，终于朴老又转危为安，这真是谢天谢地。这一段时间，我是隔一天或两天听邱先生来一次电话，并把我的问候转给朴老夫人，因为我想如果人人都打电话的话，反而增加忙乱。之后，就只听到朴老恢复的消息，大家心头漾溢着喜气。

今年4月28日，我得到邱嘉伦先生的电话，说朴老已基本恢复原样，可以见面了，想约我去看看朴老。这当然是天大的喜讯，我当然依照约定于下午四时半在北京医院门口与邱先生会合，我事先买了一束很好的鲜花。我们进病房后，朴老十分高兴，紧紧与我握手，我将鲜花献给了朴老，然后师母一如以往把我们的问候、祝福转述给他。朴老则频频点头微笑，当听到我今年8月还要去新疆上帕米尔高原，去为玄奘古道留下标志时，他连连举手跷起大拇指示意。那天的日记我是这样写的：

四月二十八日。

下午四时半，在北京医院门口与邱嘉伦会合，一同进去，朴老在9层。见到朴老和师母，朴老已能起坐，脸色已恢复到病前差不多。看见我去，非常高兴，连连握手，我将鲜花献给他，他非常高兴，师母随即叫人来将鲜花插入花瓶，然后我们一起拍照，并告诉他喀什要将玄奘古道确定下来。他非常高兴。他耳朵重听很严重，都是师母在耳边将话转述给他，然后他再说话。他思维很好，眼睛表情等一如以往地正常，神气、神情基本上已恢复到原样。我们告辞时，他频频示意，我快出门时回头看他，他还目送我，举手示意,可见老人已基本上完全正常了!

谁能想到,这竟是我们与朴老的最后一次见面!我回家后,邱嘉伦还来电话说,朴老说:"冯先生坐的时间太短了!"谁知当天晚上朴老又犯病,幸而经过三四天的抢救,又总算平安无事了,为此,邱嘉伦还遵老太太的嘱咐,给我来了一个电话,说朴老已恢复正常了,叫我放心。这样我也就释然了!

天有不测风云,谁知道正当我们等待着下次再去看朴老的时候,6月21日下午五时一刻,我突然接到邱嘉伦先生的电话,说朴老已于当天下午五时去世了!这真是一个晴天霹雳,事先一点也没有想这方面的问题,我拿着电话真正不知所措!

回顾我与朴老的交往,虽然认识较早,却是老而愈亲,老而愈醇!想到我们国家遭到严重的压力,处在最大的困难时期,朴老写的散曲《某公三哭》,想到在总理去世时,朴老写的悼念总理的诗句:

  大星落中天,四海波颂洞。
  终断一线望,永成千载痛。
  艰难尽瘁身,忧勤损龄梦。
  相业史谁俦,丹心日许共。
  无私功自高,不矜威益重。
  云鹏风自抟,蓬雀徒目送。
  我惭驽骀姿,期效铅刀用。

长思教诲恩,恒居惟自讼。

非敢哭其私,直为天下恸。

反复吟诵朴老的诗,朴老的感情,始终系于国家之安危,始终是与人民的心意息息相通的。在"四人帮"不准悼念敬爱的周总理的时候,朴老竟写出这样完全代表人民心意的掷地有金声的诗篇,这是多么坚毅的勇气和博大的胸怀啊!"蓬雀徒目送",直骂"四人帮"是"蓬雀",这是多大的笔力,而对总理的歌颂,也是字字千钧,是铁笔青史!

朴老去世了,朋友要我写一首诗,我正在病中,思绪很乱,几番要想写诗,竟握笔茫然,反而眼泪倒不断地流下来,无奈只好记下这一段我与朴老交往的最后的实情吧!

2000年6月27日病中于京东且住草堂

怀念高二适先生
——《高二适先生文集》序

在南京有好多位我所尊敬的学术前辈,高二适先生和林散之先生就是其中的两位。林散之先生是因为我看到过他的很多书法和诗,所以对他十分敬佩和仰慕,高二适先生则先是由于朋友们不断地传誉,但却一直没有拜读到高老的学术著作和书法作品,直到1965年7月才读到他的大作《兰亭序的真伪驳议》。这篇文章论证《兰亭序》不伪,分析精辟而有说服力。我一直是王字的临习者和崇拜者,自从郭沫若先生考证《兰亭序》是伪作的文章发表后,我特别感到不能同意,他的考证我也感到没有说服力。我是从1961年起与郭老有所交往的,那时是为了考证陈云贞即陈端生的问题,郭老约我到他书房作长谈。我对他的考证结论直率地提出了怀疑,他却耐心地给我解释,虽然是第一次见面,但却像对老朋友那样随便谈笑,毫无架子也毫不拘束,临别时还把刚出的《文史论集》题字送我。事后证明郭老的这一考证是对的,我的怀疑却被后来更多的资料所排除了。在这一过程中,郭老多次给我写信,还感谢我给他提供重要的史料(郭老给我的信,发表在1997年3月中国社会科学出版社出版我的拙著《落叶集》第75—79页),后来还在文章里提出。之后就一直保持着这一联系,直到后来"文革"中他还叫人带信问候我。所以我对郭老是十分尊敬的,郭老在中国学术界的崇高威望也是人人共尊的。

但是,这次《兰亭序》的论争,我却完全不能同意他的意见,觉得他的考证比较片面主观,不能说是科学的客观结论。而高二适先生的论证,我却觉得鞭辟入里,令人十分信服。这次,我不但读了高老的文章,而且还看到了他的书法,也使我十分敬佩。从此我对高二适先生的崇敬就不是由于朋友的传誉而是自己的亲切感知了。

《兰亭序》真伪的论辩,在学术界、文化界的影响和意义是非常深远的。当时,我知道文化界有不少先生是不赞成郭老的意见的,但却不便表示。有的先生,文章前半部分分明是说魏晋时期已经有真书和行草书了,这也就是说在王羲之之前就已经有行草书了,那么王羲之自然也就可以写出《兰亭序》这样的行草书来了,但文章的后半部分却又对郭老所说表示认同。我深知当时有他们的为难之处。但是《兰亭序》真伪之争,不仅仅是一件书迹的真伪问题,更重要的是我们要造就一种什么样的学风和文风,我们能不能树立一种唯真理是从的良好风气。在不少先生不得已而沉默或勉强附和的情况下,高二适先生却大声喧嗒起来驳议,这就为当时的学术界树立了一种好的风气,为后学树立了楷模。就是现在回顾起来,使人感到我们的学术界,就是权威如郭沫若先生那样的人说了偏颇的意见,也仍是有人起来反驳的,反驳的文章也仍可以得到堂皇的发表的,这是一个多么光明磊落的时代啊!这是一种多么可贵的精神啊!现在想想,高二适先生确实为我们时代的学风文风做出了别人所难以做出的贡献!

在《兰亭序》争论后不久,就是一场"文化大革命"的空前浩劫。到了1974年,我又通过南京的朋友与林、高二老取得了联系,林、高二老并都为我写了字留作纪念。1977年3月15日夜,高老在南京去世,去世前数月,他在鼓楼医院,还将手书的诗稿托人送给我,在诗稿上还明确写着"给其庸教席"几个字。这首诗是答卞孝萱同志的,诗云:

南京鼓楼病院答卞孝萱,喜君受调南归终养,故诗末及之。高二适待芝草。

岂意残年落病坊。每凭高枕梦匡床。

老儒不作医国计,寒谷空留吹黍方。

何必书名腾域外,却愁夭柱过天常。(原注:本大谢诗)

羡君哺鸟投林急,未觉高飞有底翔。

给

其庸教席

七月十五日

现在高老给我写的诗轴和这件诗稿,我都珍藏着,特别是这件诗稿,已是他最后的笔墨了,他老人家还念念不忘要交给我,我真正感到有一种知遇之感。我深知高老对书学,包括碑帖学和诗学都是有极高深的造诣的,就是上面这首诗,也可以看出他对江西诗派和黄山谷的浸淫之深。

最遗憾的是我没有能向高老请教书学和诗学,还有高老所精研的刘(梦得)柳(河东)之学、校雠之学。尤其是他"出入千数百年,纵横于百数十家,取长补短,自得其所,而又超乎象外"的治学精神,这就是一种大气磅礴、顶天立地的精神。我自1986年以来,到去年10月为止,曾六次去新疆,深入大沙漠,上至4900米之帕米尔高原最高处的红其拉甫,登万山之巅,下至塔里木盆地、塔克拉玛干大沙漠,入古楼兰之境,为此我曾自撰一联,曰"纵横百万里,上下五千年",我的私意是认为读书要有"上穷碧落下黄泉"的精神,要有"追穷寇"的气概。今读高老上面这段话,恨不能起高老而拜之。所幸现在他的遗集即将出版了,我们只有通过学习他的遗著来弥补过去的损失了。

高老明辨是非、勇于直言的精神,高老"出入千数百年,纵横百数十家"的治学精神,永远是我们的楷模。

1998年1月5日于京东且住草堂

风雨艰难共此时
——怀念郭影秋校长

郭影秋校长是1963年到中国人民大学来任职的,记得在全校的欢迎会上,尊敬的吴玉章老校长曾对大家说:我给你们请来了一位好校长。吴老德高望重,一言九鼎,从此我对郭校长一直怀着深深的敬意和信任,尽管在此之前我未与郭校长有任何接触。

事情非常凑巧,我有一位前辈朋友叫陈向平,任上海中华书局上海编辑所的总编,他常来北京开会,会前或会后总要来看看我,那时我住铁狮子胡同一号红一楼丁组九号,郭校长就住在我楼下西侧的小院。陈向平先生是郭校长早在徐州时期的老朋友,所以他每次必去看郭校长,有时是先去看郭校长,回头再来看我。因此之故,我与郭校长又有了一层间接的关系。向平同志是一位厚德的老同志,我一直与他保持着联系,可惜,一场"文化大革命",以后我就再没有得到他的消息,但是我一直深深地怀念着他。

郭校长到任的时候,正是三年困难时期刚刚过去,而党的路线方针又急剧地开始向"左"的时候,到1966年终于爆发了"文化大革命"。在1966年4月或5月,我忽然接到校党委的决定通知,通知我"中央文革"要调我去,经校党委讨论,一致同意并做了决定,通知我去"中央文革"报到。这个决定是由副校长孙泱亲自到我住处告诉我的,还带来了报到的介绍信。孙校长原任朱总司令的秘书,到人大后我与他有过多次接触,印象极好,为人极平和,所以他传达完党委的决定后又嘱咐我尽快去报到,说这场"文化大革命"谁也不清楚,心里没有底,你到"中央文革"后,至少可以多了解一些情况,免得跟不上形势。孙校长走后,我心里一直不安静,我心想我根本不明白什么叫"文化大革命",怎么能去工作呢?但又是党委的决定,郭校长是书记,我当然是信任的,包括孙校长,也绝无别的意思,只是为了学校不至于在这场大运动中跟不上形势。我考虑再三,一直不敢去报到,拖了两个来月,这时以彭真同志为首的北京市委被撤销了,中央重新任命了新市委,郭校长任市委文教书记。很快郭校长就找我去,问我愿不愿到北京市委去,他任文教书记,让我去担任北京日报社论的写作;另外,也问到我想不想去"中央文革"。我向他说了实话,我说我心里没有底,不想去"中央文革",还是跟您一起去市委罢,我可以心里踏实一些。他听了很高兴,这样就决定跟他一起去北京市委。

去北京市委给我的第一个任务是写新市委的第一篇北京日报社论。这是郭校长给的任务,社论组一共三个人,各写一篇,内容由自己斟酌,总的意思是向党中央表明新市委的立场和态度。我写的一篇题为"热烈欢呼中央的英明决定"（大意），交上去后，与其他两篇送上面审定，很快，到夜里十二点左右，就来电话，要我速到报社看校样，说最后选定的是我写的一篇，并说了一些称赞的话。我立即就到报社，校对完到家已经深夜一点多了。第二天一早报纸就出来了，我也看到了这篇赫然在目的社论，自己也很高兴，总算没有辜负郭校长的信托。郭校长见到我也很高兴，说审稿会上都称赞这篇社论的思想好、文笔好。但不想过了一个多星期，形势就大变了。据说当时江青等人看了这篇社论，还有新市委上任后的一些举措，大为不满，说新市委是"右"的（具体罪名一直未弄清），立即就把新市委又打倒了。我很快就回到人大，一回到校里就是急风暴雨的批斗。而没有几天，郭校长也被造反派弄回来了，那是一个恐怖的深夜，我已被禁闭在西郊系里，只听广场上的高音喇叭大声呼叫，批斗郭校长，很快我也被押到了广场。那时我还年轻，四十岁刚过，可郭校长年岁已高了，经不起这样的折磨了，我眼看着这种场景，忧心如焚，但又无可奈何。

还有一次，人大校园广场上开批斗郭校长的大会，是为了所谓的"二月兵变"的事。那次，连小平同志都被他们弄来了，亏得小平同志，他在广场的台上说，"二月兵变"没有这个事，人民解放军谁也调不动，只有毛主席才有调动军队的权力，所以不可能有什么"二月兵变"，郭影秋同志更没有调兵的权力！多亏小平同志的这几句话，才免去郭校长的这一条莫须有的罪名。

之后就没有听说过开这样的大会，我也就不可能再见到郭校长了!

　　总算一场噩梦过去了,我也从江西余江干校回到了北京。回京后就打听郭校长的消息,他因"文革"中被摧残致疾,在上海瑞金医院治疗,我趁去上海之便,特地去瑞金医院看望过他几次,每次去都非常高兴,快谈忘时,总要护士提醒我,才不得不依依离去。后来他回到北京治疗,我去看他就更方便了。1980年我应美国的邀请,到美国去开《红楼梦》国际研讨会,临行前去看郭校长,他嘱咐我:你的名片要印"中国人民大学教授",我说,我现在还未评上教授,我是1963年评的副教授,一直没有给我评教授。他说,不管这些了,你就是印"教授",学校要过问,就说是我嘱咐的,我也会告诉有关的同志。所以就这样我就当了一回临时教授。

　　还有一次,我与郭校长闲谈,闲谈中他说到了我,说我有成就。我当然知道这是他的鼓励,论学问,实在是没有任何时候可以自足的,我还差得很远。但我对郭校长说,就是这样,我还受到了不少批判,可以说没有一次学术运动不批判我的,然而,不管如何批判,我仍旧坚信学问是要艰苦踏实地长期钻研的,要有自信和决心,要受得了别人的误解,也要受得了别人的打击。我随口背诵了一段张岱《陶庵梦忆序》里的话,说:"名心一点,如佛家舍利,虽劫火猛烈,烧之终不去也。"他听后莞尔而笑。我说这里的"名心",绝不是"名利"之心,而是追求真理、追求学术之心。只有真正是追求真理,才会不怕劫火之猛烈,如果仅仅是追求个人名利,就不可能那么执着了!我说我这些话,也只有对您才能实说。我说,我读过您的《李定国纪年》,那是花了多么大的功夫啊!那是用多大的追求、执着才能完成的事业啊!我告诉他李定国的军队在破桂林定南王孔有德时,曹雪芹的堂房老祖宗曹德先等三百余口都烧死在桂林城,后来清皇朝为了旌表忠烈,还将曹德先赐葬房山县张坊镇沈家庵村,我还找到了曹家的墓地。我说当我在研究这一问题时,不止一次地研读他的大著《李定国纪年》,从中得到不少启示。他听了也很有兴趣,说想不到李定国与曹家还有这么一段关系。

因为我的家与郭校长住得很近,所以我常到郭校长家去看望凌静同志。凌静同志喜欢书法和碑帖,因此我们常在一起谈论书法和碑帖,那时她身体还健,还常到我的五层楼上来闲谈,看帖。我的《龙门二十品》初拓本、金冬心书法条幅真迹等,她都拿回去仔细观摩,临了还我时,她竟亲手为我用塑料布缝成口袋,将《龙门二十品》及金冬心书法条幅都装入口袋,她说这样不易损坏。至今我的这两件藏品,还保存着凌静同志亲手为我缝的口袋。

由于这样,我与郭校长的两位儿子,少陵和又陵,也都有来往。起先还是凌静同志带他们来的,后来则他们与我自己来往了。少陵已经多年不见了,又陵却时常见面,保持着联系。

郭影秋校长和凌静同志,是两位老革命家,是学者型的领导,没有一点官气,非常平易近人,所以我在他们两位面前,真是无话不谈,毫无顾虑。我与他们接触时,眼里只是两位长辈、学者和朋友,没有把他们看作什么什么长或官,所以即使说错了话,也不会以此给你上纲论罪,你尽可以放心。在那个年代,能这样讲话的,一般的朋友都不多,何况是这样高层的领导!可就是这一些,它让人们历久难忘,常念常新,常念常亲!

2001年5月5日12时
于京东且住草堂

悼念季羡林先生

今天早上9时20分,我接到电话,说季羡林先生去世了。我当时直觉的反应是"不可能",一定是搞错了。我要他们核实,但5分钟后又来电话说核实过了,确是季羡林先生。这一下我几乎懵了。

我已经记不清是哪一年与季老有交往的了,反正几十年了,在我的脑子里都是一连串的往事:有一年我带着雕塑家纪峰到未名湖畔季老家里,告诉他这是青年雕塑家纪峰,来给你做一个像。季老只是微微点头,仍旧与我说话。在旁边的李玉洁老师却心里犯嘀咕,这么年轻的人,能行吗?这是她的心里话,没有说出来。我与季老随便说着,大约有半小时过去了,却见到纪峰手里一个活生生的季老的头像,季老说还没有看到他塑呢,怎么就出来了,真像啊!这时李老师就说出了上面这段心里话。然后说想不到真能,像极了,比以前别人塑的都好。之后,季老一连要纪峰为他做了三个像,一个是与真人一样大的坐在门外未名湖边的像,一个是比真人还要大一点的站像,我为这个站像题了一首诗,刻在像后,诗云:

> 学贯东西一寿翁。文章道德警顽聋。
> 昆仑北海漫相拟，毕竟何如此真龙。

隔了好几年，季老要我将此诗写成小幅，装在镜框里，这就是直到现在还放在他病房里的那首诗。

2005年9月中，我到医院看季老，告诉他人民大学创建了"国学院"，要我回去任院长，我说我想在国学院里增设"西域历史语言研究所"，从事中国西部文化历史语言民俗艺术方面的研究，其中特别是西域中古时期的多种语言，急需培养人才继承下去，以应国家将来不时之需，因为西部是西方敌对势力觊觎的地方，不会永久安静的，我们得有所准备。为此我写了一封信给胡总书记和温总理，我说希望季老能支持这件事，我们一起签名。季老说，这是他多年的愿望，但一直没有能实现。这时，李玉洁老师就说，那你就签名罢，不是现在有机会实现了吗。于是李老师就把我打印好的信放在季老的面前，季老大体看了一遍，就在信上签了名。等到李老师拿给我看时，却发现季老把名字签在我的后边，明明在我的名字前面空了很多，是留给他签名的，他却偏签在我的后面。我对季老说，这样不好罢。季老说，你是国学院院长，你带头，我支持你。

这封信是9月20号左右送上去的，9月24日我就到了乌鲁木齐，26日我与中央台的同志一起从米兰进入罗布泊去楼兰，10月1日，我们到达罗布泊，我在营帐里利用卫星电话给北京通话,家里却告诉我,胡总书记和温总理已经批示了,并要求高教部和财政部大力支持,这样我们的"西域历史语言研究所"在党中央的大力支持下就正式成立了。我在大沙漠里停留了17天,历经罗布泊、楼兰、龙城、白龙堆、三陇沙直到进玉门关到敦煌,我此行的目的,是为了确证玄奘取经东归入长安前在西域的最后一段路程,是经罗布泊、楼兰然后入玉门关的。调查的结果是确证了这一点。回到北京后我急忙去看季老,把胡总书记、温总理的批示告诉了他,他也非常高兴。我还把我去罗布泊、楼兰调查玄奘的归路,证实与玄奘《大唐西域记》里所记一致,他尤为高兴,说到当年校注《大唐西域记》时,就是无法去西域实地调查,这次总算完了这个夙愿。

还有一次我去看季老时,是与纪峰、海英一起去的,我们还带了一个小型的摄像机,这时李秘书因为生病,已是杨锐秘书了。杨秘书安排得十分认真周到,当季老见到我时,非常高兴,他告诉我,他在医院里是"假冒伪劣",因为他没有病,却冒充病人,岂非假冒伪劣!他还说,他在医院里已完成了一部80万字的《糖史》,详细地记述了糖传入中国的历史过程。他告诉我,他的书都已捐出去了,现在全凭记忆,他的脑子还好,还能做点事,否则在医院里就不好过了。

我问到他的身体时,他十分有信心地说,活过一百岁再多一点,看来没有什么问题。他说他没有病,就是腿不能走路,其他都无问题。我看他的身体和精神状态,也觉得活过一百岁是不成问题的。

我每次去医院时,谈话的时间总要超过规定的时间,这次超过得更多了,所以医院就来干预了,但季老却非常不高兴地说,他想多谈一些时间,希望他们不要管得太死。

　所以在我的脑子里,认为季老总要活一百多岁,根本没有想到会有什么意外。哪知天总是不能遂人愿的,今天早晨终于传来了这个不幸的消息了。据说,他走得很平稳,就像睡着一样。

　也许,季老真是睡着了,愿季老睡得安安稳稳,别再打扰他了。

2009年7月11日夜11时于瓜饭楼

我与《侯马盟书》作者张颔先生

——读张颔老《侯马盟书》及其书法

前好些年,张颔老的学生薛国喜送我一部张颔老的著作《侯马盟书》,我读后大为震惊,我觉得这是一部前无古人的学术巨著,它涉及面之广之深,是我以往未曾见过的,为此我专程到太原去拜访张颔老两次,谈得特别投机,真有相见恨晚之感。

张颔老出身贫苦,未经正规学习,全凭自己的刻苦自学,而竟达到学术的最高境界,实为奇才。

前些时候,薛国喜同志来电话,要我为张颔老的书法集作序。张老是学术大家,他毕生从事考古发掘,精通古文字,精研古史,并精于天文历法、古地理学,而且

与张颔先生

还精于音韵训诂之学。他的《侯马盟书》一书,为考古界、学术界的一颗耀眼的巨星,郭沫若先生称赞说:"张颔同志和其他同志的努力是大有贡献的。"日本学者东京大学教授、古文字学家松丸道雄先生于1999年庆贺张颔老从事文物考古工作五十年暨八十华诞的贺信中说:"欣闻先生迎接'从事文物考古工作五十年暨八十华诞'之喜,衷心为您祝贺。由于从1978年日中两国恢复国交,中国学术界的消息渐渐开始流传到我国,先生的令名立刻就以代表中国古文字学界的研究者传到我国,受到日本古文字学者的注目,普遍著称于我国的学术界。其研究范围以商周青铜器铭文为首,涉及泉币文字、玺印、镜铭、朱文盟书等许多方面,可谓充分掌握一切古文字资料,环视斯学,几乎无人能完成如此全面的研究,而且先生的贡献不限于学问,在书法、篆刻等与古文字关系甚深的艺术方面,先生精妙入神,这一点亦是现代学者所未能企及也。"郭沫若先生对张颔先生的赞扬,特别是松丸道雄先生这封贺信对张颔老治古文字学的概括,应该说是毫不夸张而又极为精到的,但若论张颔老的学术领域和学术成就来说,我还略有补充,这准备放到后面来谈。

  我认为要谈张颔老的书法,必须首先谈他的学术,因为他不是专业的书法家,而他是真正的学问家,特别是古文字和古史专家。我拜读了他的《侯马盟书》,对他钦佩无已。他从5000多件纷乱的玉片石片盟书中,梳理出盟书的六大类加以条理区别,并对这六大类一一加以笺释,既考定了主盟人赵鞅,也考出了他的敌对者"赵稷""中行寅"等,既考出了盟誓的确切地点,更考出了盟辞的确切时间。我读《侯马盟书》中的前六考和后五考，简直如看他斩关夺寨，层层攻坚，也如看他破解难题，好比抽丝剥茧，步步深入，最后得出结论。他每解一道难题都是旁征博引，四面贯通，每作一个结论，都是步步为营，敲钉转脚，不可动摇。从他这前后十一考中，可以看到，张颔老的学识，是立体化的而不是平面化的。何谓立体化？这当然是我杜撰的新词，我的意思是说，读书不能单识书面文字，还要知道文字背后的史实，要四面贯通，而不能只知其一。张颔老在作这些论证时，不仅仅是识读这些古字，而且与相关的古籍贯通起来，在识读古字时，又运用了音韵学、训诂学，有的求之读音，有的求之字形，特别是那些一字多形的字，有的多到六七个甚至七八个字形，最后还是被认定它就是某一个字，这真是只有具大法眼，才能见真如。我有时想，这简直是孙悟空识妖魔变相，不管你有多少变相，最后还是被孙悟空一眼看出它的原形。不识别这些多形的异体同字，就不知春秋战国文字之紊乱，更不知秦始皇统一文字之必然、之万世大功。特别是那篇《历朔考》，张颔老竟通过一条盟辞所载"十又一月甲寅朒，乙丑敢用一元□告于丕显晋公"的词句，考出这条盟辞记录的时间是"晋定公十六年（公元前496年）十一月十三日"，而证以史实，这个结论完全与史实相符。读张老的《丛考》和《续丛考》，使人感到张颔老似乎就是生活在那个时代，目击着那些史事，甚至连当时的天象历法、地理交通、盟誓仪规、语词特征、文字异同、"国际"亲疏等等，都了解得清清楚楚，了如指掌。读书精博到如此程度，这不是任何考古学者或古文字学者所能做得到的,这也就是我说的立体化的意思。我曾多次说过,历史是圆柱形的而不是平面形的,因为是圆柱形的,所以它面面相连,面面相通,形成立体,所以你必须了解整个圆柱,才能准确了解历史,了解诸种历史事件、历史现象的交叉关系。张颔老恰恰是把历史立体化了,把他所考定的事件立体化了,这是他治学的一大特色,也是他能够创造种种奇迹的一大原因。

我还拜读了张颔老的《张颔学术文集》,其中如《"赢篚"探解》《帚挈方鼎铭文考释》《庚儿鼎解》《陈喜壶辨》《山西万荣出土错金鸟书戈铭文考释》《匏形壶与"匏瓜"星》(其文章还未读完)等,均贯穿了他一贯谨严的学风,不仅仅是地下出土文物与文献的对证这种双重证据法,而且连青铜器制作的工艺流程都细致地考察到,他对陈喜壶的考辨,可说是独解众疑而又对"喜"字的识读提出了存疑,这种一丝不苟的实事求是的精神,更显出他对学术极端严肃的态度,他对错金鸟书的识读,固然已独具只眼,但更见其功力和匠心的是他考出了器主是吴王僚,而且是分析了大量的相关文献而得出的这个结论,只要认真读他的论文,就会一步步跟着他的指引和辨析而信服他

张颔先生在看笔者所赠诗卷

的结论。他的《"赢篚"探解》,由这件青铜器上的一个图形,而考出"骡、驴、駃騠"等动物的形态功能区别及传入汉族地区的最早时间以及中间很长一段时间失载的原因等等,真是事事有据,令人信服无疑。而且即使是对驴、骡没有文字记载的分析,也是逻辑谨严,事理昭昭,使人心许首肯。他对"匏形壶与'匏瓜'星"的考析,由一件青铜器的器形而涉及天文星座以及《诗经》等古文献,直到老百姓的日用器具,给人意想不到地展现了另一个从天上到地下到人间的学术境界,叫人无法不心悦诚服。张颔老的思路之敏捷宽广,是来自他学识的宽广,进一步还来自他读书的博而精研深究,万事不仅仅求其然而且还求其所以然。所以张老的这些文章,不仅教人以可靠的新知,而且示人以金针、指人以径路、度人出迷津。张颔老的《古币文编》,则是展现了另一个文字天地,全书"所收字目三百二十二条,字形四千五百七十八字,合文字目六十六条,字形二百零三字,附录字目五百零九条,字形九百四十一字,总共收入字目八百九十七条,字形五千七百二十二字。其中取之于出土实物拓本者三千九百三十六字,取之于谱籍著录者一千七百八十六字"(见张颔《古币文编·序言》)。此书不仅收录精严,取材宏博而有据,收字之富,至今无出其右,为研藏古钱币者必备,而且此书全是张颔老手书,字字精整可据,可说下真迹一等。于此,更可见张颔老治学之精审。凡他的学术领域,考察之精博,可说毫发无遗。治学至此,亦可以说至矣尽矣,无以加矣!

此外,张颔老还有对秦诅楚文的考订和临摹,也值得一提。

张老说:"诅楚文是公元前三一二年即楚怀王十七年亦即秦惠文王后元十三年秦国发兵击楚祭神时对楚国之诅咒文辞。世传诅楚文有巫咸、湫渊、亚驼三石,其文辞雷同,唯所祝告之神号不同,……余以为三石文字残泐互见,字形亦互有差异,……三石文中之婚姻字皆作婚,由此可知三石悉为唐显庆二年以后避讳之作,况秦在统一文字之前,习用籀文。籀文婚字作🀆而不作🀆、🀆,故知今传之拓本,均非来自原石,悉为唐宋人所作。"张颔老的这一论断,自是卓见,他举"婚"字为例,尤足说明问题。这里我还可以补充一例,按秦石鼓文"吾"字作🀆,今"湫渊""巫咸"两石,各有"吾"字三个,共六个,皆作🀆,很明显这个"吾"字,已是后世简化的吾字,不是古籀文字,足见张老所论,牢不可破。

张老除对考古发掘、古文字、古历法、古史地、秦汉及先秦古籍、音韵训诂学、古钱币学等等,皆有精深的研究而且能融会贯通外,还能自做仪器,如他曾自作测算天象的仪器"旋机""司南"(指南人)、"太原授时塔"(无影塔)、"天文指掌图"等等,2006年我去拜访他时,还见到他所制"旋机",不想后来被人偷走了。他据自制的仪器测算天象,完全能与历史记载相吻合。1974年1月14日,他还收到著名天文学家席泽宗先生的来信,说"今年1月20日到28日春节前后,您在日面上观测到的现象,的确是黑子,这几天,只有云南天文台和北京天文馆有观测记录,您就是第三家了,实属难能可贵! 有些观测资料可补两台之不足"。以个人的研究力量,竟能观测到太阳的黑子,就是天文台也只有两家能看到,这样的奇迹,真正是"难能可贵"!

还有一点，张颔老除上述广阔的学术领域外，他还能诗、能画、能书法、能篆刻，他还把普希金的小说《射击》改写成长诗《西里维奥》，由此，我们更可以看到他由学术领域又跨到了文学领域和艺术领域。

以上这些，就是我说的"还要略加补充"的部分。

了解了张颔老在学术上的巨大成就，我们就可以来谈他的书法的成就和特色了。

第一，张颔老不是专业的书法家，我们在上面费这么多篇幅来介绍他在学术上的巨大成就，就是为了说明他是一位具有杰出成就的学人，学人才是他的本色，如果不认识他是一位杰出的学人，而是把他仅仅看作是一位书法家，那就根本错了，或者说错了一大半。正因为他不是专业的书法家，所以他的书法不入"时流"，也无半点媚俗之气，甚至他只用来自娱而不求人知，他在书法里

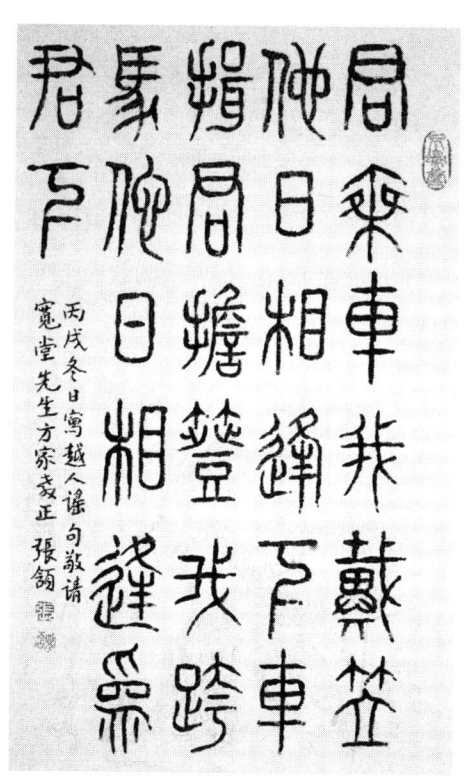

张颔先生书篆书越人谣

说:"但有诗书娱小我,殊无兴趣见大人。"他还在《汾午宿舍铭》中说:"斗室三间,混沌一片。锅碗瓢盆,油盐米面。断简残篇,纸墨笔砚。闭门扫轨,乐居无倦。主人谁何,淳于曼倩。金紫文章,蒙不筱辩。"还有一件书法说:"平生多幼稚,老大更胡涂。常爱泼冷水,惯提不开壶。"从这些书法的词句来看,张老是一位淡于名利,品格高尚,不喜欢张扬,可以说是隐于市、隐于学的人。他连自己的学问都不愿多加张扬,更何况于他的书法。所以他从来不承认自己是书法家,更从不会以书法骄人。这是张老做人的特点,也是他个性的天然呈露,恰恰是这些,形成了他个人的个性特点,从而也形成了他书法的个性特色。

第二,书如其人。张老是古文字专家、古史专家、考古专家。由于他的专业,也使他的书法呈现了与众不同的特色,他的学术传世之作是《侯马盟书》及精研古器物、古史的文章。他写的这一类的古篆文,直接逼近原物,可说下真迹一等。他有一些摹写在原石上的作品,几乎可以乱真。因此他写的《侯马盟书》一类的古篆,用笔都是出锋的,无论是起笔还是收笔都出锋。我细看《侯马盟书》原件的照片,也都是出锋的。《侯马盟书》的时代是春秋晚期,也是我们现在所看到的用毛笔书写文字的最早原迹,这是真正的真迹,没有经过镌刻。由于这一启发我又查阅了不少秦汉时的简牍,发现那简牍上的字也是出锋的。由此可见我国最早时期的毛笔书法从古籀到汉隶(写在简牍上的),也都是出锋的,有别于后来的逆笔藏锋。当然各地出土的此类简牍,书写风格有差异,出锋程度不相同,但大体上都是出锋而不是逆笔藏锋却是相同的。所以我认为张颔老所写的《侯马盟书》的古篆，是最近真迹，他没有为了书法美而改变古人的笔法。而张颔老所写的这类古篆，其用笔之圆熟流利，结体之繁复而又端秀，令人越看越爱看，越看越有内涵。

第三，书法中蕴含着文化、历史、文采。他与有些专业书法家临写古篆、汉隶或楷行，只是照帖摹写，依样画葫芦，没有自己的文采者完全不一样。特别是张老写的那首《僚戈歌》，使人想到了韩愈的《石鼓歌》和

张颔先生书对联

苏轼的《石鼓歌》，真是可以后先辉映。还有那副自撰的合文对联："三千余年上下古，七十二家文字奇。"此联三处用合文，使人觉得古意盎然，别开生面，为以往对联所未见。

张老所写的别种书体，也都脱俗耐看，别具新意。综合以上各点，概括起来，可以说张老的书法，是："学人之书，格高韵古。"

我这一段时间在拜读张老的大著和书法时，受益匪浅，因效黄山谷赠半山老人诗体，作了一组赠张颔老的诗，这里先录五首以为此文之殿，并敬请张颔老教正。

效庭坚赠半山老人诗体呈张颔老

一

半世风狂雨骤，功成侯马盟书。
若问老翁功力，穿透千重简疏。

二

一篇陈喜笺证。思入精微杳冥。
举世何人堪比，雨花只此一庭。

三

读公巨著难眠。历法天文洞穿。
学究天人之际，身居陋室半尘。

四

一双望九衰翁。案上难题百重。
公已书山万仞，我正步步景从。

五

念公早失慈亲。我亦童年苦辛。
检点平生事业，无愧依旧清贫。

陈从周《园林谈丛》序

我与从周兄相交已经三十年了,他是我国著名的古建筑专家、园林艺术专家。我与从周相识,是由于另一好友诗人严古津的介绍。古津是一个热心肠人,凡是他所钦佩的朋友,必使之相互都成为朋友,就这样我与从周真正一见如故,三十年来相交无间。除了他的古建筑学的专长我一无所知外,差不多他所爱好的也大都是我所爱好的,因此,我们俩不见面便罢,见面后就有说不完的话头。

"文化大革命"中,我们各自天南地北失去了联系,而古津在无锡也不知道我们的信息,古津写诗忆从周,后来把诗寄给了我:

> 伐木丁丁鸟自呼。湘兰楚竹画相娱。
> 别来几见当头月,望断长天雁字无?

因为从周不但是古建筑专家,而且是书画家,所以古津诗里第二句及之。我看到这首诗的时候,正是1966年秋末的一个风雨之

夕,当时感触很多,随手写了一首怀念从周和古津的诗:

> 漫天风雨读楚辞。正是众芳摇落时。
> 晚节莫嫌黄菊瘦,天南尚有故人思。

现在古津已经去世两年,而这些诗却成了不可磨灭的梦痕。

　　从周比我年长,我对他是十分尊敬和佩服的,唯其如此,我们相处从不拘形迹,可以倾心谈吐。他本来是学文史的,后来转入了古建筑的研究,而且卓然成家,仆仆风尘,几乎跑遍了整个中国。凡是著名的园林古建,绝大多数都经他的调查研究。去年春天,我到扬州开会,当天晚上,就与朋友举行了一次座谈会,到十时毕。忽然得知从周也在扬州,住天宁寺旁西园宾馆,这真是意外的喜讯。我急欲看望他,当夜即踏月往访。到天宁寺,已将近十一时,门者说不能会客了,已经睡了。我说我从北京来,有急事要见他。门者不从,我坚持要见,我说你只要说我的名字,他就会起床的。门者无奈,通报后,果然从周跃然而至。原来他们根本没有睡觉,而是与钱承芳等几位朋友一起在作画。我到后大家喜出望外,索性放下画笔畅谈起来了。从周告诉我,这座天宁寺,就是曹寅当年刻《全唐诗》的地方。门前的水码头和石阶,就是当年康熙南巡时由三汊河口船行到扬州停泊的码头。后来乾隆南巡,也到此停舟。码头一直保持着原貌,未经改修。经他这一番指点,更为这次夜访天宁寺增添了不少趣味。因为夜太深了,不能久留,他送我出来时,穿过天宁寺的园林,当头一轮明月,银波轻洒,地上树影婆娑,有如水荇交横,此情此景,恍如东坡承天寺夜游。

与从周相处,常常免不了谈到古建筑,谈到园林艺术。他常谈起建园要因地制宜,有实有虚,有借景,有对景,有静观,有动观,有山脉,有水源。有时要竹影参差,有时要花香暗度。有时要春水绿波,池鱼可数;有时要绿荫满院,莺声初啭。我听他谈园林艺术的这些讲究,简直如赏名画,如读游记。有一段时间我住在颐和园半山的"云松巢",常常在茶余饭后,在长廊里或昆明湖畔闲步。每到夕阳西下、暮色苍茫的时候,抬头见西边一抹青山,玉泉山塔影倒映入湖,下面是长堤翠柳,玉带桥隐现于柳影中,真是园内园外融成一片佳景,这时我体会到了古人造园时的借景之妙。

从周还常常谈游园要注意春夏秋冬四季不同。春宜观花;夏宜赏荷;秋则老圃黄花,枫叶流丹;冬则明月积雪,四望皎然。有一次大雪后,我和另外几位朋友在晚上写作到十点多钟,大家游兴顿发,一起在颐和园后山冈上踏雪赏月。这时,偌大一个颐和园,悄无人声。我们一路谈笑,月光与白雪相映,正是四望皎然,如同白昼,空气虽然寒冷,但却特别新鲜清冽。俯视前边昆明湖,只是白茫茫一片,唯有十七孔桥瘦影如带,龙王庙树影幢幢掩映而已。我们都被这"明月照积雪"的清景迷住了,简直留连忘返。有的同志大声谈笑,却不料惊起了头顶上的宿鸟,扑棱棱飞起,把树头的积雪碰落下来,弄得大家身上脖子里都是雪,又引起了一阵哄笑。这时我们仿佛置身于《山阴夜雪图》中。

不久前，从周赴美筹建"明轩"经瑞士回来，在北京逗留，我们又欢聚了几日。我正在校注《红楼梦》，住在恭王府里面的"天香庭院"里，过去有人曾考证这里就是曹雪芹写大观园的取材处。十多年前，从周曾调查过这些建筑，这次，我请他再实地查勘一遍。我们边查边谈，他说像恭王府的东路第一进三间大厅，建筑规格完全是康熙时期的，中路和西路则都是乾隆以后的。花园部分，他指出东面大围墙毫无疑问是康熙时期或较先的建筑；花园最后面的一座假山，其向阳部分用黄色土太湖石堆砌者，是康熙时旧建；山洞用石过梁，洞腹小，都是乾隆以前的旧制。在太湖石堆里，还长有两棵古老的大树，更证明这是堆山时植下去的，否则不能使树与石长成一体。至于花园的其余部分，皆是后来的建筑，叠山的手法也判然有别，都用青色云片石堆砌，四周山岗皆无古树。经他这一语道破，我们外行看来也就觉得历历分明，没有含糊了。所以我又深深体会到从周从事的古建筑研究的学问，都是脚踏实地的实学，是从实践中得来的真知，不是泛泛之论，更不是空洞无物的空论。

从周的散文，有晚明小品的风味，这从他的集子中可以看到。他又是一个诗人，他的诗、词均极清丽可诵。他的《羊城杂咏》云：

一

　　高楼百尺水沉沉。花市羊城动客心。
　　人影衣香来异国，老夫依旧汉儒生。

二

西园一曲尚泠泠。人远江南入梦痕。

佳话荔湾成影事,千年功过向谁论。

他的《临江仙·勘查广州花塔,应广州文化局之邀》云:

不信我来花事过,画堂依旧芳芬。午阴嘉树覆浓荫。蝉鸣门外柳,人倚水边亭。　漫道此生还似梦,老怀未必堪惊。名园胜迹几重经。浮图高百尺,健步上青云。

从周常称自己是"梓人",赵朴初翁赠诗有"多能真见梓人才"之句称之。他已刊的著作有《苏州园林》《扬州园林》《苏州旧住宅》等多种及古建园林论文、调查记数十篇,风行海内,为治古建筑学者所宝。此外,他尚著有《梓室余墨》若干卷,仍秘行箧。他还喜爱制砚和制杖,他知我爱此二物,曾为我制一砚,并乞海上王瑗仲师为书铭。他又知我爱杖成癖,每到一地,遇有佳材,辄制杖以赠。去春又为我制缠枝杖,并请吴门矫毅为刻题记,其多才多艺复多情辄如此。往岁,他曾制杖赠苏州钱梦苕先生,梦老报之以诗云:

一

寒碧西湖记不真。孤山桥路梦成尘。

飞来纸帐横斜影,却抵江南万树春。

二

飘然灵杖万峰还。起我沉疴一夕间。
绝胜谢家团扇上,碧云只画敬亭山。

三

清闷狮林在下风。胸中丘壑扫雷同。
拿云心事何人识,曾上天门小岱宗。

  从周的画自出手眼,所作兰、竹、山水小品,极清逸之致,亦如其诗、文、小词之隽永有味。叶圣陶先生曾赠诗云:"眼明最爱从周画,笔底烟波洵石湖",可见其画为前辈见重如此。

  我爱读从周的园林著述及古建论文,常苦散处报刊,欲索无从,今喜结集,正可以手此一卷,以当卧游了。但从周要我作序,这却把我难住了,无可奈何,我只好讲些老实话,也就是外行话。读者在欣赏过他的园林小品及论文以后,再看看我介绍他的一些其他方面的成就,或许也不算是多余的吧,所以我大着胆子写了这些。

1979年1月8日夜二时半,
写毕于京华瓜饭楼

《阮堂诗词选》序

阮堂江辛眉兄,是我的同门学长,我们先后都从海上王瑗仲讳蘧常先生学,然初未相识。1977年,杨士则讳廷福学长兄受中华书局聘参加校注《大唐西域记》,来京任职,遂日相过从,一周而三至以为常也。士则精史学,而复兼擅吟咏,一夕,忽为予言曰:海上有江辛眉兄者,当世之杜、韩,瑗师极重之,惜与予同遭丁酉之难,蹭蹬世途。兄其有以解之。予详问所以,乃大为所动,即荐之于人民大学中文系任教,于是吾三人春明重逢,朝夕相聚矣。

是时,四凶初除,大患方平,举世有复苏之庆,万民解倒悬之危。一日,士则兄忽袖诗来访,予展视之,乃《丙辰咄咄吟》也。士则原唱,辛眉赓和,予读之感慨苍凉,泣下沾襟,乃为之序笺,抄刊而布之,遂传于日下。

未几,辛眉兄又示我以和熊德基先生悼陈毅元帅诗,诗云:

神州今日起风雷。父老江东说将才。
飞虎营中辛弃疾,江西图上吕东莱。

> 九天熊罴摧天柱,十万旌旗照夜台。
> 掩卷赣南词罢读,唯将双泪滴深杯。

是诗戛玉敲金,句句工切,字字跳动,见者无不叹赏,遂盛传于都下。辛眉复有《题吴晗同志遗札次程应镠教授原韵》,诗云:

> 感旧山阳笛,悲深向子期。
> 十年天下事,百丈镜中丝。
> 河尽槎回日,山空斧烂时。
> 春风鹃口血,能唤几人归。

亦歊动都城之作。

未几,士则、辛眉两兄皆先后归沪上。1984年冬,士则兄突患肺癌,予前后三次去沪探望。病榻凄然,唯有泪眼相对。翌年5月1日,予乘江轮自奉节赴重庆,是夜忽梦辛眉兄重来北京,与予相见,予急问士则病状,辛眉兄蹙额不语,予悚然而觉,唯闻江声浩荡,唯见星月沉沉而已。予虽心知不祥,而犹冀有意外奇迹也。延至是月25日,士则兄终于不幸病逝,予与辛眉兄,皆伤痛不能自已。

是年秋,予再至沪上,辛眉兄电邀予午餐,予已前闻辛眉兄患足疾甚剧,复有肾结石,时复剧痛。是时辛眉兄语声沙哑,几不成音,予闻之惨惨,急问其病状,辛眉兄告予结石已排出,足疾亦渐愈,可告无虑,予乃大慰,约定下次来沪再图欢途,并云届时足疾当可彻底痊愈,语音亦可恢复矣。岂知是年(乙丑)除夕,予忽得王运天兄自沪来电话,告知辛眉兄已于沪上病逝。予骤闻之下,几不能自持,犹疑误听,询之再三,则确然无误也。

呜呼,士则之逝与辛眉之逝,相隔仅八月。予于数月之内,顿失生平两位知友,情实不能堪也。

岁月飘忽,去日苦多,今辛眉夫人及其令嗣,已编次辛眉兄诗稿,嘱予作序,予自不可辞也。

辛眉兄之诗,超超乎当世之一流,自不待言矣。集中所作律诗,格律精严,所作长歌,则渊雅古拙,可以比之杜、韩、苏、黄。予曾云:辛眉兄诗律精于老僧,酒量可比江海,高情纯于金玉。设使辛眉生于盛唐,则可与少陵游;生于中唐,则可与退之游;生于晚唐,则可与长吉游;生于北宋,则当与苏、黄游也。乃辛眉不生于唐,不生于宋,而生于当世,当世无杜、韩、苏、黄,则其人谁与归乎?

吾读辛眉遗诗,往事如烟,不禁泫然,情何以堪,虽此短文,已数辍笔矣!更何能为长言乎?唯识者谅之,幸甚!幸甚!

1995年11月5日于京华瓜饭楼

后　记

收在这本书里的《杜诗寻踪》这篇文章,是一个未完成的写作计划,我原拟从长安杜甫故居写起,一直追寻杜甫的行踪,分若干篇,一直写到他到成都为止,所以《杜诗寻踪》原是一个总题目。我趁在天水的机会,把天水地区当时我能找到的地方,亲自调查后,都写下来了。

我心中特别惦念的是"同谷"(今成县),杜甫的"同谷七歌"是哀唱入云的杜诗的变调,此诗足以摧人肺腑。我虽然匆匆忙忙从天水出发赶到成县,但因道路改修,绕了弯子,到了成县,又无人引路,走了许多岔路,最后找到了当地的熟人,才算把我们带到了杜甫当年所居的山口。山口有一小亭,标志着由此进去,就可到当年杜甫的故居。但我向前看去,是两座大山交叉处,山路由两山相交的夹缝中进去,据说还有一段路程,车不能行,只能走进去了。当时已将傍晚,肯定不能进去了。当地的熟人和领导热情留我们吃晚饭,然后第二天进去。但天水不少朋友等我晚餐,且明天我还要回京,所以杜甫的同谷旧居,我只能是可望而不可即了。

从此一误,我没有能再去,而且连《杜诗寻踪》这个题目也没有继续写下去。

我还有一个计划,也是开了题未能实现,这就是《史记地名考》。我原想把《史记》中的地名逐一考证,弄清它的名称的历史变革和地理位置的变革。我是把《项羽本纪》作为试验性的开始的。《项羽本纪》的地名我基本上实地调查了一遍,光是鸿沟以东的地区,我就先后考察了三次,连东城的遗址都找到了,我才先写了《项羽不死于乌江考》这篇文章。我是想进一步认真做这个地名考的,但后来一连串的工作,我无法摆脱,所以这个想法又落了空。

最遗憾的是1970年前后,我在江西余江干校三年,利用假日,我调查了不少地方,庐山我上去两次,我还到彭泽、壶口、庐山南栗里等地调查了陶渊明的事迹。南栗里有陶村,还有一块巨石,周围有不少题刻,说这是陶渊明坐在石上写诗的地方,但题刻最早的年代是元代,这就令人生疑,因为时代太晚了。后来知道庐山还有北栗里,这才是真正陶渊明的栗里。我还登过香炉峰顶,看到峰顶众水汇合的情景;我还去过鄱阳湖的落星墩,这是黄山谷写落星寺诗的地方;我还去过五老峰、东林寺、虎溪桥;我还去过白居易写《琵琶行》的溢浦口;我还利用春节假日,去过桂林、阳朔;还去过辛弃疾的铅山。总之三年干校,虽然还在"文革"期间,我却得到了难得的机会,进行了广泛的实地的文化历史的调查。

最大的遗憾是当时还在"文化大革命"中,不能作文字记录,更不能写文章。所以,所有这些我参观调查过的地方,我只能记在脑子里,也不能与别人谈论,因此我所有的假日活动,都是一个人走的,那时,谁也不管谁,到了假日,就是难得的自由。

收在这本书里的文章,都是在这个特殊的岁月以后写的,现在我已老了,虽然还能记忆到过的这些地方,但毕竟丢失的太多了,只能记忆这些了。

那末,就让这些记忆补充到这本书里,作为一丝梦痕,以存这段特殊岁月的雪泥鸿爪吧!

2015年4月20日,宽堂九十又三于瓜饭楼

往事如梦

西域纪行

屐痕处处

剪烛情深

馮其庸